天皇御製に學ぶ日本の心

～室町・戰國編～

傳承文化研究所所長
小林 隆

ぱるす出版

はじめに

「天皇御製」とは、天皇がお作りになられる和歌のことを云ひます。天皇は、建國から百二十六代、二千七百年に亙つて國家元首として世界最長の歴史を積み重ねて來られてゐます。初代神武天皇から始まり、九割の御歴代天皇は御製を作詠されて遺されてゐます。その歌數は十萬首を優に超えます。

この御製を代表する和歌は、神話の時代まで遡る日本獨自の世界最古の言葉文化です。そして、和歌の神髓は一般的には「己れの心情の吐露」にこそあり、古來よりいかに美しい世界を描くかといふことを目指して來ました。しかし、御製は、これらの一般的な和歌とは一線を劃すものです。

私の尊敬してゐる今泉定助師は「言靈」について次のやうに述べてをられます。

「言靈とは、私達が發する一音一語には神靈が存してゐるといふ事なのである。そして、それは全ての言葉に實質實體が存するといふことでもある」

「私達の祖先は語り部に代表されるやうに言語の一音一語を尊重し、深甚なる注意を拂つてゐた事は間違ひのないことである。古今東西、世界の民族はそれぞれ言葉によつて表現される意味には皆注意を拂つてはゐる。しかし、我が國ほど深く心を配つてきた民族はないと斷言出來る。私達の祖先民族は宇宙萬有を悉く靈魂より成立すると見てゐたのである。そして、言靈とは人間の靈魂の分派分出した分靈分魂と信じてきたのである」（『皇道の本義』より）

これを前提として考へた時、究極の和歌である御製は、その靈力の基となる言靈の集約されたものと云へます。天皇は、祭祀を齋行するに、そのお持ちになられてをられる最高の靈力を發揮されて御神事を齋行されることは想像に難くありません。その最高境地となられるにあたつて和歌の創作は缺かせぬものであらうかと思ふのです。言葉を換へたならば「言靈磨き」こそ御製になります。

天皇といふ御職責は、「國安かれ民安かれ」の宮中祭祀に於ける最高主祭者であらせられます。その宮中祭祀は、當然ですが其許には大きな靈力を必要とされます。

紀貫之の言ふところの「天地を動かし、鬼神を泣かす」といふ靈力を必要とするからです。それ故に、その靈力を強力なものとしなければ祭祀は成立しません。

ですから、天皇とは強力な靈力を持たれて祭祀に臨まれてをられる存在なのです。そこに御製によつて御親ら(おんみずか)の靈力を保持し高める爲に御製をお作りになられてゐるのです

今回、謹解させて戴いたのは室町戰國時代の五人の天皇の御製です。

この室町戰國時代は歴史上最も混亂混迷の時期に當り、皇居である京都御所も數回に亙つて戰亂によつて焼失する中で、この時代の天皇は、世の平安と國民の安寧の禱りを籠めた御製を數多く遺されてをられます。

本書に收錄したものは、それ等のほんの一部です。

本書は、もう一つ歴史年表についても現代の歴史學者達の作つた年表ではなく、天皇を中心とした年表を新たに作成しました。

現代の歴史年表は天皇を輕視した權力思想に染まつた、眞實からほど遠いものになつてゐます。それに一石を投ずることができればといふ希ひもあります。それ故に、本書は、現代に於て流布されてゐる歴史年表とは一線を劃してゐます。

當然歴史學會や歴史教育の認識からは違つたものになつてゐますが、私達の先人達が積み上げてきた大切な歴

史を、といふ思ひからですので、その邊を御理解戴いて御讀み戴ければと考へてをります。

辯護士の内野経一郎先生からは、「御謹解」ではなく「大御心を推し量る」にすべきだとの助言を戴きました。

本書を上梓するに當たつては、様々な歴史資料の閲覧に際して、宮内庁書陵部の御協力をいただきました。心から感謝申し上げます。

又、内野経一郎先生、文藝評論家小川榮太郎先生、國語問題協議會會長の加藤忠郎先生ほか同志、先達の方々の勵ましがなければ本書の刊行は不可能でした。

更に、本書の底本とも云へる『皇室文學大系』を私に貸與戴き、私に御製謹解をするのであれば神前に祈つてから御謹解をしなければならないとの御助言をいただいた日本教育再生機構の亡き宮崎正治常務理事と恩師岩嶋一雄先生のお二人の御靈に對し奉り心底より深い感謝を捧げる次第です。

願はくは本書によつて、この日本國の眞の國體が覺醒する一助になれば幸ひです。

令和五年六月吉日

著者 しるす

目次

天皇御製に學ぶ日本の心 ～大御心を推し量る～ 室町・戦國時代編

目　次

後花園天皇（ごはなぞの）

大御心（おほみごころ）

國柄・國體

神祇・祭祀

御述懐

おろかなる　心の末もとほるやと
なほわけすてぬ　敷島の道　78

天(あめ)の下(した)　をさめし姿　ゆめにだに
見ぬ世のことの　しのばしきかな　79

見ず知らぬ　人の國まで　通ふなり
夢てふ物は　みちしるべかも　80

しひて猶　うきに心や　留むらむ
身をばすてても　捨てやらぬ世は　80

のがれこし　身をおく山の　かひもなく
世にや心の　猶かよふらむ　81

すなほなる　世にはかへらで　老ひのなみ
かけてくるしき　身の思ひ哉　82

をしめただ　ゆく年波のながれては
つひによるせの　よそならぬ身に　83

後土御門(ごつちみかど)天皇

賀歌・祝言

四つの海　をさまる御代の　ひかりには
いづくの浦の　玉裳よるらし　86

なびくなり　四方(よも)の夷(えびす)の　こころまで
やはらぐ國の　風をうつして　87

出づる日の　ささぬ方まで　天の戸の
あくれば春の　光をやしる　88

いつしかと　空ものどかに　出づる日や
けふたつ春の　ひかりなるらむ　89

大御心(おほみごころ)

たえだえの　民のかまどの　夕けぶり
ながめやりても　しのぶいにしへ　89

うけつぎて　わが代の後(のち)も　久方(ひさかた)の
空のめぐみを　なほやあふがむ　90

神と我が　契りたえせぬ　此の國に
四つのえびすも　靡かざらめや　92

いのりても　かひなき中の　つれなさは
神もなびかぬ　心しれとや　93

うれへなき　民のこころと　聞くからに
いまぞ我が身の　樂しみとせむ　94

ともすれば　道にまよへる　位山(くらゐやま)
うへなる身こそ　くるしかりけれ　95

五十鈴川（いすずがは） ながれの末の たえずなほ
ありとやここに われ守るらむ 114

いかでさて 人の國まで うつしけむ
内外（うちと）のみやの かやが軒端を 115

水鳥の 名におふ かもの社（やしろ）こそ
したやすからぬ 世をばまもらめ 116

神ならで をさめむことや かた岡の
杜（もり）のあらしの さわがしき世を 117

まつりする けふを待ちえて 神（かふ）やまや
神の心を とるあふひかな 118

すみよしの あら人神の いにしへや
老木の松も 二葉なりけむ 119

いはし水 ふかくもわきて たのむかな
南に向ふ 身ぞとおもへば 120

御述懐

日に三たび かへりみもせで おろかなる
心に身をば いかで定めむ 121

波風の さわがばさわげ 和田の原
さやぐなる舟の みちはかはるな 122

わが心 くらきにつけて 窓のうちに
螢あつむる 人ぞうれしき 123

今はなほ かはるにつけて いにしへを
忍びしよこそ 思ひいでぬれ 124

哀傷歌

ともすれば なみだの玉の 數數に
むかしをしのぶ 我がこころかな 125

かへりみる 心ありても おろかなる
身には何とか 思ひわくべき 126

おろかなる 身はわすれても 大かたの
世のうきをさへ またなげく哉 127

よしやただ いはむもあさし 世をなげき
我れからひづる 袖の涙は 128

さきの世ぞ さらにくやしき 人心
いま身にうきも むくいとおもへば 129

をさめえぬ 世を宇治川に すむ鷺（さぎ）は
とるともいかで したがひなまし 130

かくばかり おろかなる わが四方（よも）の海に
立つ浪風も をさまらぬかも 130

後柏原天皇(ごかしはばら)

賀歌・祝言

大御心(おほみこころ)

いづくとか　身をばすつらむ　道もなき
　わが世をそむく　人の心に　180

そらに知れ　わが世忘れて　人の世を
　思ふばかりは　たれ思はまし　180

今はわれ　昔の花を　たづねても
　代代(よよ)におよばぬ　花にやあらまし　181

戀　歌

今はその　忍ぶにはあらず　わがおもひ
　言の葉なきを　心ともしれ　182

いかにみる　人の心の　ふたおもて
　この手がしはの　此の頃の世を　183

哀　傷　歌

しづかにて　ひとり釣(つり)する　波ならで
　蜑(あま)の世わたる　舟路くるしも　184

われからの　なみだよ何を　思ふらむ
　藻にすむ蟲(むし)は　波をかけけり　185

とにかくに　歎く心ぞ　おろかなる
　身さへうき世と　思ひ知らずも　186

あぢきなく　世を思ふゆゑの　ことの葉は
　をよばぬ物の　同じ心を　187

雑　歌

なはしろに　春の日數(ひかず)を　つむよりぞ
　稲葉(いなば)かる手の　秋もしらるる　188

春歌・夏歌

ほどもあらじ　四方(よも)にさくらの　一花(ひとはな)の
　梢ほのめく　けふをもみむ　189

なびきあふ　柳さくらの　八重がすみ
　春のにしきも　なかはたえけり　190

このごろの　身のならはしよ　小夜枕
　すきまの風を　梅が香(か)にして　190

あぢきなく　花にさかりの　色香をば
　心にとめて　世をやわすれむ　191

秋歌・冬歌

殘るよを　をじかなくなる　徒(いたづ)らに
　ねてあかすらむ　人をいさめて　192

我が心　うきにもあらぬ　哀れさの
　秋ともわかず　あきのゆふぐれ　192

かくこそと　人にうき世も　限りあれや
　さてしもはてぬ　年の暮れ哉　193

釋教歌

御奈良(ごなら)天皇

賀歌・祝言

大御心(おほみこころ)

213 いとまなみ　小田もる民を　思ふには　かりほの露の　袖ひとつかは

214 思ふぞよ　いなばのわざも　夏ふかく　茂れるあしの　すゑの世の中

國柄・國體

215 宮柱　朽ちぬちかひを　たておきて　末の世までの　あとをたれけむ

216 むす苔の　ちりもはらはじ　庭きよみ　うごかぬ岸の　水のみどりに

217 道しあれや　たれもなべての　家の風　傳へしままの　世世に任せて

神祇・祭祀

218 いづれとか　かざしていはじ　榊葉の　ときはに頼む　神のめぐみを

219 濁らじな　こころのしめの　かけもくも　かしこき末の　五十鈴河波

220 少女子が　かへす袖にや　月さゆる　とよのあかりの　殘るおもかげ

221 よろづ世を　祈る神路の　山なれば　くもらぬ日影　なほあふぐかな

222 いそのかみ　古き茅萱の　宮柱　たてかふる世に　逢はざらめやは

223 今も世を　神にまかせて　石清水　ふたたび澄まむ　影をこそ待て

224 むぐみある　向後にこえて　神路山　ふかきに迷ふ　こころともなし

225 誠あらば　手向はうけよ　伊勢の海や　なぎさもきよし　玉藻沖津藻

226 五十鈴河　うくるながれは　ひとつにて　たつしら波の　清きこころを

227 ことの葉の　つきせぬ道も　さらになほ　ただしく守る　住よしの神

228 春日山　たつ日にきても　ふかきよに　祈るを神の　うけざらめやは

229 神まつる　けふ小葵を　とる手にも　山路おぼゆる　今朝のしらつゆ

230 そのかみを　いかに問はまし　をしほ山　神代ふりぬる　峯の松かぜ

御述懐

戀　歌

哀傷歌

羇旅歌

雑　歌

春歌・夏歌

『天皇御製に學ぶ日本の心——室町・戰國編——』

この時代

室町時代と戰國時代の區分けには諸説があります。一般的には、その始まりを室町幕府の開府としてゐますが、私は後龜山天皇が後小松天皇に「三種の神器」をお讓りになられた南北朝統一（一三九三年）時期が適切と、そして應仁の亂以降からが戰國時代であらう、と思つてゐます。

それを前提にして御製を紹介します。

この二つの時代に在位された天皇は、室町時代は後小松天皇（一〇〇代）、稱光天皇（一〇一代）、後花園天皇、戰國時代は後土御門天皇（一〇三代）、後柏原天皇（一〇四代）、後奈良天皇（一〇五代）の六代です。

室町・戰國時代は、天皇の平安の祈り虚しき、日本史上で最も國内が混亂の極にありました。その基は足利高氏が天皇に刃を向けて權力奪取を行ふと共に、兄弟骨肉相食む權力爭ひによつて成立したことが、この時代の大きな混亂に繋がりました。それ故に室町時代は「幕府權力の弱體化に起因する親子兄弟骨肉の戰亂、下克上群雄割據の戰亂が全國各地で惹起された時代」といへます。

更に、旱魃などの自然災害も頻發し、大飢饉が幾度も起り、農民のみならず大衆、僧侶まで卷き込んだ徳政土一揆も頻發します。それらに對して足利幕府の將軍は有効な指導力を發揮できませんでした。

これにより皇室竝に公卿の財政が窮迫、戰亂や大火災などで皇居も炎上し、住むことができぬ状況となり、祭祀を始めとする多くの宮中行事が齋行できなくなつてしまひます。

例へば、新嘗祭は後花園天皇の御世の寛正四（一四六三）年以降齋行できなくなり、江戸時代後期の櫻町天皇の御世の元文五（一七四〇）年迄の二百七十八年もの間行ふ事ができませんでした。

更に、大嘗祭は應仁の亂直前の文正元（一四六六）年の後土御門天皇の齋行以降斷絶。これも江戸時代中期の貞享四（一六八七）年、東山天皇の御卽位の砌に簡略な齋行で復興するまで、二百二十一年間も行ふ事ができませんでした。勿論、小祭の多くも齋行できなくなると共に、殆んどの宮中行事も斷絶してしまひます。

私は現代もこれに重なると思つてゐます。ここ數年の間に様々な宮中行事や祭祀が中止されてゐることを聞いてゐます。これが平成の御世から續く様々な天災人災に繋がつてしまつてゐるのではないかと思ふのです。日本と云ふ國家は、天皇の祈り、卽ち祭祀が正しく行はれてゐる時代にこそ正常な働きが機能すると思ふのです。

足利將軍は存在してゐるものの、その時代は實質七十五年ほどで終つてしまつたといへます。このやうな世の中であつて、歴代天皇は世の平安と民の安寧を祈り續けてゐます。それを明徴に顯はすものこそ御製です。

應仁の亂に至るまでの政治は「國家の尊嚴を失つた下克上と家督爭亂の時代」でした。特に、歴史上の汚點と云ふべきものは、足利義滿が明王からの册封を受けたことでした。

『民族日本歴史』（白柳秀湖著・昭和十八年初版）には次のやうに書かれてゐます。

　義滿の驕奢は、忽ちにして民力の疲弊を來した。恰もこの時であつた。明主が僧祖闡、克勤を使として義滿に交を求めて來たので、義滿は奇貨措く可しとし、直ちに使者を遣はし、方物を貢してその意を迎へた。ところが明主はその書辭を甚だ無禮として受けず、義滿が使を再三するに及んで遂にこれを容れ、すなはち國書を裁して義滿に贈つた。その書辭は實に傲慢無禮を極めたものであつたけれども、かれは明主からの財用の補給を得たさに自ら臣と稱し、刀劍・珍器を贈つて明錢を求めた。德川氏の世に至るまで通用した永樂錢がこれである。義滿が明主に送つた表書を見るに、日本國王と稱し、かの國の年號を用ひ、自ら臣と呼んで憚らなかつた。義滿以降、數代の將軍相繼いで明主から日本國王の册封を受け、恬として耻づるの色がなかつた。國威の失墜、我が歴史を通じ、實にこの時を以て最も甚だしとする。

このやうに國家としての尊嚴も失はれてゐた時代が室町時代だと、私は考へます。

足利幕府全盛の時代は、義滿の頃といはれてゐますが、その時期であつても有力大名は、前代よりも幕府や將軍を輕んじてゐます。例へば、明徳元（一三九〇）年の春に、土岐康行（ときやすゆき）が幕府に叛旗を飜します。しかし、これは間もなく幕府に降參します。この時、山名氏淸（やまなうぢきよ）は足利幕府と同等の力を誇示して次のやうに豪語したと云ひます。

「康行、何ぞ勇なきの甚だしき。將軍もし康行を以て我が家を見ば、恐らく悔ゆる日のあるべし」と。

この山名氏は、翌年明徳二年に吉野朝に降り（くだ）、錦の御旗を戴いて足利幕府に叛旗を飜へします。これが「明徳の亂」です。結局、山名氏はこれによつて泯びる（ほろ）のですが、その後、この戰亂に據つて大内氏、細川氏、斯波氏、畠山氏などの大名が強力な力を持つて足利幕府と權力を争ふ事になります。

義滿亡き三十年後には、第六代將軍足利義教（よしのり）が赤松氏に暗殺されます。その三十年後には應仁の亂が起き、幕府機能は麻痺します。更に、それに自然災害が追討ちをかけ、經濟的困窮で國民は苦しみます。それを表はす多くの後花園天皇の御製が遺されてゐます。

人間の生くる爲の五欲煩惱が根柢に在るとは云へ、室町時代は、權力欲に飜弄された時代でした。そして、天皇の存在が忘却された時代でもありました。それを強く表はしたものが、皇室財政の窮乏でした。のみならず皇室を支へて來た朝廷組織の中核を爲す公家も嚴しい財政狀況に陥ります。更に度重なる戰亂はそれに拍車をかけます。當然ですが、それによつて朝廷行事が中止となるのは勿論のこと、天皇祭祀もその殆んどが齋行不能に陥つてしまつたのでした。

天皇祭祀について

ここで天皇祭祀は「宮中祭祀」とも言はれます。その中でも親祭を特にいひます。宮中祭祀については、神社界が中心となつて創立された日本文化興隆財團の中での解説がわかりやすいと思います。

宮中で天皇が親しく行はれる祭祀をいい、その起源は、『日本書紀』に記されてゐる。
（中略）宮中祭祀第一の祭典である大嘗祭、新嘗祭の起源が示されゐます。

祭祀の原初の姿はもはや知る術がありませんが、大寶元（七〇一）年に制定された大寶律令から延長五（九二七）年制定の延喜式にいたり、今日見る體系的な祭祀の基礎が完成されました。律令時代には祈年祭、月次祭、新嘗祭が重視され、また大嘗祭、伊勢の神宮の式年遷宮も最大の祭儀として、成立しています。

時代の變遷とともに祭祀も變化していきましたが、宮中祭祀の基本姿勢は、十三世紀前半の順徳天皇（第八四代）が著された『禁祕抄』の冒頭、

「一、賢所。凡そ禁中の作法、神事を先にし、他事を後にす。旦暮あけくれ敬神之叡慮解怠無く白地さまにも神宮竝びに内侍所の方を以て、御跡と為さず」といふ一文に盡きてゐます。すなはち「宮中の作法はまづ第一に神事、その後に他のことがあって、朝夕に神を敬ひ、かりそめにも伊勢の神宮、また賢所に足を向けて休むやうなことがあってはならない」

といふものです。

十五世紀後半の應仁の亂以降は中絶した儀式もありますが、明治維新後は途切れてゐた祭祀が再興され、また、新しい祭祀が創出され、明治四十一年の皇室祭祀令によつて法的な整備がなされます。また、それぞれの祭祀に

對應する國の祭日が定められ、宮中祭祀は、國民生活にも廣く浸透していきました。皇室祭祀令は新しい皇室典範の施行と同時に廢止されましたが、宮中祭祀はほぼその規定に準據して、現在も嚴修されてゐます。

なほ、現在、宮中祭祀は皇室の「私事」として扱はれてゐますが、その趣旨は、あくまでも國家・國民の安寧幸福と世界平和を祈られることにあり、象徴天皇にふさわしい「公事」であるとする有力な見解もあります。

ただ、近年この宮中祭祀が「時代にあはぬ」と云ふ理由で斷絶させられたものも散見できるやうに感じます。

本書では、室町戰國時代の御製を御謹解申し上げると共に、その大御心を推し量りつつ進めてまいります。

後小松天皇

第一〇〇代・北朝第五代・室町時代　天授三（一三七七）～永享五（一四三三）年
御在位　弘和二（一三九二）～應永十九（一四一二）年

後小松天皇は、後圓融天皇の第一皇子で後龜山天皇より神器を傳へられ、南北朝和合で第百代天皇として即位されました。後小松天皇時代は足利幕府の全盛期でした。

足利義滿は、表面的には朝廷を立てながら、支那の明とは朝貢貿易を行ひ、明から「日本國王」の册封を受けて嬉々としてゐました。本來は朝廷の選任權である敍任權までも手中に收め、天皇の地位すら窺つてゐたと云ふ學者も多く、彼の野心は止まるところを知りませんでした。

このやうな狀況下でも、後小松天皇は、國家の平安と國民の安寧を祈る宮中祭祀は勿論のこと、朝廷行事によつて大切な傳統文化を繼承することをお務めになられたのです。

しかし、その願ひも虚しく時代は混亂を極めてゆきます。室町幕府の權力もそれほど強大なものではなく、南朝勢力も常に幕府を脅かし、南北朝統一後、僅か十年も經たずして大内氏が室町幕府に叛旗を飜へす應永の亂を始まりとして、國内各地に戰亂の炎が燃え広がります。

足利幕府では、徐々に將軍から幕府管領に實權が移つてゆきます。そして、それが管領の權力爭ひに繫がり、足利義滿亡き十數年後には將軍不在の時期などもあり、幕府權力の弱體化に拍車を掛けてしまつたともいへます。

後小松天皇は、このやうな狀況を打開せんとして御在位中に十二歳であつた第一皇子（稱光天皇）に御年三十五歳で御讓位されます。しかし、稱光天皇は、御病弱の爲、上皇として朝廷行事を御親ら指揮せざるを得ませんでした。

稱光天皇の御製は、殘念乍ら一首も見つかつてをりません。即位されたのは、應永十九（一四一二）年であり、足利義滿が死沒して翌年のことでした。稱光天皇の御世（みよ）は、義滿亡き後で全國各地で戰國時代の與兆とも云へる國内混亂が更に激しくなつてゆきます。

稱光天皇は、在位十六年で崩御されてしまはれます。數人の皇女の御誕生がありましたが、天皇位を繼げる皇子は誕生されませんでした。これは皇位繼承に於て現代の狀況よりも嚴しかつたかも知れません。ここで後小松上皇は、從兄弟（いとこ）に當る伏見宮貞成親王の第一親王彦仁（ひこひと）親王を養子にされて、第百二代後花園天皇とされたのでした。後小松上皇五十歳の時、後花園天皇は九歳での踐祚（せんそ）でした。

この時期、關東で干魃が起り甚大な被害、更に戰國時代の豫兆とも云へる大名たちによる親子兄弟での爭闘も目立つやうになつた時になります。

そのやうな背景で後小松上皇は、院政を行ひつつ九歳の御花園天皇に對して、帝皇教育を行ひました。そして五年後、永享五（一四三三）年十二月一日、後小松上皇は御年五十五歳で崩御されました。

後小松上皇は、崩御の時室町第に遷られて居られました。『後花園天皇實錄』には、後小松上皇が最晩年にお作りになられた御製が載せられてゐます。

永享五年十月二十一日、後花園天皇が後小松天皇崩御二か月前に住まはれてをられた室町第に行幸されました。その時に後花園天皇が後小松上皇と相聞し合つた際の御製が二首あります。（12頁掲載）

賀歌・祝言

御題「立春」（「後小松院御集」春二十首より）

たちかへる　神代の春や　しるからし　たかまが原に　霞みたなびく

たちかへる＝立ち歸る　しるからし＝甚だはつきりしてゐる　たかまが原＝高天原

【大御心を推し量る】

後小松天皇の御製の中でも暗い影の少ない大御歌ではないでせうか。憂ひの深い御製が多い中で、この御製には何となくではありますが、明るさを感ずる事ができるのです。

「たちかへる神代」は、神々の世界ですが、それは萬物一切が調和の世界に在つて、幸福の滿ち溢れた世界のことであらうと思ふのです。「春やしるからし」とは、冬の嚴しい環境を乘り越えた歡びの春の前徵のやうであると詠つてをられるのではないでせうか。

下句は「霞の棚引いてゐる美しい風景は」と解せます。その「たかまが原」は、「高天原」で神々の世界になるのですが、ここでは二つの取り方ができます。

一つは想像の世界での高天原。もう一つは、現實に後小松天皇が御覽になられた美しい風景。私は後者である現實の美しい風景を詠はれたのではないかと思ひます。

御題「社頭祝言」（「後小松院御百首和歌」雑二十首より）

日と照らし　土とかためて　この國を　内外(うちと)の神の　まもる久しさ

日と照らし＝太陽の光として世の中を照らし　土とかためて＝國土をしつかりと豊穣にして
内外の神＝伊勢の内宮と外宮。又は天津神國津(くにつ)神のこと
まもる久しさ＝護持されてきた悠久の時の流れ

【大御心を推し量る】

この御製から、日本の神々がどのやうな役割を果たしてゐるかを知ることができます。「内外の神」とは、二つの捉へ方が有ると思ひます。一般的には伊勢の内宮と外宮です。この場合には、「慈(いつく)しみの根源」である天照大御神と「食を充ち足らはす」豊受大神によつて守られてゐると云ふ解釋になりませう。しかし、後小松天皇が詠はれたのは、天津神である「高天原に坐(ま)す神々」と國津神である「八百萬の神々」ではなからうかと思つてゐます。

天地の惠みは、一切の生命に及び、特にこの日本と云ふ國を守られて下さつてゐると云ふ心からの感謝の御製ではないでせうか。

飜つて今、天からの惠み、卽ち天照大御神を始めとする天上の神々によつて地球上の總ての生き物は生きてゐると云ふ感謝の心を以て日々を送られてゐる方はどれほどゐるでせうか。そして、地の神々もまた、われらに様々な恩惠を與へて下さつてをられます。

御題「花契萬年」（「北山殿行幸記」）

よろづ代と　なべて花には　契るとも　春へむとしぞ　猶ぞ限らじ

なべて＝總じて　契るとも＝約束しようとも
春へむとしぞ＝春を數へる年は　限らじ＝限ることは無い

【大御心を推し量る】

この御製の詞書には、「應永十五年の春北山殿に行幸（いで）ましまして花契萬年と云ふことを」とあります。この「北山殿」とは、京都市北山に在つた足利義滿の別荘のことです。「當時は、舍利殿、天鏡閣、護摩堂、懺法堂があり、廣大な庭とともに異彩を放つてゐた」とあります。その遺構が鹿苑寺金閣（ろくおんじきんかく）です。

應永十五（一四〇八）年春に、後小松天皇が足利義滿の招きで行幸された折の御製です。南北朝合一が圖られてから十五年後の事です。この翌年の應永十六年、足利義滿が亡くなります。

初句に於ける「よろづ代と」の一句には「天壤無窮の御神勅」が籠められてゐるのではないでせうか。「それを總べての花に約束してゐるのであるが」とお續けになられてゐますが、この「花」は植物の花に託（かこつ）けて、國民のことを言つてゐるのではないかと思ふのです。

下句冒頭の「春」には、嚴しい環境を乘り越えた花々がいつせいに咲き、その生命の謳歌をするのですから、苦しみに喘いでゐる國民が春を謳歌できると云ふ大御心を籠められたやうに思へてなりません。

後小松天皇の御世に於ては、表面的には足利義滿の強權によつて室町時代の中では戰亂が非常に少なかつたやうに見受けられます。しかし、權力者である義滿の治政は、一般の國民への配慮は少なかつたのではないかと思います。後小松天皇は、それすら御親らの責任として捉へてをられたのではないでせうか。冒頭の「よろづ代」

と云ふ言葉で表現されてゐる「天壌無窮の御神勅」は、歴代天皇に於て常にその日々の中に根付かれてをられる指針ではないかと思ひます。

「天壌無窮の神勅」とは、「就而治焉行矣寶祚之隆天壌無窮矣（天津日嗣の御榮え天地と共に極まりなけむ）」と云ふ事です。つまり、天照大御神の皇孫（天皇）が治らしめすことにより、萬有を生成化育する如く與へて求めぬ、至高至平、世界無比なる祭政一致の國家として、愈々益々隆興し、永遠に發展し續けて行くと云ふことが眞義なのです。乃ち「大和魂」の根本に存在する國家理念の最も重要な要素といへます。

〈後花園天皇への御返歌〉

すゑとをき　雲ゐにこゑを　つたへてや　はこやの山に　たづもなくらん

すゑとをき＝末遠き　雲ゐに＝遙かな天上（天皇とも解せる）
こゑをつたへてや＝聲を傳へてや　たづもなくらん＝鶴も鳴いてゐる

【大御心を推し量る】

これは、後花園天皇に返歌されたもので、下句の「はこやの山のたづもなくらん」に、後花園天皇の後小松天皇が立派に成長したことに對してのお喜びが籠つてゐます。御年十四歳の後花園天皇に懐ひを託され、そして、頼もしく思はれてお作りになられたのだと思ひます。

後小松天皇の中で次の長歌の御製の一節が、その波亂に滿ちた御一生を表はしてゐるやうに思ひます。

すべらぎのやすみしるてふ　ちかき世のためしにさへも
越えぬればさやのなか山　なかなかに愚（おろか）なる身を
はづかしの杜（もり）のしたぐさ　ふみわけてさらば道ある
いにしへの世にもかへさぬ　なげきのみつもる月日は
いたづらになす事もなき　ながめして花ももみぢも

後小松法皇に進ず、御花園天皇御製（永享五年九月三日　御年十四歳）

色かへぬ　ときはの松に　ちぎるらし　はこやの山の　千世の友鶴

色かへぬ＝色を變へない　ときはの松に＝常盤の松に　ちぎるらし＝約束するに違ひない
はこやの山＝支那に於て不老不死の仙人の住むと云ふ想像上の山（莊子「逍遙遊」）。仙洞御所。
上皇陛下のお住居

大御心（おほみこころ）

御題「栽竹」（「後小松院御百首」雑十五首）

呉竹（くれたけ）の　はしに我が身は　なりぬとも　うゑてや世世の　影を頼まむ

呉竹＝皇居清涼殿前庭に植えてある竹。天皇位の事　はし＝端つこ　うゑてや＝植ゑてや
世世の影＝御歴代天皇のご業績竝に皇祖皇靈のお力

【大御心を推し量る】

世を憂ひ、正しき姿に戻したいと云ふ願ひが籠められてゐます。「呉竹」とは「皇居清涼殿の前庭に植えてある竹」のことで、歴代天皇の事をも表はしてゐます。上句からすると「天皇と云ふ位の端に列なつた自分ではあるけれど」と詠はれたものではないでせうか。御親（おんみづか）らの力を過信する事なく、歴代天皇の力をお借りしつつ、治政を行つてゆきたいものであると詠はれたものです。

以前は「呉竹のはし」を「人生の終り」などと解してをりましたが、皇居（京都御所）清涼殿にある呉竹の事と云ふことがわかりました。となれば、「世世の影」とは「皇祖皇靈の御神靈のお力」と解するのが自然ではなからうかと思ひます。

御題「百首の歌の中に」（『新續古今集』より）

あはれなり　小田（おだ）もの庵（いほり）に　おくかびの　煙や民の　思（おもひ）なるらむ

あはれなり＝何と哀しいことであらうか　小田もの庵＝田んぼの假小屋

【大御心を推し量る】

第三句「おくかびの」が、どうしても解する事ができません。下句「煙や民の思なるらむ」は、國民の心を思ひやられての大御歌と拜する事ができるのですが、「庵のかび」とは何かが見えて來ません。「かび」は「生命の芽萌えの象徴」と普段は解釋しますが、この御製では當て嵌らない氣がするのです。「煙」と云ふことは、燃や

されてしまふことを表はしてゐるやうに思ふのですが、さうであれば「生命の芽萌えの象徴」にはなり得ない氣がします。

御題「野外夏草」（「新續古今集」）

みゆきせし　千代の古道（ふるみち）　あととぢて　ただいたづらに　茂る夏草

みゆきせし＝御幸遊ばされた。行幸遊ばされた　千代の古道＝遙か昔からの古道
あととぢて＝その後は使はれる事なく　いたづらに＝むなしく。荒れ果てて

【大御心を推し量る】

御題「野外夏草」から考へれば敍景の歌にならうかと思ふのですが、上句からは、歴代天皇の歩まれて來られた御事蹟を振り返られてをられるのではないかと考へられるのです。上句に於ける第三句の「あととぢて」には深い哀しみを感じます。

下句は御親（おんみづか）らの御世を歎かれてのお言葉に思へてなりません。「千代の古道」を神武天皇が歩まれた熊野古道と拝察できるかも知れません。であるならば、建國の理念を詠ひ込まれてをられるかも知れません。

國柄・國體

御題「神祇(しんぎ)」（應永十四年十一月二十七日内裏歌會）

葦(あし)かびと　見えしかたちを　はじめにて　國つやしろの　神のかしこさ

葦かび＝葦の芽生え（生命の萌芽）
葦かびと見えしかたちをはじめにて＝『古事記』『日本書紀』の草創の神の出現
國つやしろ＝神々を祀つてゐる神社　かしこさ＝畏さ。神々しさ

【大御心を推し量る】

『古事記』『日本書紀』に於ける日本の國の創生傳説を詠はれたものです。但し、この頃には『古事記』は、寫本は殘つてゐるものの書籍としては存在してゐなかつたことから考へるに『日本書紀』の「一書に曰く(あるふみ)」に於ける「葦の芽がはじめて泥の中から生え出して國常立尊(くにのとこたちのみこと)が生まれた」ことを詠ひ上げたのではないかと思ひます。

『日本書紀』では、「一書に曰く」に可美葦牙彦舅尊(うましあしかびひこぢのみこと)が三回も出てきます。更に、第一神の國常立尊(くにのとこたちのみこと)の存在が可美葦牙彦舅尊(うましあしかびひこぢのみこと)と同一と記述されてゐます。これは、『古事記』に於ける天之御中主神(あめのみなかぬしのかみ)を始めとする造化の三神の次に出で來る宇摩志阿斯訶備比古遲神(うましあしかびひこぢのかみ)と同一です。この神の出現によつて一切の生命の生成が形となります。

これを「宇宙萬物萬象生成化育發展の原理」と呼びます。これは戰前の皇道學者今泉定助氏の提唱されたもので、私もこれに贊同してゐます。ここから「葦かび」とは一切の生命の生成を象徴する言葉と捉へられると思ひます。

　これが天皇祭祀の祀り事の原點であらうかと思つてをります。卽ち、神の働きである「生成化育の原理」の働きを圓滑にするのが「祈り」であり、その「祈り」の象徴がこの御製には籠つてゐるのではないでせうか。

ところで可美葦牙彦舅尊(うましあしかびひこぢのみこと)、宇摩志阿斯訶備比古遲神(うましあしかびひこぢのかみ)の働きとはなんでせうか。

「宇摩志」とは、すべて調つてゐると云ふことであり、又この狀態を美しいと云ふ意味も含んでゐます。「阿斯訶備」の「阿斯」は植物の「葦」の事と云ふのが一般的ですが、葦は私たちの祖先が生命を言ひ表はすのに使つたと私は考へてゐます。「訶備」は「黴」の事で、植物の芽を表はします。つまり「生命の芽」の事を言つてゐるのです。「比古」の「比」は「靈」です。本居宣長の解説の中に「すべて『物の靈異』なるを『比』と云ふ。されば『産靈』とは、全て物を生成することの靈異なる神靈を申すなり」とありますので、神靈の靈力を表はしてゐるのです。「古」は「凝・固・小・虚」などの意味があり、極微なる世界が凝り固まりつつある働きを表はしてゐます。

　これらの事から、私は原子物理學の働きを「造化の三神」の働きで表現した神がこの「宇摩志阿斯訶備比古遲神」と云ふ神名で、私たちの祖先は表現したのではないかと考へてゐます。

　日本人は、宇宙を含む一切の生命の誕生を有形絶對の神々の力によつて作られたものとは考へてはいなかつたことが、この『古事記』の一節から想像できるのです。と云ふよりも遙か古代の日本人は最も科學的にものを考へてゐたと言へるのではないでせうか。

　吾等の祖先は萬葉時代には掛け算割り算を驅使してゐたと云ふことにも偉大さを感じます。

『古事記』より

次に國稚く浮脂の如くにして、久羅下那洲ただよへる時に、葦牙の如く萌え騰る物に因りて、成りませる神の名は　宇麻志阿斯訶備比古遲神、（此神の名は音を以て）

次に天之常立の神、此の二柱の神も亦獨神成りまして、身を隱し給ひき。

上の件五柱の神は別天神。

御題「寄神祇」（「後小松院御百首」雑十五首より）

蘆原の　國とこだちの　初めにて　幾代（いくよ）をまもる　神となりぬる

葦原の＝日本の國の事　國とこたちの＝國之常立尊（くにのとこたちのみこと）のこと
初めにて＝日本國の草創の神話の時代から　まもる神＝日本を護つてをられる天津神國津神

【大御心を推し量る】

この御製の第二句「國とこだち」は、『日本書紀』に於ける最初の神である國之常立尊（くにのとこたちのみこと）のことを言はれてゐます。『古事記』に於ける最初の神は天之御中主神（あめのみなかぬしのかみ）。『日本書紀』では、天地開闢の最初に出現した神が國之常立尊になります。つまり、天皇の祖神に當る神様になります。後小松天皇は、御親（おんみづか）らの祖神である國之常立尊に肇（はじ）まり、日本の國は神々によつて守られてきた尊い國であるぞと詠はれてをられるのです。

日本に於ける正史つまり正式な歴史書は飽迄（あくまで）も『日本書紀』です。現代の歴史は、この正史である『日本書紀』を全く無視した中で學校教育が行はれてゐます。つまり、吾等が祖先を斷ち切つた中での教育が爲されてゐるのです。現代の歴史教育の一番大きな問題點は此處に在ります。歴史教育は、民族思想の形成に於て缺（か）かせぬものでありませう。私達の祖先の積み上げてきたものを斷ち切つてしまつたなら、正しい思想形成など出來る譯がありません。『日本書紀』の教育界での復活こそ、日本の歴史教育の原點にならなければいけないと私は考へてゐます。

神祇・祭祀

御題「祈戀」（「後小松院御百首」 戀十五首より）

きえかへる　命を神に　まかせても　涙のつゆの　かかるしらゆふ

きえかへる＝すつかり消えてしまふ　　しらゆふ＝一般的には白木綿の反物。穢れの無い心

【大御心を推し量る】

結句に於ける「しらゆふ」は、一般的には「白い木綿の反物」と云ふ事ですが、この御製に於ける「白木綿」は「穢れの無い神聖なること」を表はしてゐるのではないでせうか。

御題からは女性への思ひの丈が報はれぬお苦しみを詠はれたものになりますが、少し深く考へると、御親（おんみづか）らの御願ひが思ふに任せぬお苦しみが見えてきます。

初句に於ける「きえかへる命」は、この世に於ける肉體の生命の消滅を意味してゐます。「神にまかせて」と云ふお言葉は、御親らの生命を神に全託する高みを詠はれてをられるのであらうかと思ひます。戀にかこつけた「御親らの御願ひ」とは如何なるものでありませう。それは國の平安と國民の安寧です。そんなことも重なるやうに思へてなりません。

詞書

明徳四年の春伏見殿にまゐりて久しく侍りける頃ある所に梅のおもしろく咲きたりけるを御覽ぜらるる柳とともにまゐりてあそび侍りし次の年の春去年の時わすれがたきよしうけ給はるとて梅が枝につけて從三位政子のもとへおくり給へる

御題「神樂」（「後小松院御百首」冬十五首より）

神（かむ）さびて　うたふゆだちの　本末（もとすゑ）も　よりあひの音　いづれともなく

神さびて＝神々（かうがう）しく　うたふ＝詠ふ
ゆだち（結裁）＝裝束の袖付けの脇を縫はずにあけておくこと。また、その部分
本末も＝神樂歌で、本方（もとかた）の歌と、末方（すゑかた）の歌　よりあひの音＝寄合ひの音。

【大御心を推し量る】

宮中で行はれた「御神樂の儀」を詠はれたものと思はれます。それは、現在も行はれてゐる宮中祭祀の一つです。十二月中旬に行はれる「御神樂の儀」、四月三日の「神武天皇祭」（神武天皇崩御の日）。一月七日「昭和天皇祭」（昭和天皇崩御の日）と云ふ三回の他に、「新嘗祭」前日に行はれる「鎭魂の儀」が齋行（さいかう）されて年四回行はれてゐるとのことです。この「御神樂の儀」は、奈良時代から齋行されてゐます。

現代では、「御神樂の儀」は、皇居内賢所又は皇靈殿の前庭で、夕方六時から翌日の午前一時まで行はれるとのことです。白い玉砂利の敷き詰められた庭上の篝火（かがりび）のもと、宮内廳式部職樂部の樂師達によつて奏されます。

この儀式は、神々竝に歴代天皇の御靈に奉奏される歌舞であり、觀客等のゐない靜寂の闇夜のなかで嚴かに齋行されます。本來神樂歌の演奏は神に對して行はれるもので、聽衆を對象とはしてゐません。ですから樂部樂人と一部關係者以外の方が鑑賞することは許されず、儀式は非公開です。

神樂歌の起源は、『古事記』『日本書紀』の天の岩戸傳説で、天照大御神の御神靈をお慰めする神事が原型といはれて奈良時代には宮中で行はれ、平安時代初期には神樂歌の形式が調へられたと云ひます。

「本末」とは、この神樂に於ける「本方・末方」のことで、これは「御神樂の儀」で樂人のことで、宮中賢所前

に神樂舍を設けて庭燎をたき、樂人は二方に分かれて座します。神殿に向かつて左側に座る樂人を「本方」、向かつて右側に座る樂人を「末方」といひます。

御題「初秋風」（應永十九年正月禁裏和歌御會）

みそぎせし　袖の名殘（なごり）の　川風や　秋のひなみを　今朝はかくらむ

みそぎせし＝禊ぎをして清めた　名殘の川風＝清らかな川風
秋のひなみ＝秋の日波　かくらむ＝書いてくれてゐる

【大御心を推し量る】

應永十九（一四一二）年は、後小松天皇から稱光天皇へ御讓位が行はれた年に當ります。初句に於ける「みそぎせし」とは、狹義には「六月祓（みなづきばらひ）」を云ふのですが、御讓位に於ける清祓（せいばつ）の儀式も重ねてあるやも知れないと思はれます。御題で「初秋風」とされてゐますが、この頃は七月一日から「秋」になります。これは陰暦で生活をして居たことからこのやうになつてゐました。

上句の「みそぎせし袖の名殘の川風」とは、前日六月三十日に行はれる「夏越（なごし）の大祓（おおばらひ）」のことです。

下句については解釋が難しく、「秋のひなみ」を「日竝み」と解してみましたが、結句の「かくらむ」の意味が分からなくなつてしまひます。「ひなみ」は「日波」としたならば「書くらむ」と解する事ができました。

さて「陰暦」とは、明治六年に新暦である「太陽暦」が採用されるまで使はれてゐた暦法です。別名「舊暦」或は「太陰暦」とも呼び、太陽暦が太陽の周期に基づく暦法であるのに對して、月の周期に合せた暦法が「舊暦又は陰暦」になります。和歌を學ぶには舊暦を知ることも大切です。

御題「荒和祓」（「後小松院御百首」夏十五首より）

御祓する　ぬさのみだれは　取り捨て　そよやかへさの　袖の秋風

荒和祓＝荒魂、和魂の清め祓ひのこと　御祓する＝夏越の大祓のこと
ぬさのみだれは＝幣の亂れは　そよや＝さうだ　かへさの＝歸りの

【大御心を推し量る】

御題「荒和禊」の「荒和」とは「荒魂」「和魂」と思ひます。その「禊ぎ」を行ふことは「夏越の大祓」を詠はれたものです。結句に於ける「袖の秋風」にそれが表はれてゐます。當時に於ける「秋」は舊暦ですので七月から秋になります。

荒魂、和魂は、私達人間の勇猛なる心と柔和な心の二つの事ではないでせうか。それらのいづれもが日々の生活の中で汚垢がこびり付いてしまひます。それを半年に一度清廉に戻すと云ふのが「大祓行事」です。

天皇と云ふ存在は、世の平安と國民の安寧の祈りを捧げる御身であるが故に御親らの御魂を清めに淨められてをられる事がこの大御歌から窺ふ事ができます。但し、「大祓行事」は臣下の行ふ行事になり、天皇が御親らを禊がれる御行事は「節折」と云ふものになります。

「節折の儀」、すなはち宮中祭祀に於ける「節折」竝に「大祓」は、室町時代で途絶へます。後土御門天皇の御時に起きた應仁の亂によつて斷絶を餘儀なくされたのでした。江戸期には、この二つの行事の代りに「茅の輪の儀」と云ふ形で行はれたと傳へられます。

そして、明治四年六月、宮中祭祀に於ける「大祓の儀」と「節折の儀」が再興されたのでした。明治維新に於ける大きな意味は、これらを始めとする多くの宮中祭祀が再興されたことも附言しておきます。

この再興についての「御布告」は次のやうなものでした。

「大祓之儀従前六月祓或夏越神事と稱し執行來候所、全く後世一社之神事と相心得本義を失ひ候に付、今般舊儀御再興被爲在候間追追天下一般修業可致様被仰出候事。但、祓式之儀は追て被仰出事」

（明治四年六月二十五日）

「節折」とは、特に行はせられる天皇の御祓行事であり、同時に行はれるのが、皇后、皇太后、皇太子、皇太子妃の「御祓」です

竹の節と節の間を「よ」と呼びます。そして、竹を折る作法が行はれることから、その名となつたと言はれます。具體的には、九本の竹で御身體の部位の御寸法を量つて、壺に息を吹き込まれると『江家次第』にはあります。そして、「荒世の儀」と「和世の儀」の二つに分けて行はれると傳へられます。「荒世」とは「禍害を除く」と云ふ義があり、「和世」は「福善を進ませる」と云ふ義があると言はれてゐます。

『公事根源』に「節折をばよをりと云ふ。竹にて御たけの寸法をとりて、其程に折あてかへばなり」とあります。

中臣女取之、天皇起與女量御體五度。先量身長。次量自兩肩至御足。次左右手自胸至中指末。次量左右腰至御足。次自左右膝至足爪。竹九枝。中臣女毎度承取示神社官。次卜部捧壺授中臣官人。官人付中臣女供之、天皇放口氣於壺内三度。了中臣女傳神社官…云々（『江家次第』）

御題「除夜」（「後小松院御百首和歌」冬十五首より）

とにかくに　身にもおぼえぬ　年くれて　なやらふ夜にも　なりにける哉

とにかくに＝あれこれと　　なやらふ＝追儺（ついな）をする。鬼を追い拂ふ

【大御心を推し量る】

舊曆の大晦日に、その一年を振り返られてをられるやうです。「なやらふ」とは漢字を充てると「儺遣らふ」となり、「鬼やらい」又は「追儺（ついな）行事」のことをいひます。これは平安時代の初めから行はれてゐる宮中行事で、陰陽道に於ける鬼祓ひの儀式です。元は舊曆の大晦日に行はれてゐましたが、應仁の亂以降に斷絶して、時期は定かではありませんが、江戸期の頃から節分の前日に行はれることとなりました。

宮中行事としては、桃の木で作つた弓と葦の矢で都の四門から鬼を追ひ拂ひ、一年の疫鬼を拂つて新年を迎へる行事として大晦日に行はれてゐました。現代の宮中行事ではこの「追儺行事」は行はれてゐないとのことです。

何故桃の木で作られた弓になるのかといひますと、「古事記」に於て伊邪那岐神（いざなぎのかみ）様が黄泉國（よもつのくに）から逃げられた時、雷神（いかづち）達に追ひ詰められ黄泉比良坂（よもつひらさか）と云ふ黄泉國と現實の世界との境目に在つた桃の木の實を三個とつて投げつけて雷神（惡靈）を追ひ拂つた事に由來してゐます。

そこに於て伊邪那岐神様は桃に「私を助けてくれたやうに、現世の人が苦しみ惱むとき、同じやうに助けなさい」と仰有つて、意富加牟豆美命（おほかむずみのみこと）と名を賜つたのです。後小松天皇は、初句に於ける「とにかくに」と云ふ言葉に萬感の思ひを籠められてをられるやうです。決して平安な世として迎へられる新年ではないことが窺はれるのではないでせうか。足利幕府による權力政治に民が苦しむことを御歎きになられた大御歌（おほみうた）と私には思へてなりません。藤原定家の『拾遺愚草』にある和歌に、

諸人(もろびと)の儺遣(なや)らふ音に夜は更けて　はげしき風に暮れ果つる年

といふ歌がありますが、下句の「はげしき風に暮れ果つる年」が重なります。

春歌・夏歌

御題「賀歌」

袖ふれし　去年(こぞ)の匂(にほひ)を　忘れずば　思ひもいでよ　梅のしたかぜ

明徳四年＝後亀山天皇が三種神器を北朝に譲渡する翌年
伏見殿＝伏見宮貞成親王のこと。後花園天皇の御父君　　袖ふれし＝ご縁を戴いた
忘れずば＝忘れる事が無ければ　　梅のしたかぜ＝梅の香を運んでくれる風

【大御心を推し量る】

「明徳四年の春伏見殿にまゐりて久しく侍りける頃、ある所に梅のおもしろく咲きたりけるを御覧ぜらるる。柳とともにまゐりてあそび侍りし次の年の春、去年の時わすれがたきよしうけ給はるとて梅が枝について従三位政子のもとへおくり給へる。」

詞書には此のやうにあります。

梅の花爛漫と咲き亂れてゐる従兄弟である伏見宮貞成親王の屋敷での梅を見て平和の訪れを御歡びになられたのでせう。この時、後小松天皇は御年十五歳です。前年十月に後亀山天皇が三種神器を北朝後小松天皇に譲渡されて南北朝統一が實現したすぐの時期にお作りになられたものと思ひます。

「從三位政子」については不明です。從三位は、鎌倉室町時代に於て攝關家を始めとする公卿以外での最高位階です。つまり、將軍、幕府管領など武家權力者の最高位と云ふことです。將軍義滿の夫人には政子と云ふ名は見當りませんので、相當「位」の高い女性である事だけが分かるのみです。

御題「立春氷といへることをよませ給ふける」（新續古今集）

滋賀の浦や　よせてかへらぬ　浪の間に　氷うちとけ　春はきにけり

滋賀の浦や＝琵琶湖のこと　よせてかへらぬ＝寄せて返らぬ
氷うちとけ＝氷が溶けて　きにけり＝來たのだなあ

【大御心を推し量る】

立春とは、二十四節氣に於ける節分の翌日で、春の氣配が立ち始める時期のことを表はしてゐます。勅撰集に撰されるだけあり、春を迎へる雄大な歌だと思ひます。

『新續古今集』は、後花園天皇の勅宣を以て權中納言飛鳥井雅世（初名雅淸）が撰進。永享五（一四三三）年八月二十五日下命、同十年八月、四季部奏覽、翌十一年六月二十七日成立。「眞・假名序」は共に一條兼良の筆。撰進のために應製百首（永享百首）が召され、寶治（後嵯峨院）・弘安（龜山院）・嘉元（後宇多院）・文保（同）・貞和（尊圓法親王）の百首歌も選考資料となりました。歌數は二千百四十首強。幽玄・枯淡を基調とする二條派の歌風を踏襲してゐます。

御題「卯花似月」（應永十九年正月禁裏和歌御會）

むばたまの　夢路にさかぬ　卯の花も　やみのうつつの　月と見えつつ

むばたまの＝（夢路）の枕詞　　夢路にさかぬ＝夢の通ひ路でも咲かない

卯の花＝卯木の花。初夏を表はす　　やみのうつつ＝暗闇の中の現實

【大御心を推し量る】

この大御歌からは、お作りになられた時期の世の中を投影するかの如く、明るさを感ずる事ができません。應永十九年の正月御會始でお作りになられました。この年は八月に第一皇子である稱光天皇（御年一二歳）に御讓位をされた年です。足利義滿が死んでから四年後に當ります。御年三十五歳で御讓位をされましたが、稱光天皇は御病弱で、その後も後小松天皇による院政が行はれました。

この頃から、足利幕府の權力基盤が脆弱化して、各地で戰亂が起り始めてゐます。皇子である稱光天皇は、生來の病弱であり、第二皇子である小川宮樣に於ても問題を抱へてゐて、御宸襟（しんきん）を惱まされてをられたことが窺はれるやうに思ひます。宸襟とは天子の心のことを云ひます。

その後、稱光天皇の御世は、後小松上皇による院政が十六年に亙り行はれましたが、世の中は、各地で戰亂や人心の荒廢など、當に混亂の世の中となつてゆくことを與兆できる大御歌ではないでせうか。

御題「山霞」（「後小松院御百首」春二十首より）

富士のねの　雲ゐにまがふ　煙より　したにかすみて　春やみゆらむ

富士のねの＝富士の嶺の。富士山　　まがふ＝見間違へる
したにかすみて＝下に霞みて　　みゆらむ＝見えるのであらう

【大御心を推し量る】

後小松天皇の時代には、富士山が活火山で煙を出してゐたことがわかります。富士山の噴火の歴史を見ますと、後小松天皇の御世には噴火の記録は殘つてをらず、崩御されてから二年後に、記録に殘る大きな噴火「永享の噴火」があつたと云ふことです。

當然ですが、後小松天皇が富士山を見てお作りになられた御製ではなく、人づてにお聞きになられて詠はれものです。「まるで雲かとも見間違ふ煙によつて霞んでゐる富士山の麓は春の息吹を感じる季節となつた」と云ふ意味にならうかと思ひます。

富士山は、日本を象徴する山です。それについて私の中で思ひ浮かぶのは二つのことです。

一つは、山邊赤人（やまべのあかひと）の和歌「田子の浦ゆうち出でてみれば眞白にぞ富士の高嶺に雪は降りける」が浮かんで參ります。この和歌が創られたのは千三百年前。遙か古代から日本人がいかにこの富士山を大切に思つてゐたか表はれてゐます。そしてもう一つは、明治時代に日本を訪れて限りない愛情を注いで下さつた米國のシドモア夫人の言葉です。

ところで、わが母國のレーニア山（ワシントン州中西部の高峰・タコマ富士）も萬年雪に覆はれ、斜面の森林がピュー

ジェット灣内に濃い綠の影を落とし、昔も今も變はらぬ愛すべき山です。しかし、私たち米國人がこのやうな壯麗な山、雪、岩、森を持ってゐても、日本のやうに詩歌を好み、自然を愛する國民を持ち合はせてはゐません。夢と傳説の輝きに包まれ、あらゆる人に親しまれ心を和ませ、もう一つの富士を創造してきた日本民族の教養と傳統を、殘念ながら私どもは育んできませんでした。（『シドモア日本紀行』より）

このシドモア夫人の言葉から、私は富士山と云ふ美しい山を作つて來たのは、日本人の祖先の皆樣の自然を愛し育む心であつたのだと氣づきました。

秋歌・冬歌

御題「禁中月」（「五十首續歌」）

月もいかに　おもがはりせず　思ふらむ　今年もなるる　雲の上の月

禁中＝禁門の内部卽ち皇居の中。禁裏とも云ふ　禁中月＝皇居から見る月
いかに＝どうして　おもがはりせず＝面變りせず。變ることがなく
思ふらむ＝思ふに違ひない　今年もなるる＝今年も現はれる

【大御心を推し量る】

「續歌（つづきうた）」と云ふ復數の歌人で歌題を分けて、分擔して歌を詠み、五十首、或は百首と云ふ作品を創る歌會での作品です。ただ、この歌會が、いつ頃開催されたのか等の情報は定かではありません。

皇居の中から見上げた月の美しさを詠はれたものと思ひますが、上句に於ける「いかにおもがはりせず」と云ふお言葉に深い意味を拜する事ができるのではないでせうか。

「おもがはりせず」とは「面變り」つまり「その美しい姿を變へることなく」と解します。さう思つたとき、「天壤無窮の神勅」ではないかと思ひます。この「天壤無窮の神勅」は、「國柄を變へることがなければ國家は極まりなく繁榮して行く」と云ふことです。この日本國の國柄を變へる事なく天皇の祈りに御應へする吾等でありたいものだと思ひます。

御題「月」三首の内の二（「後小松院百首」秋二十首より）

身を照らす　影ともあふぎ　憂き事を　かこつもおなじ　秋の夜の月

あふぎ＝仰ぎ　　かこつも＝かこつける。何かのせゐにする

【大御心を推し量る】

天皇の切なる願ひが籠もつてゐます。終句に於ける「秋の夜の月」は、暗闇を少しでも明るくしてくれる存在です。初句に於ける「身を照らす」は、御親(おんみづか)らの事ではないやうに思ひます。人々の心を照らしてくれると云ふ風に感じます。であればこそ仰ぎ賴りにしてゐる月ではあるが、この世の中の憂ふる現實に對しても、その光を當てて變へる力になつて欲しいと願はれたのがこの御製ではないでせうか。

（百人一首にある三條天皇の御製）

心にもあらで憂き世に永らへば戀ひしかるべき夜半の月かな

が重なります。三條天皇は、平安時代の攝關政治に於ける隆盛期、藤原道長の頃に御在位された天皇です。こ

の御製は、民への心配りの無き政治に對する憂ひを詠はれたものです。時代は違へども、足利義滿の己れの權力誇示の民を無視した政治への御歎きを詠はれたと思はれ、その苦しみも重なるのではないでせうか。

權力思想の觀點で見たならば、後小松天皇の御代は南北朝と云ふ異常な天皇位が、足利義滿の力によつて一つに和合した譯ですから、後小松天皇は其の最高權威である天皇位に卽かれた感謝の念があつて然る可きではないかとみる人もありませう。しかし、後小松天皇の御製には、苦しみの深い大御歌と自然詠が殆んどです。その自然詠にしてもこの御製のやうに世の中を憂ひてゐるものが殆どです。

天皇位につくと云ふことは權力を取ると云ふことでは無いと云ふことがこのことからもわかります。

御述懐

御題「追日對舊」（「後小松院御百首和歌」雜二十首より）

こしかたは　かく忍ばむと　思ひきや　老の心ぞ　あはれはかなき

こしかたは＝來し方は　　かく忍ばむ＝このやうに忍ばう
思ひきや＝思つて居たのか。いや思つて居なかつた

【大御心を推し量る】

晩年の作です。初句の「こしかたは」は「來し方は」であらうと思はれます。この語は一般的には「來た方向或いは過去」の事を云ふのですが、この御製に於ては、御親(おんみづか)らが辿られて來られた時の流れを指すのみならず、現在も未來をも含んでゐるやうに感じられます。

後小松天皇を現代の歴史では、南北朝和合して天皇位が安定して順風満帆な時代を生きられた天皇と云ふイメージで語られることが多いと思はれます。しかし、この御製を拝詠すれば、お苦しみの一生ではなかつたのかと思ひに包まれます。

第二句に於ける「かく忍ばむと」とある「忍ばれる」ことは何でありませう。終句の「あはれはかなき」と重ねた時に、そのお苦しみの深さを感じる事ができます。御親らの生きてこられた御生涯は、室町幕府による國民無視の權力政治の爲に飜弄されたことへのご感慨を詠はれたと云ふ風に思へてならないのです。

御題「**依戀祈身**」（「後小松院御百首」戀二十首より）

かくばかり　うきみなりける　さきの世を　現はす神の　しるべともなれ

かくばかり＝このやうに　うきみなりける＝憂ふる身になつてしまつた」。
さきの世を＝未來の世を　神のしるべ＝神の目標或は標徴

【大御心を推し量る】

この御製は、戀歌の部に置かれてゐます。しかし、私には戀歌には思へないのです。上句に於ける「さきの世を」をどのやうに解するのか。私はこれを未來の世を表はされてゐるのではないかと思ふのです。

この上句では御親(みづか)らの置かれてゐる狀態を憂ひの深き身であると詠はれてをられます。しかし、それでも朕(われ)は、神々の道しるべとなつてこの國の明日の世を希望に滿ちた社會に變へなければならない。このやうに詠はれてゐるやうに思ひます。

後小松天皇は、表面的には皇統がある意味正常に戻つた時代の天皇です。その後小松天皇が何故「憂身」であつたのか。その大きな原因こそ、足利義満にあつたと想像できます。權力者となつた人間殆ど全てが陥るものは、驕奢と榮華を求めてしまふことです。しかし、日本の國に於ての權力者は、その例が割合に少なく、それは世界に於ても稀有なことです。

たしかに足利義満の奢り高ぶりは天皇の位すら窺ふと云ふものでした。

後小松天皇は、その時代に如何ともし難い憂ひを詠はれたやうに感じてなりません。

御題「浪洗石苔(らうせんせきたい)」（「後小松院御百首和歌」雑二十首より）

あらふなよ　苔(こけ)のいは根の　瀧(たき)つ浪　うき世きかじの　耳はありとも

あらふなよ＝洗ひ流してくれるなよ　　苔の＝悠久(いうきう)の時を表はす
いは根＝磐根(いはね)。巨大な岩（さざれ石）のこと　　瀧つ浪＝激しい荒浪　　うき世＝憂ふる世
きかじの耳＝聞いてくれない頑なな耳

【大御心を推し量る】

長い年月を掛けてできた苔の生えたさざれ石をこれからも大切にして行かうではないか。世の中がいかに混亂して憂ふる世であつたとしても。

初句の「あらふなよ」とは、「洗ひ流して無くす事がないやうにしてくれよ」と云ふ事。「苔のいは根」は悠久の時を刻んできたことを象徴してゐます。そして、「巨大なさざれ石」のことであらうかと思ひます。これは「日本國」、更に、「天皇」と云ふことでないでせうか。

後小松天皇の御世までで二千年と云ふ悠久の歴史を刻んできたのが日本國です。「瀧つ浪」は、激しく岩をも

碎かんと押し寄する波のこと。穿つた見方をしたならば、足利義滿のことではないかと思へるのです。下句の「うき世きかじの耳はありとも」も國民の苦しみの聲を聞く耳を持たない足利幕府を想像してしまひます。後小松天皇のお苦しみのお姿を拜する事ができるのではないでせうか。

御題「曉鐘」（「後小松院御集」雜十五首より）

世の中の　夢もしばしと　殘りけり　あかつきごとの　鐘のひびきに

しばし＝少しの間　あかつきごと＝夜明けごとの

【大御心を推し量る】

「世の中の夢」とは何でありませうか。私には後小松天皇のお苦しみを表はされてゐるのではないかと思へてなりません。足利義滿治政下で、喘いでゐた國民の苦しみを少しでも救ふ事を願つて祈り續けられてをられたことがこの御製には表はれてゐるやうです。それも毎朝早朝から。それが下句に窺へます。

「あかつき」とは、未だ夜の明けない早朝のことです。「ごとの」と云ふことは「毎日」と云ふことになります。天皇とは祈りの存在。いかなる情況で在つても只管ら祈り續けられる。その祈りは、唯唯「民安かれ。國安かれ」の一事のみなのです。

御題「寄草述懐」（「後小松院御百首」雑二十首）

袖にまよふ　涙はつきぬ　うき世かな　岸なる草の　根をはなれても

袖にまよふ＝涙を拭く袖に迷ふほど　うき世かな＝憂き世かな
草の根はなれても＝根無し草となつてしまつても

【大御心を推し量る】

初句の「袖にまよふ」に後小松天皇のお苦しみの御心が拜察できます。室町時代最盛期であつた時期にも拘らず現實の姿が、いかに「平安」とほど遠い、天皇にとつて憂ひ深き世の中であつたかが表はれてゐます。

上句には、涙が盡きぬほどの憂ふる世であつたことが窺へます。下句には「根無し草」となつて、この憂き世を逃れやうとしても、その大御心は又もや憂き世が氣に掛かり、涙にくれてしまはれてゐる後小松天皇の苦しみが籠つてゐるやうです。

御題「述懐」（「後小松院御百首」雑十五首より）

身の程に　身をもくらぶる　身なりせば　愚かなる身を　良しとたのまむ

身をもくらぶる＝自分を較べる　身なりせば＝自分であれば

【大御心を推し量る】

重ね語の御歌です。全體的な意としては、私達にとつて大きな教訓歌となるものではないでせうか。「親らの力の及ぶ限りの精一杯を盡す」と云ふ後小松天皇の御心を詠はれてをられるやうです。ここに起り來る一切の事象を御親らの責とされる大御心が詠ひ込まれてゐるやうです。

室町時代はその成立の背景も含めてその時代そのものも武家による權力爭ひの時代であつて、結局戰國時代の混亂の時代に突入してしまふこととなります。それによつて苦しむのはいつも一般の國民であり、その民の苦しみに最もその御心を苦しまれるのが歴代天皇でした。そんな中でも御親らの精一杯を盡されてゐたことがこの御製から窺へます。

御題「寄夢無常」（「後小松院御百首和歌」雜二十首より）

心から　うつつにだにも　まよふかな　夢のうき世を　いでがてにして

うつつにだにも＝せめて夢の中だけでもと思ふのであるが
夢のうき世を＝夢の中の憂ふる世の中を　　いでがてにして＝出でることもできなくて

【大御心を推し量る】

御親らが見る夢ですら憂ふる世の中で、そこから出でる事も出來ないと云ふ懊惱を詠はれたものと思はれます。

南北朝が統一されたのが後小松天皇の御世です。當然ですが、一見平安なる世の中とならねばならぬのでありますが、現實には南北朝との對立以外にも、足利幕府と有力守護大名との戰亂も數多く起つてゐました。幕府は武力權力の行使によつて統治すると云ふ儒教に於ける「霸道治政」ゆゑに、力による爭ひが絶える事がなかつたと云へます。

山岡荘八の著書『吉田松陰』の、次の文章がまさにこれに當て嵌る氣がしてなりません。

王道とは、この天地の真理を体得して、その体得した真理の光から発する道と、徳とによって万民を治むるべき思想であり、覇道とは文字通り力によって権力を握った覇者の謂いである。

日本の皇室は前者、武家政治を以て立つ幕府は後者。何れがより高い次元にあるかは言うまでもない。人間が人間を、力に依って治める覇者の政治は、力の均衡が破れたときに覆滅するが、しかし、王道に覆滅や崩壊はありようがない。天地と共にあろうとし、天地の恵みを慈悲とみて、それをそのまま人間世界に移してゆこうと希っているのだ。

御題「鵜河」（「後小松院百首」夏十五首より）

うきしづみ　哀（あはれ）にもゆる　かがりかな　鵜舟（うぶね）の後の　ゆくへしらずも

うきしづみ＝鵜飼ひの鵜が浮いたり沈んだりしてゐる様　もゆるかがり＝燃ゆるかがり火
鵜舟＝鵜飼ひ舟　ゆくへしらずも＝行方を知らないが

【大御心を推し量る】

この御製は、鵜飼ひの情景を詠はれたやうに見ゆれども、上句の「哀」と云ふ言葉が、そんな單純なものではなく鵜飼ひにかこつけて、後小松天皇の哀しみを詠はれたのではないかと思ふのです。下句に於ける「鵜舟の後の」とは、「この世の中のこれから先、つまり未來のこと」と解するのが良いのか、迷つてゐます。何故か目に痛く感じてしまひます。

敍景・覊旅歌

御題「月」三首の内の一（「後小松院百首」秋二十首より）

月いづる　大和島根も　うかぶなり　波もいなみの　海の夕なぎ

大和島根＝日本列島のこと　　うかぶなり＝浮かんでゐる
いなみの海の＝印南の海。現在の兵庫縣加古郡

【大御心を推し量る】

抒景歌として素晴らしい名歌です。勿論海を直接見てお作りになられたものではありませんが、この三十一文字から海上から見える夜の美しい大和島根の稜線が美しく浮かんで來るイメージが湧きます。私は、その歌の大きさに感動します。賀茂眞淵（かものまぶち）の「古の人の歌は、天地の成しのまにまに成る海山のごと」と云ふ言葉が浮かびます。眞淵の言ふところの「古の人」とは萬葉人の事です。この御製は當に萬葉歌を感ずる事ができます。

この御製は萬葉集にある柿本人麻呂の和歌（筑紫國に下りし時、海路にて作る歌）

名ぐはしき印南（いなみ）の海の沖つ浪千重に隱りぬ大和島根は

（その名も美しい稲見の海の沖の千重の波間の中にもはや遙かに隱れてしまったよ大和の島影）を本歌としてお作りになられたやうに思はれます。

海は兵庫縣の稲美の海であらうかと思ひます。和歌山縣の印南町の海ですと人麻呂の海ではなくなつてしまひ

ます。人麻呂が萬葉歌を作つたのが奈良から浪速の海を經て、筑紫國を海路でめざした時に兵庫縣稲見で作られた和歌と傳へられてゐます。

この和歌を本歌として、後小松天皇は浮かび上がる大和島根の美しさを詠はれたのではないでせうか。

後花園(ごはなぞの)天皇

第一〇二代　應永二十六（一四一九）年〜文明二（一四七一）年
御在位　正長元（一四二八）年〜寛正五（一四六四）年

後花園天皇は、北朝第三代崇高天皇の皇孫で、後小松天皇の從兄弟になる貞成親王の御子です。その後、この後花園天皇の御系統が現在まで連なつてゐます。

後小松天皇の譲位によつて踐祚(せんそ)された百一代稱光(しょうくわう)天皇が病弱で御子をお遺しになられずに在位十六年で崩御された後、第百二代天皇として踐祚されました。

後花園天皇の御代に於て、室町幕府は、御卽位時には將軍空位であり、その後第六代將軍に足利義教が就任。この義教が赤松氏に暗殺されると、一年五か月に亙つて幕府將軍職が空位となり、その子義勝が第七代將軍に就任するも僅か八か月で死去します。そして、第八代將軍足利義政の時代になります。幕府内の混亂の激しき時代であり、未だ南北朝對立が底流に在つた時代でもあります。

更に、經濟的にも飢饉や洪水等による國民の窮乏に、下克上と家督相續爭亂に因をなす多くの戰爭が勃發した悲しい時代といへます。それ故に、御在位中に九度も元號が變ると云ふ波亂の時代でもありました。

南北朝の對立の名殘とも云ふべき事件も起つてゐます。

嘉吉三（一四四三）年九月、南朝勢力による皇居への襲撃があり、三種神器が奪はれます。「禁闕の變」です。奪はれたのは劔と勾玉でした。この内、眞の「眞物」は勾玉です。模造である「草薙劒」は清水寺で見つかりましたが、神璽である勾玉は南朝に持ち去られてしまつたといひます。しかし、十四年後の長祿元（一四五七）年、赤松氏の遺臣等が勾玉を奪ひ返すことに成功して、總べての神器が揃ひました。

そして、寛正五（一四六四）年、後花園天皇は、二十五歳になられた後土御門天皇に御譲位されて院政を敷かれます。この頃から足利幕府内の權力爭ひが激化し、戰亂の世となつてゆきます。そして御讓位から僅か四年後に應仁の亂が勃發します。

このやうに後花園天皇の御世は、波亂に滿ちた時代でした。そんな中でも、日本文化の傳承にも力を注がれてゐます。後花園天皇御親らが殘された重要なものとしては、皇太子成仁親王（後土御門天皇）に、天皇としての心得を説いた『後花園院御消息』があります。これは天皇御自身の御宸筆のもので、末尾に寛正三（一四六二）年十月の年記があり、時に後花園天皇は讓位二年前の四十四歳、親王は二十三歳でした。

その内容は、「坐作進退（立ち居振る舞ひのこと。日常の動作。座る、立つ、進む、退くの意）を愼むべき事から、言語は音聲を穩やかにすべきと云ふ事。學問を本として、公事、詩歌、管弦、書法をも兼修すべき事。小鳥の愛玩など耽溺して己れを見失はぬ事」など、皇太子に對して天皇たる存在の大御心を事細かに示されてゐます。

後花園天皇は、勅撰和歌集（二十一代集）の最後に當る『新續古今和歌集』を作ることを勅されました。この後、殘念なことに勅撰集が撰されることはありませんでした。これは和歌文化にとつては非常に殘念なことであると思ひます。但し、私は、現代短歌による勅撰集は餘り勅撰して欲しくはないと思つてゐます。

この室町時代の戰亂による混亂により、新嘗祭と大嘗祭が後花園天皇の御世を最後に行はれなくなります。

私は、室町時代と稱してよいのは、應仁の亂の勃發の應仁元（一四六七）年で終り、戰國時代に突入したと考へてゐます。日本史は、そのやうに書き換へて欲しいと考へてゐます。

さて、御讓位して間もなくの應仁の亂時に、兵火を避けて後土御門天皇と共に室町第へお遷りになられた後花園上皇は、自らの不德を歎かれて出家されました。その混亂の失意の中で文明二（一四七〇）年、室町第で崩御されました。御年五十二歳でした。

後花園天皇の御製は、常に神と倶に歩まれた大御心が詠ひ込まれたものが數多くあります。

底本とした『皇室文學大系』の後花園天皇の全御製は二千百三十四首ありますが、謹撰したのが百四十三首です。その内、四十二首を謹解しました。

後花園天皇が後土御門天皇に御讓位されたのが寛政五（一四六四）年です。四十五歳でした。その三年後に應仁の亂が起きます。亂の收束を願ひ、上皇として後花園院は樣々に動かれますが、願ひは叶ひませんでした。一例を擧げますと、東軍細川勝元から西軍「治罰の綸旨」の勅發を要請されましたが、上皇はこれを拒絶します。その御心は、醜い權力爭ひにはどちらにも荷擔しないと言ふところではなかつたかと思ひます。本來であれば、征夷大將軍であり、これらの混亂を治めるべき足利幕府は、己れの權力の保持さへできれば良いと云ふ立場を採り、遊興にうつつを拔かしてゐたといつても過言ではない狀況だつたのです。

特に足利義政の頃は、全國各地で土一揆が起つたり、樣々な亂が起きて幕府財政窮乏の中でも、己れの權力を誇示する建物（銀閣寺や）などの建立や遊興に耽溺して世の平安には目を背けてゐました。

後花園天皇は、國民の苦しみを尻目にしたこの義政に對して、漢詩を以て諫めました。この御製については、謹解の中で觸れてゐます。

結局、後花園天皇は、應仁の亂の眞つ只中の文明二（一四七〇）年に崩御されてしまはれます。その御生涯は世の平安のために只管（ひたすら）祈りに祈つたものの、世の中の混亂は思ひに任せぬ一生であつたと思ひます。樣々な宮中行事の中止は勿論の事、祭祀すら中止せざるを得なくなり、新嘗祭も中斷せざるを得ませんでした。

最後に、後土御門天皇の大嘗祭だけは、齋行することができただけでも、後花園天皇の小さなお悅びでなかつたかと思ひます。いづれにしても、御心を殘されたまま崩御されたのではないでせうか。

宮內廳書陵部の『後花園天皇實錄』には、應仁の亂前の記述として次のやうに書かれてゐます。

○文安元年六月十一日　重要祭祀「祈年祭」の順延。

二月に齋行される「祈年祭」が是の日まで行はれなかつた。

大御心（おほみこころ）

御題「曉雞」（「御獨吟御百首」文明元年　雜二十五首より）

鳥のねは　時をたがへず　聞こゆなり　治まらぬ世を　思ふ寢ざめに

鳥のね＝鳥の鳴き聲　時をたがへず＝時間に關係なく
聞こゆ＝聞えてくる　治まらぬ世＝混亂してゐる世の中

【大御心を推し量る】

初句の「鳥のね」は、夜もまだ明けやらぬ早朝のことです。そして、上句には「世の理（ことはり）は變る事がないのに」と云ふ後花園天皇の御心が籠められてゐます。

第四句に於ける「治まらぬ世」とは、應仁の亂を始めとする天變地異を詠はれてをられますが、この時期は後花園天皇が二十代から三十代の初めです。

記錄（天皇實錄）を見てみますと、宮中行事を始め祭祀に至るまで、朝廷内に於ても混亂してゐたことが分かります。最重要祭祀であつた「新嘗祭」も中止となつたり、豫定通り行はれませんでした。結局、「新嘗祭」は、この後花園天皇の御代を最後に二百年に亙り齋行（さいかう）されなくなつてしまひました。

これらの事々が天皇をいかに惱ませてゐたのかが窺はれる御製です。天皇は權力ではありませんから力によつて世を平安に導くことはされないのです。ただ只管（ひたすら）神々に祈られることしかできないのです。

御題「寄世述懐」（「後花園院御製和歌集」下巻）

すましえぬ　我がみなかみを　はづるよに　にごる憂世の　人の心を

すましえぬ＝澄ますことができぬ　みなかみを＝水上。上流を　はづるよに＝慚づる世に

【大御心を推し量る】

「すましえぬ」とは「澄ますことができない」と云ふ義です。「みなかみ」とは、「川の上流」或いは「源泉」です。「はづるよに」とは「慚づる世」と云ふことです。下句の混亂して、人々の苦しんでゐる世の中の心の責任の一切は御親らに在ると御歎きになられ、御身を責められてゐます。

憂ふる世の中を作り出してゐるのは其の國の國民の心です。しかし、それらは神への祈りが足らず澄み切つた心を届けられぬ御親らにその責任を負はれてをられるのです。自分の周圍に起つて來る惡現象などについて、その責は己れの心の足り無さなどから起つて來てゐると思はれてゐるのです。

御題「被書逢昔」（「後花園院御製和歌集」下巻）

むかふより　みぬ世さだかに　みる文は　かがみにあらぬ　鏡なりけり

むかふより＝向つてみるより　みぬ世＝見ぬ事のできない世を　さだかにみる文＝はっきりと見る事のできる書物

【大御心を推し量る】

上句では、混亂した世の中に置かれてゐる後花園天皇が、「向かふべき未來に御親らが採るべき道をはつきりと見通してくれるのは、歴代の天皇が遺して下さつた文である」と云ふやうに詠はれたのではないでせうか。

下句の「鏡」とは、色々な意味が重ねられてゐるやうです。祖先である天照大御神は勿論のこと、八咫御鏡(やたのみかがみ)でもあり、その八咫御鏡に映し出された御親らの御心のことでもあり、未來を映し出す靈妙なる鏡でもあると云ふ意味も含まれてゐるやうに思はれます。

これを、自らの環境に當て嵌めた時、先の見えぬ情況に陥つた時に對處する方法と捉へることができるのではないかと思ふのです。先人が様々な困難に立ち向ひ、乘り越えてきたことを書物などには澤山殘されてゐます。それらを紐解いて切り開くことを教へて下さつてゐるやうに思ふのです。

御題「**天象**」(「普廣院贈太政大臣家諸社法樂」日吉社・永享七年)

たぐへても　何かおよばむ　天津空(あまつぞら)　めぐる月日の　かぎりなき世は

普廣院＝京都相國寺　たぐへても＝類へても。較べてみても
天津空＝一般的には大空。ここでは高天原　月日の＝天照大御神と月讀命
かぎりなき世は＝窮まりのない世の中

【大御心を推し量る】

上句の初句と第二句は「どんなものに類へたとしてもかなふものなどない」と云ふことですが、結句の「かぎりなき世は」はいかなる事を言つてゐるのか。私はこれを「天壤無窮(てんじやうむきゆう)」と解すのではないかと思ひます。「天津

空」即ち「空」は限りなき存在です。天壤無窮も限り無く續いてゆく御代を云ふことを重ねたのではないかと思ふのです。この日本の國は永遠に續いてゆくのだと云ふ後花園天皇の悲願を籠めた御製です。

では「天壤無窮の神勅」とは如何なるものであるのか。それは「この日本國は神國であり永遠に發展すると云ふ理念であり信念」の事です。その「天壤無窮の神勅」は日本書紀に出てくるもので「因りて、皇孫に勅して曰く、葦原の千五百秋の瑞穂の國は、是れ吾が子孫の王たるべき國也。爾皇孫、就而治焉。行矣。寶祚の隆へ、當に天壤と窮まり無けむ」と云ふものです。この「天壤無窮の神勅」について、大川周明は『日本二千六百年史』の中で次のやうに述べてゐます。

「天つ日嗣、天壤と共に無窮なることは、更に重大なる内面的意義を有して居る。わが日本民族は、此の理想を堅確に把持し來たれるが故に、今日在るを得たのである。皇統が萬世一系なる爲には、日本民族が萬世に獨立し繁榮することを必須の條件とする。それ故に萬世一系と云ふことは、直ちに日本國民の永遠の發展を意味する。國亂れて民泯ぶ。而して國亂れ民亡ぶ原因は、如何なる例外もなしに、主權が薄弱微力となるからである。それ故日本の古典が、日本を以て、天雲の向伏す限り、谷蟆のさ渡る極み、皇御孫命の大御食國となし、若し御代々々の間に、まつろはぬ穢き奴もあれば、神代の古事のまにまに、大御稜威をかがやかして、たちまちに打ち滅ぼし給ふものぞとして、吾國の主權を萬古不動の礎の上に置きたることは、まさしく國家繁榮の礎を置けるものである。

このやうに、大川周明は、皇統の萬世に一系であると云ふ事が天壤無窮であると言つてゐます。そして、それは「日本國民の永遠の發展を意味する」と。「我が日本民族は、此の理想を堅確に把持してきたからこそ」今日があると言はれてゐます。

御題「雑」（「普廣院贈太政大臣家諸社法樂」）

さかえゆく　ことばの玉を　しき島の　道も昔に　たちかへりつつ

さかえゆく＝榮えゆく　　ことばの玉＝珠玉の言葉（言靈）
しき嶋の＝（道）の枕詞であると共に玉を敷き詰めると云ふ意もかけてある

【大御心を推し量る】

「しき島の道」と云ふのは「敷島の道つまり和歌の道」の事です。と同時に「ことばの玉を敷き詰める」と云ふ意をも重ねた掛詞としてお使ひになられてゐるのではないでせうか。上句に云ふところの「さかえゆくことばの玉」とは、豊かで明るい美しき言靈（ことだま）を詠はれてをられるのではないかと思ひます。それがこの世の中を繁榮させると共に、人々が安穏なる暮らしができると云ふ思ひが籠められてゐるのではないでせうか。そして、その言靈は古への昔の言葉にこそ有ると言はれてゐると思ひます。

「ことばの玉（寶）」である敷島の道を元に戻すとは、美しい言葉を復活させることを云ふのではないかと思ふのです。白人諸國が世界中を侵略し植民地政策を採つてゐた根幹にあつたものこそ言語の破壊でした。日本も大東亞戰爭敗戰後、米國の日本弱體化政策の最初が教育政策による國語破壊でした。

日本が本來の民族精神を取り戻すためには美しい日本語を取り戻さねばならないと思ふのです。現代の憂ふべき現狀の九割以上の原因は國語と歴史の混亂によつて起つてゐると言つても過言ではないのです。日本人が日本人として眞に目覺めるに國語の復活は不可欠です。特に、和歌の復活は重要な要素となります。殘念ながら和歌についても現代短歌は、この破壊の道を進んでゐるやうに思へてなりません。國民擧（こぞ）つて美しい言葉を使つた和歌が作れるやうになつた時、この日本國の眞の復活が完成すると思ふのです

御題「雑」（「後花園院御製和歌集」中巻）

心だに　すぐにかよはば　玉ほこの　道ある代代の　あとはまよはじ

心だに＝心だけは　すぐにかよはば＝眞つ直ぐで素直に貫いたならば
玉ほこの＝玉鉾の。（道）の枕詞。日本本來の道　あとはまよはじ＝後は迷はずに行かう

【大御心を推し量る】

第二句に於ける「すぐにかよはば」は、「眞つ直ぐに」と云ふ心と「素直」な心で注いだならばと云ふことではないかと思はれます。言葉を換へたならば「直き清明き心を通はせたならば」と云ふことです。「玉ほこの道」は「玉鉾の道」のことです。「玉鉾」は一般的に「道」の枕詞と言はれてゐますが、こゝでは「日本本來の道」と云ふことになるのではないでせうか。後嵯峨天皇の御製、「久方の天より下す玉鉾の道ある國ぞ今の我が國」に使はれてゐる玉鉾の道と同じ尊く氣高き道になります。「玉」は「寶玉」。「鉾」は「鎗」の事になりますが、益田市の石見神樂で天孫降臨に於て道案内をした猿田彦神が持つてゐた鉾が玉鉾であつたと傳承されてゐます。天孫が降られ光滿つる國となる道のことが垂示されてゐるのが「玉鉾の道」ではないでせうか。それが天皇の道に一直線に繋がつてゐると云ふことではないかとこの御製に於て、後花園天皇がその願ひを籠められたのではないでせうか

御題「月似鏡」（「後花園院御製和歌集」下巻）

くもりなき　空の鏡と　あふぎ見て　みがく心は　月ぞ知るらむ

空の鏡＝八咫御鏡(やたのみかがみ)　あふぎ見て＝仰ぎ見て

【大御心を推し量る】

「くもりなき空の鏡」は、満月を表はしてゐるとは思ひますが、同時に天照大御神が籠りしときの「八咫御鏡」のことでもあらうかと思ひます。三種神器に於ける鏡の由緣、竝びに民族精神がこの上句には籠められてゐるのではないでせうか。それは「神々との同根一體思想の象徴」と云ふ民族思想、そして我が國の先祖崇拜の大精神の象徴と云ふ思想が「鏡」には籠められてゐると思ふからです。

曉方、天皇は、「御鏡御拜(みかがみおんぱい)」を執り行はれてゐます。「御鏡御拜」とは、天皇が毎朝御座所に於て、御鏡に對せられて御拜を遊ばされる御行事です。

『三種神器』に於ける「御鏡」は、伊勢神宮の御神體に坐しますので、毎朝天皇が對せられる御鏡は固より御模造のものですが、御神勅にあるところの「この鏡を視ること猶ほ吾を視るが如くせよ」と天照大御神の仰せられた御精神に基づく御拜になります。私の尊敬する戰前の國學者今泉定助先生が『八咫御鏡』について次のやうに述べられてをられます。

> これが「まつりごと」であります。「こと」と云ふ詞は、「凝り止まる」と云ふ意味になります。神に對して御祭を遊ばされる。その御祭を遊ばされた御精神の凝り止まつて、現はれたものが「まつりごと」であります。元々、この御鏡御拜は、歴代天皇が御鏡御拜を遊ばされて、その玉顏を通じて皇祖の御姿を偲び給ひ、又、單に御姿を偲び給ふばかりでなく、大御心をも御一體化して肇國の御精神を體せられることをされてをられるのです。そして、これを毎朝執り行はれると云ふことは、毎日これを繰り返して行はれると云ふことになるのです。

この御鏡御拜の御行事を遊ばされてゐるが故に、天皇の大御代は幾度變る事があらうとも、恆に皇祖と御一體に坐しまし、時間を超越して、歴代御一體の天皇にあらせられるのです。そして、その御鏡御拜で天皇が天照大御神その儘の大御心にならせられて、その大御心を臣民に注がれ給ふが故に、我ら億兆臣民は神代ながらの大稜威に光被することが出來て居るのです。

御題「雜」（「普廣院贈太政大臣家諸社法樂」（＊普廣院＝相國寺のこと）より）

迷はじな　ことしげき身の　行末も　すぐなる代代（よよ）の　道をたづねば

迷はじな＝迷ふことなどない　ことしげき身＝事繁き身。忙しい身
すぐなる＝眞つ直ぐな。正しい　たづねば＝尋ねれば

【大御心を推し量る】

「ことしげき」とは、「混亂狀態の世に生くる」と云ふことです。「すぐなる代々」は「素晴らしい治政の行はれた時代」つまり「過去の日本の歷史」と云ふことに解してもよいかと思ひます。後花園天皇の御世は、應仁の亂を始めとする戰亂が起こり、尚且（なほかつ）樣々な天災にも襲はれた時代でした。初句に於ける「迷はじな」と云ふ言葉に後花園天皇の痛切な大御心が籠つてゐるやうです。それを打開するに、天皇は古へに於ける治政に學ばれて、必ずや明るい世にせむと云ふ強い御心がしのばれます。

御題「祝言」（「御獨吟御百首」應仁二年三月十六日雅親點　雜二十首より）

梓弓　やまとしまねの　をさまりし　昔の道に　今ぞかへらむ

梓弓＝「かへらむ」の枕詞　やまとしまね＝大和島根。日本國のこと
をさまりし＝平安に治まつてゐた　昔の道＝聖の御代の治政　今ぞ＝今こそ

【大御心を推し量る】

歴代天皇の治世に於ける御願ひが明徴となる大御歌です。

「國民が豊かで安寧に暮らしてゐた御世にこそ戻らねばならぬ」と誓はれたてゐます。しかし、現實には足利幕府内部に於ける權力爭ひが激化するばかりで、その歴史的背景を考へた時、そこには天皇の思ふに儘ならぬ悲痛な哀しみを感じるのです。

後花園天皇の悲痛なる願ひと裏腹に、この應仁二年は、後土御門（ごつちみかど）天皇に御讓位もされて五年目に當り、二年前にはその齋行を最後に斷絶してしまふ大嘗祭も實施されたものの、前年五月に「應仁の亂」が勃發し、お苦しみの大きかつたときであらうかと思ひます。

世の中は、應仁の亂眞つ只中であり、戰國時代への端緒が開かれたと云へます。

御年四十九歳。この二年後にこの御製の願ひ虚しく崩御されます。この後、益々に皇室の式微も甚しくなり、大嘗祭を始めとする宮中行事竝に祭祀などの多くが取り止めざるを得なくなつてゆきます。

國柄・國體

御題「神祇」（後花園院御製和歌集下卷）

天地（あめつち）の　その神代より　うごきなき　我が日の本と　まもるかしこさ

天地のその神代より＝遥か悠久の昔より　　うごきなき＝變らぬ事なかつた
まもるかしこさ＝護持して下さつてゐる有難さ

【大御心を推し量る】

天皇の大御心の根柢にある信念こそこの御製です。日本國の尊さは三千年近くに亙り、一貫とした天皇國家體制が續いて來た事にあります。これは世界史上比類のないことです。終句に於ける「かしこさ」とは決して「頭の良い」とか言ふ「賢さ」ではありません。祝詞で言ふところの「畏み畏み（かしこ）」と云ふ「畏れ多くも」と云ふ義です。ここに權力者などとの心持と雲泥の違ひを見出すことができます。世界最高の地位の御存在でありながら、愼ましく謙虚な御心こそ天皇の天皇たる所以ではないでせうか。

昭和天皇の内履きスリッパが、御親らの使ひ古した御靴を使はれてゐたと云ふお話などはこれを證明するのではないでせうか。

御題「神祇」（「五十首」雜六首より。文明二年十一月十五日）

天地（あめつち）の　くにのおやなる　二つ神　たちゐに人の　あふがざらめや

くにのおやなる＝國の祖先である　　二つ神＝伊邪那岐伊邪那美二神
たちゐに＝顯はれることに　　あふがざらめや＝仰がずにをられやうか

【大御心を推し量る】

後花園天皇は譲位から五年後、この一か月後に崩御されますから崩御直前にお作りになられたものです。「二つ神」とは、伊邪那岐神、伊邪那美神の二柱（ふたはしら）の神の事です。天地創造の後、一切の事物の神々を生成化育せられた神こそ伊邪那岐伊耶那美二柱の神です。但し、日本の神話に於ける神と云ふ存在は、宗教などで言ふところの創造主と云ふものではありません。宇宙萬物森羅萬象生成化育發展の原理と云ふ可き「はたらき」そのものが神と云ふことが日本神話に於ける神になるのです。

ですから形のある存在ではありません。それ故に、日本人は一切の事物に感謝を捧げると云ふこと「お陰様」と云ふ美しい心を持つた民族として存續して來たのであらうかと思ふのです。天皇の祭祀はこゝに原點を置かれてゐるのです。日々、生かされてゐる感謝を原點に、その「はたらき」が一切の事物に及ぶことを願つて祀り事を行はれてゐるのが宮中行事です。

御題「祝」（「普廣院贈太政大臣家諸社法樂」）

つきせじな　千世もすむべき　みなもとの　おなじ流れを　神にまかせて

つきせじな＝斷絶させてはならない　千世も＝永遠に
すむべき＝澄んで居るべき　みなもとの＝源の。源泉の

【大御心を推し量る】

この御製は「天壤無窮の御神勅」を詠はれたものと思ひます。初句の「つきせじな」とは、「盡きる事が無い」つまり「無限に」と云ふことで「窮まりの無い無窮」と云ふことに繫がります。第二句の「千世もすむべきみなもと」は、「永久に澄み切つてゐる筈の源泉」と云ふことです。

我が日本國は、様様（さまざま）に權力は變はれども、天皇が國家の平安、國民の安寧を只管（ひたすら）祈りに祈られる存在であり、その天皇の祈りに國民が御應へする事によつて國家が續いて來たと云ふことを表はされてゐます。これが日本の

國柄であり、國體です。

天皇中心國家であると云ふことが、戰後日本に於ては悉く否定されてしまつたことで、その自覺を持つ國民の少なさが現況日本の憂ひです。特に、日本の教育は、その否定を徹底的に行つたことで今や歴史上の天皇の存在を權力であると云ふことを浸透させてしまひました。それに依つて、現在の日本の學界はそれを基礎として日本の國體を考察してをり、天皇中心國家と云ふことを云ふと、權力國家と云ふイメージになつてしまつたのです。この迷妄から脱却しない限り、眞の日本精神の復興は有り得ないと思ふのです。

後花園天皇は、下句で祭祀に向かはれるその御心をこの「天壤無窮の御神勅」に置かれてをられる事を詠はれたのではないでせうか。

上句は、天照大御神が天孫降臨に當り、勅された「天壤無窮の御神勅」のことです。

この御神勅こそ、日本精神の根幹に有るものであり、日本國の本質、つまり國體を表はしてゐるものです。國體とは、國の「かたち」の事であり、世界に於て日本のみ二千年以上に亙り變つてゐません。日本本來の國體は天皇中心國家なのです。それは建國以來一度たりとも變る事がなかつた稀有の存在なのです。この天皇中心國家の根本精神こそ「天壤無窮の神勅」によつて表はされてゐるのです。

御題「日」（「後花園院御製和歌集」下卷）

あまつ空　めぐるはおなじ　影ながら　わが日の本を　なほ照らすらし

あまつ空＝一般的には空のこと。ここでは天照大御神始めとする天津神（あまつかみ）のこと
めぐるはおなじ影＝巡るは同じ姿　　照らすらし＝照らしてゐるに違ひない

【大御心を推し量る】

「あまつ空」は、天照大御神の御惠(みめぐ)みを言はれてゐるのではないかと思ひます。天照大御神の御惠みとは何か。太陽の惠みのみならず自然の攝理を含めた森羅萬象生成化育發展の働きにより、一切の生命が謳歌してゐる事共を云ふのではないかと思ひます。この天照大御神の御惠みは世界中に注がれてゐるのですが、日本の國にはそれが顯著に現はれて歴史を紡がれてきたのだと後花園天皇は詠はれてゐます。

この室町時代まででも、日本の歴史は二千年と云ふ長きに亙り續いてゐます。ここまで天皇を中心とする國家體制は全く變つてはゐません。世界を見回してもこの時點で國家體制の變らなかつた國家はいかなる國もなかつたのです。

御題「祝」（「撰歌百首」雜十首より）

くもらじな　天つ日つぎの　いやつぎに　守りきにける　神の御國は

くもらじな＝曇ることのない澄み切つた　天つ日つぎ＝天皇
いやつぎに＝いや次々に　守りきにける＝護つて來られた

【大御心を推し量る】

「天つ日つぎ」とは「天津日繼」或は「天津日嗣」と書きます。その初出は『日本書紀』神代編の天孫降臨に於ける「天壤無窮の神勅」にあります。

この御製は、この「天壤無窮の神勅」が建國以來護られてきたと云ふ事を詠ひ上げてをられるのではないでせうか。非常に意味深い大御歌だと思ひます。

後花園天皇は、混亂する世であつた室町時代を如何にして平安な世とするか。それのみを願ひ實現されようと祈られてゐたと云ふことがわかります。「天壤無窮の神勅」は、「天津日繼の御榮（みさか）へ天地（あめつち）と共に窮まり無けむ」と云ふ天照大御神より天孫（天皇の祖）に下された神勅です。

これを、單なる神話の話とするのは、をかしいと思ひます。何故ならば、日本は建國以來國家體制が一度も變ることなく歷史が紡がれてきた事が天壤無窮の證明となるのです。

御題「寄世祝」（「後花園院御製和歌集」下卷）

秋津洲（あきつしま）や　なぎきしたがふ　萬民（よろづたみ）　我が世を千代と　さぞいのるらむ

秋津洲＝日本國　　なぎきしたがふ＝穩やかに從つてくれる
萬民＝總べての國民が　　我が世を千代と＝平安な世の中が永遠に續けと

【大御心を推し量る】

初句「秋津洲や」は日本の國の事。第二句に於ける「なぎきしたがふ萬民」は、「總べての國民が穩やかに從つてくれる」と云ふ意味です。下句に御親らの民安かれ國安かれの大御心に應へて祈つてくれてゐるに違ひない。こんな風な大御心だったのではないかと思ゐます。茲（ここ）に、「我が國は君民一體の國なのであるぞ」と後花園天皇の理想の國家像を吐露されてをられるのではないでせうか。

日本は、天皇の日々の祈りに、吾等國民がお應へして生きてゆくのが本來の姿なのではないでせうか。

それが國歌「君が代」に現はれてゐると私は考へます。「君が代は千代に八千代にさざれ石の巖となりて苔の產（む）すまで」は國民がこの理想の國家が永遠に續くことを願つて作られた和歌です。

御題「祝」（「普廣院神太政大臣家諸社法樂」より）

にぎはへる　民の竈（かまど）の　かずかずに　をさまれる代の　程もみえつつ

にぎはへる＝賑はへる。豊かに暮らしてゐる　　をさまれる代＝治まれる世の中
程もみえつつ＝様子も見えてきてゐる

【大御心を推し量る】

上句に於ける「にぎはへる民の竈のかずかずに」とは、國民が豊かに暮らしてゐる様子を詠つてをられます。「聖（ひじり）の御代」と云ふ言葉が歴代天皇の御製には度々出てきます。その「聖の御代」とは、その多くが仁德天皇の御代を指してゐます。

ある時、皇居の高殿に夕刻に上られた仁德天皇は、國民の家々から竈の煙が殆んど出ていなかつたことをご覧になられます。その時仁德天皇は、國民はきつと食べる物がなくて苦しんでゐるに違ひないと悟り税金などを免除されました。五年後、皇居の高殿から見るとすべての家々から竈の煙が立ち昇つてゐたことを大變喜ばれたと云ひます。しかし、税金を免除したことで皇居は荒れ果てました。そこで國民は、擧つて皇居の修復に立ち上がり立派な皇居となつたと云ふのです。この逸話を歴代天皇は治政の目標とされてゐます。

しかし、後花園天皇の御世は、應仁の亂を始めとする戰亂と、飢饉や天災などが續いて居た時代です。ですから、下句に於ける「をさまれる代の程もみえつつ」と云ふのは、後花園天皇樣の悲痛なる願ひであつたのではないかと思ひます。

御題「祝」（「後花園院御製和歌集」下巻）

道もいま　さらにぞひろき　敷島や　やまと島根の　をさまれる世に

さらにぞひろき＝更にぞ廣き　　敷島や＝日本國
やまと島根＝日本列島。日本國　　をさまれる世に＝平安な世の中

【大御心を推し量る】

上句に於て、「これ程素晴らしいこの日本の國は」と謳ひ上げてゐるやうです。第二句からの「さらにぞひろき敷島や」とありますが、この「敷島」とは、日本の事ですが、眼に見える現實の日本のことではないことは明らかです。「御親らが考へてゐるよりも更にも深く貴く氣高い國日本」……こんな意味だと私は思ひます。しかし、現實の日本は、戰亂のみならず國民の苦しむ世界が現はれてゐます。下句に於て、それを何としても蘇へらせんと云ふ強い覺悟を吐露された御製ではないでせうか。

飜つて、吾等も現實の日本の姿のみに囚はれることなく、本來の「貴く深く氣高い日本」を心にしつかりと觀つめつつ變革運動をしてゆかなければならないと改めて思ひます。

御題「寄國祝」（「御獨吟百首」寛正四年　雅親點　雑十五首）

すむ民の　うれへはいまぞ　波風も　治まる四方（よも）の　うらやすの國

すむ民の＝住むと心淸らかな澄むが掛けられてゐる　　うれへ＝憂へ　　いまぞ＝今こそ

四方の＝いたるところ　うらやすの國＝日本の美稱。平安なる國

【大御心を推し量る】

結句の「うらやすの國」と御題の「寄國祝」から、國家への願ひを籠めた祝の御製です。令和元年十月二十二日、第百二十六代天皇として御卽位された今上陛下（現上皇陛下）が、その宣明に於て、

「ここに、國民の幸せと世界の平和を常に願い、國民に寄り添いながら、（中略）國民の叡智とたゆみない努力によって、我が國が一層の發展を遂げ、國際社會の友好と平和、人類の福祉と繁栄に寄與することを切に希望致します」

と述べられた大御心に通じます。ここに、天皇の祈りの本質である「國安かれ。民安かれ」が籠もりしことを強く感じます。「必ずやけふからは、平安安穩な國となるに違ひない」と云ふ大御心を籠めた御製です。

この御製をお作りになられた寛正四（一四六三）年は、後花園天皇四十四歳の時です。この年に起きた重要な出來事は、宮中の重要祭祀「新嘗祭」がこの年を最後に斷絶してしまふことになる年に當ります。

更に、翌寛正五年には後土御門天皇に御讓位をされますので、それを決意された時に、世の中に平安が戻る事を願つてお作りになられたのかも知れません。しかし、その願ひ虛しくその四年後には應仁の亂が起こります。

御題「獨述懷」（『百首』雜の部より）

思へただ　空にひとつの　日の本に　又たぐひなく　生(むま)れこし身を

空にひとつの＝この世の中に。或は世界中に　生れこし身を＝生れて來た自分の尊さを

【大御心を推し量る】

「たぐひなく生れこし身」である御親らの尊貴さを常に思はれ、その責務を全うされんと云ふ御心持ちを詠はれた御製と考へる方も多いと思ひます。しかし、この御製は、御親ら(おんみづか)も貴き身に生れた事を詠はれたと云ふよりも、この國に生れた事を國民と共に感謝しようではないかと詠はれたのではないかと私は思ひます。

翻つて私達に置き換へた時、自分がこの世に生れてきたことの尊さや意義、そして使命を自覺してゐる人がどれ程居られるでせう。自らが生れた國に誇りを持ち、愛してゐる人の少なさに不安を覺えます。なほ「生れこし」を「むまれこし」と云ふ訓み方が心に殘りました。

御題「田鹿」（「後花園院御製和歌集」上巻「撰歌百首」秋二十首）

けだものの　のぼりし空に　あらぬ田の　稲葉(いなば)の雲に　鹿も鳴くなり

けだもののぼりし＝獸が昇つてしまつた　空にあらぬ＝空にはない筈の
あらぬ田の＝收獲の出來ない田んぼ　稲葉の雲に＝稲穂のやうな雲に
鹿も鳴くなり＝鹿も鳴いてゐる

【大御心を推し量る】

むつかしい大御歌です。上句に於ける「けだもののぼりし空に」をどのやうに解するか。更に第三句の「あらぬ田の」は、凶作を表はし、飢饉などの苦しみを重ねられてをられるやうに思ふのですが、さうすると「けだもののぼりし」は、害獸に因つて引き起される天候不順であるのかも知れません。

そして、結句の「鹿も鳴くなり」の「鹿」は「人間」のことではないかと考へると、國民が苦しんで居ると云ふことを嘆詠されたものと解すのがいいのかと思ひます。

長祿三（一四五九）年に、旱魃や颱風の直撃、戰亂などの影響によつて大飢饉が發生しました。この年、京都では賀茂川が氾濫して多數の家屋が流出して多くの死者も出たといひます。飢饉がその後深刻化して、飢餓と疫病によつて寛正二（一四六一）年には二か月の間に死者は十萬人を超えたと記錄にはあります。

この御製がいつ作られたのかは定かではありませんが、「けだもののぼりし空に」と云ふお言葉からすると、それを御歎きになられてゐるのではないかと思ひます。

この御製には、足利義政の行狀が初句と二句には籠つてゐるやうに思へてなりません。終句に於ける「鹿も鳴くなり」は、國民が苦しみに喘いでゐる悲慘さと同時に憂ひに沈まれてゐる御親らを重ぬることが出來るのではないかと思ってゐます。

後花園天皇の足利義政への諫めの漢詩は、この頃にお作りになられたものではないでせうか。日本の歴史上、權力者となつて惡政を行つた存在の最大の時代はこの室町幕府ではなかつたかと思へてなりません。そのやうな觀點でこの後花園天皇の御製を拜詠した時、そのお苦しみを深く感ずるのです。

後花園天皇樣の足利義政への諫めの漢詩は次のものです。

殘民（ざんみん）爭（あらそ）ひ採る首陽（しゆやう）の薇（び）。
處々（しよしよ）爐（ろ）を閉ざし竹扉（ちくひ）を鎖（とざ）す。
詩興（しきよう）吟（ぎむ）は酸（さん）なり春二月（じげつ）。
滿城（まんじやう）の紅綠誰（た）が爲にか肥ゆ。

殘民爭採首陽薇　處々閉爐鎖竹扉
諸興吟酸春二月　滿城紅綠爲誰肥

【大御心を推し量る】

人々は飢餓に苦しみ争つて首陽山の蕨を取つてその飢ゑをしのいでゐる。どの家の竈も火が消え、扉を閉ざしてしまつてゐる。本來なら心が彈み、詩心が湧く春である筈なのに何と不幸なことか。花や木は一體誰の爲に輝やかせていただいてゐるのか。民の働きの御陰であらう。

首陽山＝支那に於ける伯夷・叔齊が隱棲し、餓死したと云ふ山西省西南部にある山

神祇・祭祀

御題「神祇」（「普廣院贈太政大臣家諸社法樂」）

普廣院＝京都・相國寺のこと　法樂＝佛を樂しませる行事。歌會

よろづ民　うれへなかれと　朝ごとに　祈るこころを　神やうくらむ

よろづ民＝總べての國民が　うれへなかれ＝憂ひが無いやうに
朝ごとに＝毎朝毎朝　うくらむ＝受けてくれるに違ひない

【大御心を推し量る】

天皇とは、祈る御存在であると云ふことが明徴となる御製ではないでせうか。そして、天皇の朝の御行事で祈られることはただ一つです。それは、只管、國民に憂ひがないことのみなのです。それが、この御製から拜されます。鎌倉時代の初期に御父君後鳥羽天皇と共に承久の變に起ち上がられた順徳天皇は、著書『禁祕抄』の中で「およそ禁中の作法は、神事を先にし他事を後にす。旦暮敬神の叡慮、懈怠なし。あからさまにも神宮ならびに内侍

所の方を以て御跡となしたまはず」と天皇の務めを述べてをられます。

その意は、「すべて宮中の作法は神事を第一とし、その他のことは神事の後にしなければならない。天皇は朝も夕も常に敬神の心を保つて、少しも怠ることがあつてはならない。特に神宮及び内侍所に對しては、決してその方向に足を向けるやうなことは行つてはならない」と云ふのです。

これは現在に至るまでお續けになられてゐることであります。


御題「述懐」（「撰歌百首」雑十首より）

まつりごと　なほききすてぬ　世をいかで　遑ある身と　思ひなすらむ

まつりごと＝宮中祭祀　ききすてぬ世を＝聞き捨てることのできない世を
いかで＝なんとしても　遑ある身と＝餘裕のある己れであると

【大御心を推し量る】

天災と戰亂の世で混亂する世の中の責任を一身に背負はれて、日々の祀り事をされてをられたことを拜察できる御製です。下句の「遑ある身と思ひなすらむ」は、混亂する世が治まるまでは總べての時間を祈りに祈られると云ふことを御親らに言ひ聞かせてをられるやうです。

ここから考へるに、今の私たちは社會の混亂や自らの境遇の不遇について、世の中のせい、政治のせいにして、自らの責任や力の足りなさを振り反ることをしないことが多いのではないかと反省させられます。『孟子』の言に「自ら之を取る」と云ふがあります。これは「自分の周りに起る一切の現象は自からの心が之を作り出してゐる」と云ふものです。この御製によつて、この言葉を肝に銘じなければと考へます。

御題「暁眠易覺」（後花園院御製和歌集下巻）

事しげき　朝まつりごと　思ひつゝ　ぬればや早き　寝覺めなるらむ

事しげき＝憂ふべき様々な事が頻繁に起きてゐる　朝まつりごと＝早朝祭祀
ぬればや＝寝たならば

【大御心を推し量る】

世の中の混亂を常に苦惱されてをられる天皇にとつて一刻も早く神々の力を借りて國民が安穩に暮らせる平安な世になされようとして朝行事に嚮はれる。そんな大御心がこの御製には溢れてゐます。「事しげき」とは、次から次へと起る様々な混亂のことで、それに對處せんと云ふ強い決意が拜され、心急いてをられる大御心に唯々有難さが込み上げてきます。

室町時代の混亂期は、天皇にとつてその御心痛はいかばかりであつたか。そして、それを少しでも國民のため平安な世とする爲に全心全靈を以て朝行事に臨まれて居たかが拜されます。天皇の御存在が明徵に表はれてゐる大御歌になるのではないでせうか。

御題「述懷」（「後花園院御百首」永享御百首）

いかばかり　心をそへて　まつりごと　すぐなる代ぞと　人にいはれむ

いかばかり＝どれほどに　心をそへて＝心緒を籠めて

すぐなる代ぞ＝平安で豊かな時代

まつりごと＝宮中祭祀のこと

【大御心を推し量る】

「すぐなる代」は「立派な時代」と解釋しますが、後花園天皇にとつて戰亂や飢饉などによつて國民が苦しんでゐる世が「平安で豊かな時代」になることのみが願ひであつたことが窺はれる御製です。それを「まつりごと」によつて神々の力をお借りしなければならぬが、どれだけその心を砕けば聞き届けて下さるのであらうか。天皇祭祀とは、この御心によつて執り行はれてゐます。

そして、それは毎日毎日行はれてゐます。昭和天皇、上皇陛下の御代に内掌典としてお務めになられました高谷朝子様の言葉はそれを證明するものです。

「神様にお仕え申し上げますのに、土曜日、日曜日は御座いませず、毎日同じ御用ながら、それでも清々しく來る日もまた新しい氣持ちで勤めさせていただきました。私が賢所に勤めさせていただきました五十七年間に、日々の御用が途絶えたことはかつて一度もございません。戦争の最中も、昭和天皇様がお隠れあそばしました日も、まったく変わらず日々の御用をさせていただきました」（『宮中賢所物語』より）

天皇の祈りは、我ら國民がいかに幸福であるかと云ふことに心を砕かれてゐます。この御製はこんな御心が籠められてゐるやうです。

御題「寄鏡神祇」（『御獨吟御百首』雑二十首より）

さぞいかに　うつすとばりの　ます鏡　うちとへだてぬ　神の姿を

さぞいかに＝きつとどのやうにして

うつすとばりの＝映す帷（とばり）の。帷とは垂れ絹のこと。賢所

ます鏡＝眞澄鏡。よく澄み切つた鏡のこと。八咫御鏡。
うちとへだてぬ＝内外隔てぬ。國内國外。

【大御心を推し量る】

この御製は「京都御所に鎭座坐します八咫御鏡に對して祭祀を行ふ御心持ち」を詠はれたのではないでせうか。日本に於ける神の概念である八百萬神の考へ方と一切のものに對して（たとへ敵對するものに對しても）その慈愛を注がれるのが神樣であると仰有られてゐるのです。

八咫御鏡には、天照大御神が籠られてゐます。天照大御神は太陽。太陽無くばこの地球上の生命總べてが立ち行かなくなつてしまひます。それが天照大御神の慈愛によつて一切の生命が生かされ輝くのですが、天皇の日々の中で行はれてをられることは、天照大御神の慈愛を一切の生命（特に人間であり國民）に注がれ、それを現實社會に顯はしてゆかれることになります。しかし、現實に現はれたる社會の混亂の中でそれをどのやうにして人々の心に示したら良いのかと神に祈られてをられるのではないでせうか。

八咫御鏡は、伊勢神宮内宮で祀られてゐます。これについて、皇道學者である今泉定助師は、其著『皇道の本義』の中で次のやうに述べてゐます。

「天照大御神は、又御魂として八咫鏡を天忍穗耳命に授けられて、『此の御鏡を視ること猶吾を視るが如くし給へ。吾は宇宙根本大中心たる天御中主神と共に、この御鏡に神留に鎭まりて、悠久に天津日嗣の天皇としての大業を照鑑守護しまゐらすべし』との大御心であらせられるのである。『古事記』にはこのことが、『此之鏡者專爲我魂』と明示されてある。これが天つ日嗣の大義である。御鏡の神勅で先づ考へなければならぬことは、御鏡御拜と云ふことである。御鏡御拜とは、天皇が毎朝御座所に於て、御鏡に對せられて御拜を遊ばされる御行事であるが、御鏡は伊勢の皇大神宮の御神體にまします故、毎朝對せられる御鏡は固より御模造のものであるが、此の鏡を見ること猶ほ吾を見るが如くせよと仰せられた精神に基づく御拜である。故に玉顔を通して天照大御神を拝するのである」

この精神を後花園天皇は、この御製に詠ひ込まれてゐるのではないでせうか。そして、天照大御神の大御心である慈愛を一切の生命に注がんと云ふ御決意をこの御製に籠められたのではないかと思ひます。

御題「**霞**」（内宮御法樂　永享十一年二月十五日）

眞榊の　みどりの色に　かすむなり　神ぢの山の　あけぼのの空

眞榊＝神前にあげる榊葉のこと　神ぢの山＝伊勢神宮の神路山
あけぼのの空＝夜明けの日の出の様子

【大御心を推し量る】

内宮の祭祀を思はれての大御歌であらうかと思ひます。伊勢神宮の祭祀は、天皇祭祀と直結して行はれてゐます。後花園天皇は、御親らの早朝祭祀と重ねられてお作りなられたのではないでせうか。

天皇祭祀に於ける朝行事とは、「あけぼの」の時刻、つまり夜が白々と明ける前から毎日行はれてゐるのです。昔から云はれてゐる「朝の時間を大切にしなさい」と云ふ言葉はこの御製を深く詠み込んだならばよく理解できるやうになります。

「眞榊」とは「神籬」のことで「靈籠木」と云ふ義であり、「神靈の籠もつた木」と云ふ事です。神なるものは「穢れの無い御存在」であり、神道行事の基本は、清廉清淨になると云ふことです。東京帝國大學教授の井上哲次郎博士は「日本精神と云ふものは一點の疚しい處の無い、晴々とした正直の心で、所謂俯仰天地に愧ぢざるの心である」と述べてゐます。

この永享十一年には、最後の勅撰和歌集『新續古今和歌集』が作られました。と同時に疫病が全國で流行して多數の死者が出ました。

御題「伊勢」（「後花園院御製和歌集」下卷）

さらに今　つくる内外の　宮ばしら　すぐなる代代に　たちや歸らむ

内外の宮ばしら＝伊勢内宮と外宮の宮柱
すぐなる代代＝眞つ直ぐな時代。正しく治政の行はれた時代
たちや歸らむ＝立ち歸るにちがひない

【大御心を推し量る】

永享三（一四三一）年十二月、この後花園天皇の御世に於て、第三十九回伊勢神宮の御遷宮が行はれたと記録には殘つてゐます。御製は、この御遷宮に當つての後花園天皇の御心境が詠はれてゐます。

上句の「つくる内外の宮ばしら」に於て、内宮外宮の新宮の建設を現はしてゐますが、下句にこそ當時の混亂する世への痛切な大御心が籠められてゐるのではないでせうか。と同時に、終句に於て「歸らむ」と云ふ強い結句で結び、神々の力に任するのみではなく御親らも動かんとする強い決意がわかります。

平成二十五年、伊勢神宮に於て、第六十二回の式年遷宮が終りました。後花園天皇の御世に比較したならば、なんと有難く平安な世の中であるのかを感じさせられます。

御題「神祇」（「後花園院御百首」永享御百首）

誰(た)れ人も　さぞあふぐらむ　神風や　みもすそ川の　清きながれは

誰れ人も＝いかなる人であつても　あふぐらむ＝仰ぐに違ひない
みもすそ川＝御裳濯川(みもすそがは)。内宮の傍を流れる川

【大御心を推し量る】

伊勢神宮に流るる五十鈴川を詠つてゐますが、同時に伊勢の内宮、つまり天照大御神の御恵みへの感謝を詠ひ上げてをられます。初句の「誰れ人も」は、「いかなる人であつても」と云ふことでありませうが、「神風」と云ふのは、天照大御神の大きな恵みのことを言つてゐます。

この御製は、今から六百年以上も前の室町時代にお作りになられたのですが、當時に於ても伊勢神宮の尊崇は國民の間に浸透してゐたのではないかと思へます。現代に於ても御遷宮の年の平成二十五年には、參拜者數が千四百萬人を優に超えました。その後は少し減つたものの、毎年約一千萬人近い人が參拜してゐます。

下句に於ける「みもすそ川の清きながれ」には、日本の歴史の悠久の時の流れを重ぬることが決して難しいことではないと思ひます。有難きかな。日本！

御題「伊勢」（「御獨吟御百首」長祿二年十二月　雜十五首）

五十鈴川(いすずがは)　ながれの末は　にごるとも　神しまもらばすまさざらめやは

五十鈴川＝伊勢神宮内宮を流れる川　　神しまもらば＝神が護つて下されば
すまさざらめやは＝澄まさずにおくものか

【大御心を推し量る】

五十鈴川は伊勢神宮そのもののことではないでせうか。ここには皇祖天照大御神様が祀られてゐます。此の天照大御神の末裔である私の御世は、混亂を窮めて濁つてしまつてゐるが、神に祈りに祈つてゐたならば、澄み切つた世の中になるだらうか、いやきつとなるに違ひない。

このやうに詠はれたと思ひます。混亂する室町時代の世の中の一切の責任を一身に背負はれて祭祀によつて祈りに祈ることで善き方向に導かんと云ふ強い大御心が窺へる御製です。

長祿二年の師走にお作りになられたと傳へられますが、後花園天皇三十八歳の壯年期に當ります。また、この年には嘉吉三（一四四三）年に後南朝によつて奪はれた「三種の神器」を取り戻す事ができた年でもあります。

しかし、この十年後には應仁の亂が起つてしまひます。そして、この年の秋には異常氣象に因つて飢饉になるなど相變らずの混亂の世の中が背景にあつての御製になります。

御題「寄水雜」（『御獨吟御百首』雜の部）文明元年十二月十二日

頼みある　ちかひふかめて　石清水（いはしみず）　すむわが國は　神にまかせむ

ちかひふかめて＝誓ひ深めて　　石清水＝淸らかさの源泉
すむわが國＝澄みと住むを掛けてある

【大御心を推し量る】

日本神道の根幹が謳はれてゐます。それは一體何か。「何よりも清らかさを大切にする」と云ふことです。それが第三句の「石清水」と云ふ語に表はれてゐます。石清水から湧き出る水の清らかさは穢れの無き最も純粋で美しいものと云へます。後花園天皇は、穢れなき清らで美しき國としたいと云ふ願ひをこの御製に籠められてゐるやうです。そして、それを日々の祈りの御行事の中で神のお力と共に、それを實現してゆく。これが祀り事の根本の精神です。

神道の祝詞の中心は、その罪や穢れを淨化する爲の言靈(ことだま)です。先づは、躬(みづか)らの心の穢れを淨めて後に、祈願を行ふと云ふのが神道行事だと思ふのです。そして、その祈願は他動的なものであつてはならないのです。飽迄(あくまで)も自動的なもの自らの意志と精力によつてでなければなりません。これが本來の祈願の形です。一切は自からの心の清らかさによつて願ひがかなつてゆく。古人曰く「百術一清に如かず」と。

後花園天皇崩御が文明二年十二月ですので、崩御一年前の和歌です。

御題「寄社祝」（調べ　雜十五首より）

立ちかへり　なほまもらなむ　いそのかみ　ふるの社(やしろ)の　ふるき昔に

立ちかへり＝遙か昔に戻つて　まもらなむ＝守つて行かなければならない
いそのかみ＝奈良縣天理市石上地方　ふるの社＝石上神宮（天理市布留町）

【大御心を推し量る】

石上神宮(いそのかみじんぐう)に祀られてゐる布都御魂大神(ふつみたまのおほかみ)のお力をお借りして、混亂する世の中を鎭めたいと云ふ願ひの籠もつた大御歌ではないでせうか。「いそのかみ」とは、「石上神宮」のことです。この神宮は、奈良縣天理市布留町にある日本最古の神社の一つで、その御祭神「布都御魂大神」は、神武天皇御卽位元年に宮中にて奉祀され、第十代崇神天皇七年に現在地に遷されて、鎭め祀られました。

この御祭神である「布都御魂大神」については、『石上神宮略記』では次のやうに述べてゐます。

又の御名を甕布都神、佐士布都神とも申し國平けの神劍、布都御魂（靈）にます。神代の昔、天孫降臨の際り、經津主、武甕槌の二神と共に、國土鎭定の大業を成就し給ひ、更に神武天皇御東征の砌、紀の國熊野において御遭難の折、天つ神の勅により、再び天降り給ひ、邪神賊徒を平げ建國の基礎を定め給えり。神武天皇は御卽位の後その功績を稱えて、物部氏の遠祖宇摩志麻治命に命じ、永く宮中に奉齋せしめ給うた。爾來、歴代朝廷の御崇敬特に厚く、多くの武器を奉って儀仗に備へ、物部連に配して武臣大伴・佐伯等の諸族をして祭祀にあづからしめ、國家非常の際は天皇親しく行幸あらせられ、國家鎭定を祈り給うた。

つまり、御皇室鎭護と國家の平安の祈り奉る神社として存在してゐました。なお、須佐之男命が八岐大蛇を退治された時に使はれた十拳劍が布都御魂劍と言はれてゐます。この石上神宮にはこの十拳劍が祀られてゐます。この八岐大蛇を退治したやうに布都御魂大神の力を揮つて戴きたいと云ふ願ひが籠りし御製ではないでせうか。

御題「賀茂」（「後花園院御製和歌集」中卷）

へだてなく　猶やまもらむ　言の葉の　手向けかさなる　かものみづ垣

へだてなく＝へだてることなく　猶やまもらむ＝更に護つてくれてゐる
言の葉の手向け＝葵祭の祝詞　かもの＝賀茂神社
みづ垣＝瑞籬。神域のこと。ここでは神社そのもの

【大御心を推し量る】

京都の賀茂神社は、皇室から尊崇されてきた神社です。終句「かものみづ垣」とは、「賀茂の瑞垣」で「賀茂神社」のことです。賀茂神社の創建は、神武天皇の御世とも傳へられて二千六百年以上になると云ふことです。桓武天皇による平安遷都の後には、皇城鎭護の神社として皇室より一層の崇敬を受け、大同二（八〇七）年には正一位と云ふ最高位の神階を受けてゐます。

上賀茂神社の主宰神は、賀茂別雷大神で、雷の神で皇城京都を護つてゐます。その父母である賀茂建角身命と玉依比賣は下鴨神社に祀られてゐます。京都三大祭りの一つ「葵祭」は賀茂神社のお祭になりますが、三大祭の唯一の勅祭（朝廷によるお祭）になります。その起源は欽明天皇の御世まで遡り、當時飢饉に襲はれ國民が苦しんでゐる所を救はんとして始まつたと云ふことです。この「葵祭」を行つたところ、五穀は豊かに實り國民も安泰となつたと云ふことから千四百年以上に亙り續いてゐるお祭です。

「言の葉の手向けかさなる」は、「葵祭」に於て神への誓ひの言葉つまり祭禮の祝詞を勅使が奏上してゐる「葵祭」が續いてゐるのです。

御題「六月祓」（「後花園院御製和歌集」上巻　撰歌百首　夏十五首より）

もろ人の　こころのちりも　夏川に　流しすつべき　みそぎなるらし

もろ人の＝總べての國民の　こころのちり＝心の塵　夏川に流し＝夏越の大祓で清め流す
流しすつべき＝流して棄てるべき　みそぎなるらし＝大祓の禊ぎであるに違ひない

【大御心を推し量る】

「夏越祓(なごしばらひ)」を詠はれたものです。「大祓行事」の目的がはつきりと解る大御歌です。「總べての國民の邪念をも含む心の塵や芥を清めに浄める祓への神事が大祓行事である筈だ」と、このやうに詠はれたのです。

「祓(はら)へ」と云ふ神事は、日本神道のみに見られる獨自の行事です。この「祓へ」は「穢れ」を淨化するために行はれるものです。

「穢(けが)れ」とは、「氣枯れ」「氣離(か)れ」であり、潑溂とした生命の煌めきや靈的な強さである「氣」が衰へた狀態を云ひます。古人は、現實の生活の中で穢れに近づくことで、その穢れが魂にまで附着してしまふと考へ、穢れに觸れた者に接するだけで、その穢れが更に乘り移ると信じられてきました。そして、「氣の衰退」は「生命と日常の生活の活氣」が奪はれるとし、忌み嫌つたのです。そこで、祭祀を執り行ふに當つては、穢れを遠ざけ、清淨さを保つ爲に祓ひを行つてきたのです。

大祓とは、もともと伊邪那岐神(いざなぎのかみ)が黃泉(よもつ)の國から歸つて來て、筑紫の日向(ひむか)の橘(たちばなの)小門(をど)の阿波岐原(あはぎはら)で身についた穢れを清めたと云ふ事が起源となつてゐます。天照大御神始め多くの神々を生み出し、この宇宙と世界の完成を見たのです。戰後日本は、歐米思想の個人主義の蔓(はび)こりによつて、「己れのみ」と云ふ考へになつてしまつた感があります。本來の美しく氣高い日本人の精神を取り戻すにもこの『大祓』は重要な行事ではないかと思ひます。

御述懐

御題「**書**」（「後花園院御製和歌集」下巻）

いつはりの　なき世をみする　文の道　あふげばたかし　人の言の葉

いつはりのなき＝僞りのない　みする＝見せてくれる
文の道＝學問の道　あふげばたかし＝仰げば高し

【大御心を推し量る】

この御製は、今の世と重ぬる事ができる大御歌ではないでせうか。上句の「いつはりのなき世をみする」は、「眞實の歴史や學問」と解すべきではないかと思ひます。

そして、「文の道」は、學問の道であり、先人が心魂を籠めて書き遺された古文獻から學ぶと云ふことだと思ふのです。

現代の日本の學問は、自らの國の歴史の全否定に立脚した學問が構築されてしまひ、當に歪められたものが、青少年の心を蝕んでゐるやうに思ひます。これらは、爲政者は總べて權力者であり、其の權力者は國民を苦しめる存在であると云ふ、共産主義による惡玉權力思想によつて構築された學者が學問を歪めてしまつたのです。學問の道は「いかなる聖人の言葉であつても阿ることはあつてはならない」と吉田松陰先生は『講孟劄記』の中で述べてゐますが、同時に重要な事は眞實を歪めてはならないと云ふことです。

現代は歴史については、多くの方々が聲を上げ、少しづつですが改善の兆しが見えてきてゐます。しかし、國語、美しい日本語復活に對しての聲は未だに僅かな狀態ではないかと思ひます。

いま、日本人は數十年前の方々の書いた文章が讀めなくなつてしまつてゐます。私は聲を大にして云ひたいのです。「美しい日本語を取り戻せ！」と。その爲には、正假名遣ひ、舊漢字の復活は必須であらうと思つてをります。そして、更に「現代の學問に私達は決して阿つてはならない」と。

この後花園天皇の御製にある下句の「仰げばたかし先人の方々の言の葉」と云ふ、謙虚な心持で學問に向かはなければならないと思ふのです。

御題「禁中花」（「御獨吟御百首」春十五首より）

なれきつる　雲井の花も　はづかしや　代代に及ばぬ　春を重ねて

なれきつる＝慣れ來つる　　雲井の花＝皇居内の花。御親らのこと
はづかしや＝恥づかしい　　代代に及ばぬ＝御歴代天皇の御事蹟

【大御心を推し量る】

初句「なれきつる」について、「なれ」と云ふ語には二つの漢字が充てられると云ひます。一つは「慣れ」。もう一つは「狎れ」です。ある方が言つてをられましたが、「立心偏の（慣れ）は良いけれども獸偏の（狎れ）は良くない」と。それは「立心偏の（慣れ）は習熟そして熟練すると云ふ意味があり、獸偏の（狎れ）は慣れ過ぎて慢心してしまふ」と。非常に深いと思ふのです。

これを踏まえて考へたならば、後花園天皇の御心は「慣れ」と云ふ御心を持ち詰めて積み重ねてゐる、と云ふ風に解せるのではないでせうか。

「雲井の花」とは、一般的には「雲井」が朝廷或は皇居。「花」は天皇さまのことと解されますが、この御歌で

は御親らが行はれて來た御實績のことではないかと思ひます。「代代」とは「歴代天皇の御業績」と云ふことでありませう。御親らの今迄の御業績がとても及ばぬ事を愧ぢてをられます。

歴史を鑑みた時、後花園天皇様の御世に於ては、武家による權力爭ひが顯著となり、それを統制すべき足利將軍家が無責任にも遊興にうつつを拔かしてゐた時代に重なります。

現代の評價では、東山文化の隆盛などから日本文化の貢獻に於ては、大きな意義のあつた時代と言はれてゐますが、言葉を換へれば安隱ボケ（現代では平和とも云ふ）によつて世の中が混亂した時代でもあります。文化の豐熟によつて眞の安隱は、手に入れることは出來ないと私は考へます。逆に精神的には墮落してゆくのではないかと思ふのです。私が若い時に讀み感動した三島由紀夫の『葉隱入門』の一節の次のやうな言葉に眞實があるのではないかと考へます。

> 戰時中には、死への衝動は一〇〇パーセント解放されるが、反抗の衝動と自由の衝動と生の衝動は、完全に抑壓されてゐる。それとちやうど反對の現象が起きてゐるのが戰後で、反抗の衝動と自由の衝動と生の衝動は、一〇〇パーセント滿足されながら、服從の衝動と死の衝動は、何ら滿たされることはない。～中略　しかし、青年の中に抑壓された死への衝動は、何かの形で暴發する危險にいつもさらされてゐる。

うがつた見方をすれば、室町時代に於ける文化の豐熟の反動が、武家の權力爭ひの混亂に繫がつたのではないか。この顯在化した世の中の責任の一切を御親らの至らなさと云ふ一點に籠められた御製でせうか。この御製を拜誦した時、殆んどのことを外的要因に責任轉嫁をして居る己れの考へ方が慚づかしくなつてしまひます。

御題「寄情述懐」（「御獨吟御百首」應仁二年三月十六日雅親點）

おろかなる　心の末も　とほるやと　なほわけすてぬ　敷島の道

心の末も＝願ひごと　　とほるやと＝聞き届けてくれるだらう

なほわけすてぬ＝より分けたりしない　　敷島の道＝和歌の道

【大御心を推し量る】

後花園天皇の悲痛なる願ひの籠もりし御歌です。第二句からの「心の末もとほるやと」とは、世の平安と國民の安寧の願ひが聞き届けてもらへるかと云ふ神への祈りの心を表はしてゐるのではないでせうか。

下句は只管ら眞つ直ぐに敷島の道なるものを求め續けると云ふ強い祈りの大御心が表はれてゐます。特に「わけすてぬ」の「ぬ」には後花園天皇樣の強い御心があると思ひます。「敷島の道」は、「和歌の道」と云ふことですが、ここで云ふところの「和歌の道」は、單なる遊戯の世界ではありません。本居宣長が述べた所の「和歌は志の陳（の）ぶる大道（たいだう）なり」と云ふ言葉が當て嵌るものではないでせうか。

後花園天皇の御製は、その時代背景から考へた時、混亂の世の中の責任を一切御親（おんみづか）らに背負はれてをられるのが初句の「おろかなる」と云ふ御言葉に籠つてゐます。これこそが「つつしみ」の世界に生きられてゐることがわかります。

ここを私たちは學ばなければならぬのではないかと思ふのです。如何なる現象も自からの責任であると云ふ強い氣持ちを持ち、己れを正して行くことを。『孟子』の云ふところの「自ら之を取る」の實踐の心が、これではないかと思ひます。

御題「寄夢對舊」（「御獨吟御百首」應仁三年三月　雜二十首）

天の下（あめのした）　をさめし姿　ゆめにだに　見ぬ世のことの　しのばしきかな

天の下＝今の世の中　　をさめし姿＝平安に治めてゐる姿
ゆめにだに見ぬ＝夢にさへも見る事のできない　　しのばしきかな＝偲びに偲んでゐる

【大御心を推し量る】

この天下を平安で安寧に治められてをられた歴代天皇の御世を夢にさへ見たことがないのであるが、それらに憧れを持つて、いま偲んでゐる私であることよ。

「ゆめにだに」とは「夢にさへも」と云ふことです。後花園天皇の御世は、朝廷の財政も窮乏してをり、在位三十二年間の間に元號が九回も變つてゐます。つまり、世の中も混亂を極めて居たことを表はしてゐます。そんな中でも後花園天皇は只管（ひたすら）國民の憂ひを除かんと祈られてをられたのです。有難きかなです。ここに日本と云ふ國家が縱軸によつて歴史が紡がれてきた事が明徵に顯はれゐる國であることがわかる大御歌です。

天皇の治政に於ける姿勢は、一貫として歴代天皇の國家が平安で國民が安寧であつた御世に學びつつ、祈りを具現化せんとされる縱の繼承によつて行はれて來てゐるのです。それ故に二千七百年の歴史が紡がれてきました。ここに、天皇治政が權力ではなく權威であると云ふ國體の相があると云へるのです。

御題「夢」（「後花園院御製和歌集」上巻「撰歌百首」雑十首）

見ず知らぬ　人の國まで　通ふなり　夢てふ物は　みちしるべかも

見ず知らぬ＝見た事も聞いた事も無い　通ふなり＝廣がつて行くに違ひない
夢てふものは＝夢と云ふものは　みちしるべかも＝道しるべかもしれない

【大御心を推し量る】

見たこともない外國にまで行く事が出來る夢と云ふものは道導（みちしるべ）かもしれない。直譯するとこのやうになりますが、「夢てふ物」は、單なる旅に行くと云ふことではありません。日本の建國の理想である總べての人々が家族のやうに仲睦まじく暮らして行くと云ふ「八紘爲宇」の世界の現出が「見ず知らぬ人の國」にまで廣がつて行く。後花園天皇は、平安なる世界の夢を詠はれたのではないでせうか。御心にある夢は、常に「國安かれ民安かれ」以外はありません。それが世界中にまで廣がつて行く。そんな願ひを詠はれたのです。歴代天皇の祈りの中には、日本の建國理念である「八紘爲宇」のお考へが常に在つたと云ふことがよくわかります。

御題「寄身述懐」（「御獨吟御百首」應仁二年）

しひて猶　うきに心や　留むらむ　身をばすてても　捨てやらぬ世は

しひて猶＝強ひて猶。無理になほ　身をばすてても＝御親らを捨てても。佛教に歸依しても

うきに＝憂きに。憂ひに　　留むらむ＝留まつてしまつてゐる

【大御心を推し量る】

應仁二年にお作りになられた大御歌と傳へられます。ですから崩御の年にお作りになられたものと思ひます。そして、それは應仁の亂が起り御親らの不德によつて戰亂が始まつてしまつたことをお嘆きになり、それでも何とか混亂よ治まつて欲しいとの願ひの籠りし御製ではないでせうか。上句の「うき」は「憂ひ」のことです。出家してはみたものの、世の中の憂ふる現實が決してこの腦裏から離れることはない。

御題「山家」（「後花園院御製和歌集」下巻）

のがれこし　身をおく山の　かひもなく　世にや心の　猶かよふらむ

のがれこし＝遁れて來て　　身をおく山＝遁世してゐる境遇の事
かひもなく＝甲斐も無く　　世にや＝世の中に

【大御心を推し量る】

後花園天皇樣が御出家された時の大御歌だと思ひます。記錄によれば應仁元（一四六七）年、應仁の亂が勃發した年の九月二十日であつたと傳へられます。それは、應仁の亂と云ふ大亂の責任の一切を御親らの不德に因るものとしてのことでした。

當時、後土御門天皇に讓位をされて上皇となられ院政を布かれてゐた後花園天皇は、戰亂を避ける爲に「花の御所」と呼ばれた「室町第」に避けてをられたといひます。

初句から第二句の「のがれこし身をおく山の」は、現實の山ではありません。現實には室町第で出家後僅か二

年で崩御されてをられますので、山に籠もられては居ませんでした。

この御製からは後花園天皇の御出家は、現實逃避ではなく御親らの御出家によつて佛に於ける衆生救濟を願つての事であつた事が明徴ではないでせうか。


御題「老述懐」（『御獨吟百首』（寛正四年雅親卿點）雜十五首）

すなほなる　世にはかへらで　老いのなみ　かけてくるしき　身の思ひ哉

すなほなる＝素直なる　かへらで＝歸らないで
老いのなみかけて＝老いてゆく年月が自らに押し寄せてくる
くるしき＝混亂の世を歎き苦しむと云ふこと

【大御心を推し量る】


下句の「かけてくるしき」と云ふ御心に、「混亂して世の中に於ける國民の苦しみ」への限りない慈愛をみることが出來ます。「かへらで」とは「還ることはなく」と云ふ意味になります。

初句と第二句の「すなほなる世にはかへらで」と云ふ「すなほなる世」とは、「世が平安で國民が安寧に暮らしてゐる世の中」と云ふことではないでせうか。

この御製が作られたのは、寛正四（一四六三）年ですので、この年を最後に「新嘗祭」も齋行できなくなつてしまひます。そして、二十三歳の後土御門天皇への御讓位が翌寛正五年七月に實行されます。時に四十四歳でした。四年後の應仁の亂が勃發し、二年後には崩御されます。

後花園天皇の御代は當に戰國時代の幕開けとなつた時代です。そのやうな時代の中でも最後の勅撰歌集『新續古今和歌集』を完成させられるほど和歌を愛されました。

御題「歳暮」（「後花園院御製和歌集」上巻「撰歌百首」冬十五首）

をしめただ　ゆく年波の　ながれては　つひによるせの　よそならぬ身に

をしめ＝惜しめと閉めの掛詞　ゆく年波＝過ぎてゆく年月
ながれては＝流れてしまふ　つひに＝終に。終の棲家に
よるせの＝寄る瀬の。川の流れの速い深いところ　よそならぬ身に＝眞つ只中に居る身は

【大御心を推し量る】

下句に於ける「つひによるせの」は「終の棲處に流れてゆく身」と云ふことです。この御製は、御親らの生命の終りを思ひつゝ、一日一日を大切に生きてゆかねばならぬ。このやうに詠はれたのではないでせうか。「光陰矢の如し」と云ふ漢詩が惱裡（なうり）に浮かんでまいりました。

後花園天皇の晩年は、應仁の亂によつて戰火の眞つ只中でした。平安の世と國民の安寧を祈られる御身としては、そのご心痛如何ばかりであつたか。紅蓮の戰火を何としても鎭靜化させたいと云ふ思ひも籠められてゐるのではないかと思へてなりません。

御題は「歳暮」と云ふことは、大晦日にお作りになられたものではないでせうか。

後土御門天皇（ごつちみかど）

第一〇三代・後花園天皇の第一皇子　嘉吉二（一四四二）年～明應九（一五〇〇）年
御在位　寛正五（一四六四）年八月二十一日～明應九（一五〇〇）年十月二十一日

戰國時代最初の天皇

後土御門天皇は、後花園天皇の譲位を受けて二十歳で第百三代天皇に踐祚（せんそ）されました。

踐祚後、翌年には卽位禮、二年後に大嘗祭が執り行はれましたが、中世に於ける最後の大嘗祭となりました。その後、この大嘗祭が復活するのは江戸時代まで待たなければなりませんでした。室町時代は、應仁の亂を以て終焉を迎へたと云ふのが私の考へです。踐祚後、間もなく應仁の亂が起き朝廷の財政は枯渇し、世の混亂は皇室の存在すら國民の多くに忘れ去られてしまふ狀況となりました。後土御門天皇の御代は戰國時代の初期の三十七年間です。

應仁の亂が起きたのは、一四六七年、すなはち應仁元年です。室町幕府の武家政治を支へて居た細川勝元と山名宗全（そうぜん）の二つの勢力に分れての爭ひは、日本中の守護大名を巻き込み、更に各地の守護に於ても骨肉相爭ふ凄まじい戰ひでした。

まづ、將軍繼嗣を巡つて足利義政の嫡男・義尚と義政の弟・足利義視（よしみ）との間に紛爭が勃發、これに義尚の母・日野富子（義政の正室）が介入、管領の畠山・斯波兩家の跡繼ぎ問題、山名・細川兩家による勢力爭ひが重なり大亂へと發展、地方へも波及して、この戰亂は十一年にも及びます。そして、この戰亂は戰國時代に突入してゆく切掛けになりました。

文明九（一四七七）年に亂は終結しますが、これによつて都は荒廢の極みとなり、この後、織田信長の擡頭まで、朝廷や公家の財政も逼迫してしまひます。

このやうな中で、足利義政は政治を顧みる事なく遊興にふける日々でした。この戰亂によつて皇居も燒失してしまひ、後土御門天皇は、結局、足利義政の屋敷であつた室町第に遁れざるをえませんでした。皇室財源の逼迫は、多くの皇室行事の中止を餘儀なくされてしまひます。

應仁の亂が終結して二年後、皇居の修復が完了して、天皇は還幸されました。お戻りなられた後土御門天皇は、宮中祭祀竝に宮中行事の再興に取組まれます。しかし、財政難によつて、その願ひは叶はず、ますます祭祀は行ふ事ができなくなつてしまふのです。

そして、應仁の亂終焉後二十三年の明應九（一五〇〇）年九月、五十八歳で崩御されます。しかし、皇室の財政の逼迫は、葬儀すら齋行できずにその玉體は四十三日間も放置されると云ふ事態に陷るほどでした。

終身在位の考え方

後土御門天皇は、何度も讓位をしようとしますが、卽位の禮を執り行ふ費用が枯渇してゐた事と室町幕府の弱體により、戰亂の世となつてしまつた爲、崩御されるまで御在位されてゐます。これ以降、天皇の終身在位と云ふ考へ方が出て來るやうになります。

そんな中に於ても、後土御門天皇は、「應仁の亂」以降中絶してしまつた朝儀の再興にお努めになられます。宮中行事に於ける「節會」の舊例の調査、次第の書寫などを始めとして、様々な宮中行事復興に努めたのでした。その甲斐あつて「三節會の復活」「殿上淵醉（ゑんすい）」「乞巧奠（きつかうでん）」等を再興されたのでした。そして學問に對しても深く心を碎かれ、吉田兼倶（よしだかねとも）・一條兼良（いちでうかねよし）・清原宗賢（きよはらののぶかた）らに和漢の書を講ぜしめ、學問、文化の庇護に務められたと傳へられます。また、神道界に於ても吉田兼倶の唯一神道を支持したことで日本神道思想に於て大きな意義がありました。この吉田神道が出るまでは、佛神と混在した神道であつた兩部神道によつてその思想は亂れてゐましたが、この頃から江戸期に繋がる國學神道思想の基礎がこの時期に確立したといつても過言ではありません。

そして、和歌をこよなく愛され御集も残されてゐます『紅塵灰集』『いその玉藻』『後土御門院御百首』『後土御門院後拾遺』『後土御門院千首和歌』等多くを殘されてゐます。

私の調べた限りでは、御製數は千二百四十八首です。そのうち、現在まで百九十首ほど謹撰し、六十六首謹解させていただいてゐます。

賀歌・祝言

御題「玉」（内裏御月次之中）「皇室文學大系　第二緝」より

四つの海　をさまる御代の　ひかりには　いづくの浦の　玉藻よるらし

内裏御月次之中＝宮中月次祭での奉納歌か？
四つの海＝日本を取り卷く海。日本中と云ふこと
をさまる御代＝平安で安寧な時代　　いづくの＝何處の
浦の玉藻＝美しい海藻　　よるらし＝寄ってきたに違ひない

【大御心を推し量る】

國の平安を祈られ願はれてゐる御姿が彷彿とします。そして、またどのやうにしたら世に平安が訪れるのかを苦しんでをられることも、下句の「いづくの」と云ふ言葉に籠められてゐます。

「治まる御代の光」はどちらの海の玉藻が寄つて來ればよいのかと云ふことでありませうが、「玉藻」とは何でせうか。一般的には「美しい海藻」のことになりますが、更なる深讀みをするならば、『禮記・玉藻篇』出て來

る「天子は玉藻、十有二旒、前後、延を邃くす、龍巻して祭る」のことでせう。

このことから「王だけが被ることのできる垂れ玉付きの冠の事」と解すことが出來るかも知れません。と云ふことは、この「玉藻」は歴代天皇の治政のことと解すことが出來ます。いづれにしても、後土御門天皇がいかに平安を望まれてゐたのかが窺はれる御製ではないでせうか。


御題「寄國祝」（「百首御製」文明八年三月三日　日次百首）

なびくなり　四方の夷の　こころまで　やはらぐ國の　風をうつして

四方の夷＝日本の周圍の外國のこと　やはらぐ＝柔和な　うつして＝擴げてゆくこと

【大御心を推し量る】


「なびくなり四方の夷」とは、當時に於ては支那の宋を始めとする亞細亞諸國のことを言つてゐたと思ひますが、現代に於ては更に世界中の人々と云ふ風に解せるのではないでせうか。

「やはらぐ國の風」は、此處に「三種の神器」に於ける「八坂瓊勾玉」に籠められた「柔和善順慈愛の心」による治政を原とする日本國の國風の事と私は解します。

附言すれば聖德太子の「十七條憲法」第一條「和を以て貴しとなす」が、歴代天皇の平安の祈りの基となつてゐるからです。そして、世界中の人々の心にこの日本の國風を反映して、日本の建國理想に於ける八紘爲宇、それは大調和の世界を具現化せんと云ふ建國理念の願ひの籠つた御製ではないでせうか。

文明八年は、應仁の亂が終息する一年前です。未だ先の見えぬ戰亂の最中にこの御製をお作りになられてゐます。天皇に於かれてはうつそみの現實世界ではなく、理想の姿がはつきりと見えてゐたに違ひないと思ふのです。

そして、ここに日本の持つ世界に對する使命が見出せるやうに思ひます。

御題「立春朝」（文明十三年九月千首和歌『後土御門院御集拾遺』）

出づる日の　ささぬ方まで　天の戸の　あくれば春の　光をやしる

出づる日のささぬ方＝太陽の光が届かないところ
天の戸のあくれば＝暗闇の世界が開けば

【大御心を推し量る】

「出づる日のささぬ方まで」とは、混亂して行く先の見えぬ暗闇の世界のことではないでせうか。この御製は、應仁の亂も終息した三年後にお作りになられたものです。後土御門天皇三十九歳の時です。

この年、朝廷と傳統文化を中心的に支へて來た前關白（さきのくわんぱく）一條兼良が四月に亡くなります。兼良は多くの古典書を解釋してゐます。『古事記』解釋にも取り組みましたが、志半ばにて初めの部分のみの解釋になつてしまひ、その後本居宣長が出でる江戸時代中期まで『古事記』は世の中に忘れ去られてしまひます。

應仁の亂が終息したと言つても、それ以降、下克上の混亂のまま戰國時代に突入します。當然ですが、國民は相も變はらず苦しまざるを得なかつたのです。そのことに思ひを馳せてお作りになられたと思はれるのです。

もうひとつ、この歌では人間の心の闇を重ねてゐるやうに思へてなりません。我れが我れがの欲望の心こそ、自らが暗闇の世界に入る基となつて來ると云ふのは先人の教訓によつて明らかです。これが當に「天の戸」に天照大御神と云ふ光が隱れてしまつてゐる狀態と云ふことではないでせうか。それを如何にして氣が附かせんと云ふ大御心を詠はれてゐる御製に思ひます。

終句の「あくれば春の光をやしる」は、「開けたならば春の光に包まれることを知るに違ひない」と後土御門天皇の願ひが籠められてゐます。

御題「立春」（後土御門院『紅塵灰集』撰歌百首より）

いつしかと　空ものどかに　出づる日や　けふたつ春の　ひかりなるらむ

紅塵灰＝赤茶けた土ぼこり　いつしかと＝いつの間にか
出づる日や＝朝陽のこと　けふたつ＝今日から始まる

【大御心を推し量る】

新春を言祝（ことほ）ぐ大御歌です。ここに詠はれてをられる「のどかに」は後土御門天皇の願ひの大御心です。天皇祭祀では常に世の平安と國民の安寧を祈られてゐます。

下句「けふたつ春のひかりなるらむ」の「けふたつ」と云ふ語には天皇の痛切な大御心が籠つてゐるやうです。

大御心（おほみごころ）

御題「遠村烟細」

たえだえの　民のかまどの　夕けぶり　ながめやりても　しのぶいにしへ

たえだえの民＝困窮に苦しんでゐる國民　民のかまどの夕けぶり＝夕食を準備してゐる烟
ながめやりても＝眺めて居たならば　しのぶいにしへ＝偲んでゐる歴代天皇の事蹟

【大御心を推し量る】

今の混亂の世に於て、食べる物も絶えだえになつてしまつてゐる家々を眺めたなら、仁徳天皇を始めとする安穩なる治政を行はれた多くの昔の天皇を思はれてならない。

このやうに詠はれてゐます。この頃から、朝廷、竝びにそれを支へる公家衆の窮乏に拍車が懸つて宮中行事すらまともに行ふ事ができぬほどになつてしまひました。そして、その朝廷の式微は世の混亂に益々拍車をかけてゆきます。

御題「寄天祝」（文明十三年九月　千首和歌）

うけつぎて　わが代の後も　久方の　空のめぐみを　なほやあふがむ

うけつぎて＝受け嗣ぎて　久方の＝（空）の枕詞
空のめぐみ＝高天原の神々からの慈愛や惠み　なほやあふがむ＝これからも更に仰いで行かう

【大御心を推し量る】

「うけつぎてわが代の後も」とは、後花園天皇から承け繼いだ天皇位と、この後も永遠に續いてゆくであらうこの日本國、と云ふ風に解せるのではないでせうか。これは國體の根幹である「天壤無窮の神勅」の事でもあると思ひます。「空のめぐみ」とは、天照大御神を始めとする八百萬神々の働きによつて、我らは生かされてゐると云ふ事に對する感謝の氣持ちをこの言葉に籠めてゐます。

そして、後土御門天皇は、この「天壌無窮の神勅」の垂示する歴代天皇と天照大御神を始めとする神々へ、今の世の混亂が少しでも良くなるやうに祈られてをられる姿が重なります。この「天壌無窮の神勅」について、大川周明は『日本二千六百年史』の中で次のやうに述べてゐます。

> 天つ日嗣、天壌と共に無窮なることは、更に重大なる内面的意義を有して居る。わが日本民族は、此の理想を堅確に把持し來たれるが故に、今日在るを得たのである。皇統が萬世一系なる爲には、日本民族が萬世に獨立し繁榮することを必須の條件とする。それ故に萬世一系と云ふことは、直ちに日本國民の永遠の發展を意味する。國亂れて民泯ぶ。而して國亂れ民亡ぶ原因は、如何なる例外もなしに、主權が薄弱微力となるからである。それ故日本の古典が、日本を以て、『天雲の向伏す限り、谷蟆のさ渡る極み、皇御孫命の大御食國』となし、若し『御代々々の間に、まつろはぬ穢き奴もあれば、神代の古事のままに、大御稜威を輝かして、たちまちに打ち滅ぼし給ふものぞ』として、吾國の主權を萬古不動の礎の上に置きたることは、まさしく國家繁榮の礎を置けるものである。

この御製を詠じられた文明十三（一四八一）年は、後土御門天皇四十一歳です。應仁の亂が終息して五年後、足利將軍は義尚十六歳でした。また、朝廷のみならず足利幕府も財政が窮迫して、凶刃に斃れた足利義教の法會ですら行へないほどでした。當然の如く、朝廷行事の數々も停止せざるを得なくなつてをり、最重要祭祀である「新嘗祭」も齋行できなくなつて二十年近く經ち再興の目處すら立たぬ時期に當ります。

この年、一休宗純や『日本書紀』を初めとする古典解釋にその一生を捧げた前關白一條兼良が亡くなつてゐます。

御題「無題」（内侍所御法樂）「後土御門院御百首（冬）」より

神と我が　契りたえせぬ　此の國に　四つのえびすも　靡（なび）かざらめや

御法樂＝和歌を神佛に奉納すること　契りたえせぬ＝約束が絶える事がなかつた
四つのえびす＝世界中の國々も　靡かざらめや＝靡かずに居られようか

【大御心を推し量る】

天皇の本質が上句に明徴に表はれてゐます。「神と我が契りたえせぬ」とは、天皇祭祀を表はしてゐます。「契り」とは約束です。神々への契りが絶える事が無い事を願ひつつ天皇は祭祀を行はれてゐます。

下句の「四つのえびす」は四方の國々ですから、世界中と云ふことになります。ここに「天の下を掩ひて家族のやうに睦まじく」と云ふ八紘爲宇の大御心を窺ふことができるのではないでせうか。

明治時代、日本の歴史について傳へ聽いたオーストリアの法律學者シュタイン博士は、次のように讃へてゐます。私達は、これを誇りと思はずばどうしませう。

日本は國は小なれど天子は天神の末裔である。開闢以來の神器を持ち、千古一系の皇統を奉載して全國人民が君臣の大義を紊（みだ）さぬと云ふことを、歐米各國の人民が聽き傳へて、知ることになれば、必ず貴國に服從することとなる。

御題「祈不逢戀」（文明六年五月二十七日観經談義之時節十六観人人勸侍中に）

いのりても　かひなき中の　つれなさは　神もなびかぬ　心しれとや

いのりてもかひなき＝祈つても祈つても變らない
つれなさ＝思ふに任せない　　しれとや＝知れと云ふのか

【大御心を推し量る】

文明六（一四七四）年にお作りになられたものです。時代的には「應仁の亂」の眞つ最中と云ふことになります。御題から拜した時、戀の歌ですが、私には戀の歌には思へません。

その背景を重ねた時、混亂して戰亂聒（かまびす）しき世の中を、何としても「祈り」に據（よ）つて平らなる世に變へたいと願ひ「祈り」を續けられてゐる後土御門天皇の切なる願ひの大御心が籠つてゐるやうに思ひます。

しかし、その願ひは叶ふ事なく崩御されるまで混亂の儘（まま）でした。祈られても、祈られてもそれが屆かぬと云ふことは、神の心にかなはぬ御親らの心が原因であると仰有つてをられるのです。ここに「イノリ」は「願ひ」ではないと云ふことがはつきりと表はれてゐると同時に、一切の環境すらも心によつて變へることができ、變へることのできぬのは、それが神の心にかなつてゐない自分に責任があると云ふことを教へてくれてゐます。

明治天皇の御製「鬼神を泣かするほどの言の葉のまことの道を究めてしがな」が重なります。自らの盡した「まこと」によつてのみ、その祈りは實現すると云ふことではないでせうか。

御題「無題」（「後土御門院御百首」内侍所御法樂　冬の部）

うれへなき　民のこころと　聞くからに　いまぞ我が身の　樂しみとせむ

内侍所御法樂＝宮中三殿を含む皇居内の祭祀場。宮中の溫明殿の別名
うれへなき＝憂ひの無い　民のこころ＝國民の心　樂しみとせむ＝樂しみとしよう

【大御心を推し量る】

「うれへなき民の心」とは、國民が幸福に充たされてゐる心のことです。天皇の大御心とはこの御製にこそ示されてゐます。國民が幸福であれば、それが喜びであり、樂しみなのです。下句に於ける「いまぞ我が身の樂しみ」と云ふお言葉にこそそれが明徴に顯はれてゐます。

當時、朝廷の財政狀況は、日々の食事すらままなりませんでした。また戰亂が續く暗い世であつても、只管國民の幸福を願はれ、そこに希望を見出ださんとされて日々を送られてゐる事がこの御製からは拜されます。

内侍所とは、皇居内で「八咫御鏡」を安置してある賢所のことですが、この時期ですと「溫明殿」と呼ばれてゐました。御法樂にお作りになられた御製ですが、「御法樂」とは、佛教語で「神佛を樂しませる行事」と云ふことで、賢所に坐します天照大御神に和歌によつて感謝を獻げる歌會の事であらうと思ひます。

御題「寄山述懐」（文明九（一四七七）年十二月　千首和歌）

ともすれば　道にまよへる　位山（くらゐやま）　うへなる身こそ　くるしかりけれ

位山＝最高位。一般的には天皇位であるがここでは最高権力のこと
うへなる＝上に居る　　くるしかりけれ＝苦しいのだなあ

【大御心を推し量る】

文明九年十二月の『千首和歌』の中の一首です。文明九年十月、西軍の主將大内政弘が東軍（幕府）に降伏して、應仁の亂の終息を見ました。しかし、十一月に京都に陣取つてゐた西軍の武將達がその陣を燒き拂つて引き揚げたので、京都市内は燒け野原と云ふ狀況でした。そんな時期にお作りになられた御製でせう。

後土御門天皇の御親らのことを詠はれてゐると云ふことよりも、應仁の亂の終息は見えたものの京都市中が燒け野原となつてしまひ、まるで地獄繪圖のやうな樣相を人間の強欲の行き着いた結果と歎かれての御歌ではないでせうか。

第三句に於ける「位山」とは、よく使はれるのが「天皇位」と云ふことですが、この御製では位が上がつてゆく道程のことと拜されます。後土御門天皇は、「道にまよへる」と詠はれてゐます。これは、單に位が上がつてゆくと云ふことではなく、權力奪取の亡者となつてしまつた下克上の世界への警鐘ではないでせうか。

それと下句に於て、御親らの願ひ虚しく世の中が混亂してゆく樣相への御歎きと、それを知らしめることの出來ぬ苦しみが偲ばれます。

現代に於ても、この權力の亡者が世の中を動かしてゐます。そして、私見ながら、現代の權力亡者はマスメディアがその最たる者と感じてをります。

御題「無題」（『後土御門院御百首』（内侍所御法樂）「雜」より）

世の中に　かへる道なき　おく山を　人やもとめて　身をやすつらむ

かへる道なき＝歸る道のない　　おく山＝奥山
人やもとめて＝立派な人間を求めて　　身をや＝この身をば
すつらむ＝捨つらむ。捨てて行かう

【大御心を推し量る】

後土御門天皇の孤獨感を顯はしてゐます。下句「人やもとめて」と云ふ言葉に、それが表はれてゐます。當の混亂する世の中を治めてくれる人材は居ないものかと云ふ御心は、上句「世の中に歸る事のできぬ道すらなき奥山」であつても求められてゐるのです。それは御存命中は勿論のこと、その後、略〻（ほぼ）百年後の織田信長の出現まで待たねばなりませんでした。結句の「身をやすつらむ」には、御親らの身をも捨てて探し求めたいと云ふ強い願ひが籠められてゐます。

これについては、もう一つの解釋ができます。それは三つの義を籠めてあると云ふ解釋です。「やすつ」をして次のやうに謹解できるかも知れません。「泰つ」或は「安つ」更に「痩すつ」です。最初の「泰」は天下泰平と云ふ事でせう。二番目の「安」は、「安穩或は心安く」と云ふことではなからうかと思ひます。最後の「痩す」は、「其身が痩せるほどの念ひ」と云ふ風にも解してみましたが如何でせうか。

第四句の「人やもとめて」と云ふ御言葉から明治天皇の次の御製を思ひ出しました。

山の奥　島のはてまで　尋ねみん　世にしられざる　人もありやと

御題「戀十首の一」

幾度も　ただ身のとがと　いひなして　人のあだ名は　立てじとぞ思ふ

身のとがと＝身の咎と。親らの過失　いひなして＝言ひ爲して
あだ名は立てじ＝相手の惡い噂とすることはしない

【大御心を推し量る】

「後土御門院五十首和歌」明應八（一四九八）年十一月二十日「いその玉藻」の「戀の部十首」の中にある大御歌です。崩御されたのが明應十（一五〇〇）年九月ですので、最晩年の御製です。戰國時代と云ふ下剋上の混亂の中で國民への御述懷を詠はれたもので、現實の戀歌ではないと思ひます。

この時期は、朝廷のみならず皇室そのものの財政も枯渇してゐて、一年後の崩御の際には、御葬儀すらできずに、その玉體が四十三日間も放置されると云ふ窮迫の時期にも關はらず、何と云ふ大御心でありませうか。戀のお歌にかこつけて、世の中の混亂の一切を御親らの責任であると云ふ大御心が籠められてゐるやうです。

上句では、「何度も何度もただただ御親らの責任と言ひ聞かせて」と云ふ御心を詠はれたものです。下句「他人のせゐにはしない」と、御親らの力不足を言外に籠めて居られるのではないでせうか。世の中に起り來る一切の現象は、總べて御親らの責任と眞摯に考へられて、祈りに臨まれてをられる事が、この大御歌からはつきりと窺へます。正月元旦の朝、四方拜に於て此世に於ける一切の禍事を、御親らの玉體に採り込まれ、淨化されると云ふ御心に通じるのではないでせうか。

混亂する世が少しで早く治まつて欲しいと云ふ御願ひでありませう。

御題「寄山雑」（「皇室文學大系　第二組」より）

道しある　代代(よよ)のむかしの　くらゐ山　身は上ながら　猶まよふかな

道しある＝正しい治政の道のあつた　くらゐ山＝天皇位のこと
身は上ながら＝その身で有り乍ら　まよふかな＝迷ふかな

【大御心を推し量る】

後土御門天皇の深い苦しみが顯はれゐます。御題は「寄山雑」で「山に寄せる雑感」と云ふことです。上句で歴代天皇の立派な御治政への回歸を願はれる後土御門天皇の大御心が詠はれてゐます。第三句「くらゐ山」とは「天皇位」のことですが、ここでは歴代天皇のことを云つてゐます。

初句「道しある代代」は「立派な御治政が行はれた時代」です。それと比して御親らの混亂の時代を終息させる事のできぬことを歎かれて「いかにせばよいのか」と云ふ迷ひに苛まれてゐる御姿が目に浮かびます。世の混亂の總べては天皇である御親らにあると云ふ御覺悟が此處には拜察出來ます。これが大東亞戰爭終結時、昭和天皇が「我身はいかならうとも戰を止める」との御決意につながつたと惟ふのです。

國柄・國體

御題「神祇」（文明十七（一四八四）年九月　著到和歌『後土御門院御集拾遺』）

わかれくる　その家家の　みなもとを　思ふにさびし　神のまにまに

わかれくる＝分かれて來てゐる　　その家家のみなもと＝いかなる家の祖先の始め
さびし＝物足りない。もの悲しい
神のまにまに＝神の御心のままに。神前もかけてある

【大御心を推し量る】

朝の祈りにおける御心持を詠はれたものではないでせうか。

結句の「神のまにまに」は、「神樣の御心のままに」と云ふことです。文明十七年は、應仁の亂は終焉したものの、下克上の戰國時代に突入した時期です。そんな中で世の中の平安を祈られて居られる御姿が浮かびます。

「わかれくるその家家のみなもと」は、我らの祖先の源は神と列なつて居ると云ふことを詠はれてゐるのではないかと思ふのですが、どうでせうか。「思ふにさびし」をどのやうに解釋したら良いか。「さびし」は、「祖先である神々のことを考へると申し譯ない」と御親らの力の足り無さを歎かれてゐることと、もう一つ「嚴肅な氣持ち」を重ねてあるやうにも思ひます。

「神のまにまに」は、「神の御心のままに」と「朝祀り事に於ける神前のこと」の二つ合はせたものになると思ひます。後土御門天皇が、戰亂で苦しむ民を少しでも早く安隱にしたいと云ふ願ひを祈られてゐることは間違ひないと思ふのです。

御題「祝」（「後土御門院五十首和歌」明應八（一四九九）年十一月二十日　いその玉藻）

神代より　今にたえせず　傳へおく　三種（みくさ）のたから　まもらざらめや

たえせず＝絶える事なく　　傳へおく＝傳へられてきた
三種（みくさ）のたから＝三種の神寶。天皇の象徴器物である三種神器
まもらざらめや＝護つていかねばならない

【大御心を推し量る】

崩御一年前にお作りになられた御年五十八歳の時の大御歌です。明應八年は、戰亂によつて比叡山延暦寺が足利幕府の管領、細川政元らに攻められて根本中堂が燒かれてゐます。更に、京都市中では略奪や盜賊などが激しくなり、朝廷に於ては、宮中の御物を丹波國に避難させざるを得ないほど大變な時期でした。

天皇は、最も重要な責務として三種の神寶を守り傳へてゆくことを詠はれてゐます。新天皇御卽位に當り、最初に繼承する儀式は、此の三種神器の繼承です。所謂天皇の象徴器物として存在するのが「三種の神寶」です。三種（さんしゅ）の神寶（しんぽう）とは、三種の神器ともいひ、「八咫御鏡（やたのみかがみ）」「草薙御劒（くさなぎのみつるぎ）」「八坂瓊勾玉（やさかにのまがたま）」のことですが、これらは皆、神話の時代より傳はつてきた天皇の御位の象徴なのです。これらの神寶には、古の昔よりそれぞれ意味が籠められてゐます。

御鏡は、御親らを寫し天照大神を拜し、禊ぎも祓ひも鎭魂も遊ばされ、全く神の御境地となつて萬機を總攬遊ばされると同時に、自らを通して祖先崇拜の神々を觀つめて居られます。此れ則ち、「まつりごと」です。八坂瓊勾玉は、大調和の精神を象徴する器物で、この日本國の建國理念の八紘（はっくわう）爲宇（ゐう）の精神が籠められてゐます。草薙御劒は、智慧の象徴器物といはれてゐますが、これには「齋穂（さいほ）の御神勅」が籠められてゐる器物です。八咫御

鏡は伊勢神宮、草薙御劍は、熱田神宮に眞物（ほんもの）は祀られてゐます。八坂瓊勾玉は、天皇陛下のお側にあります。

御題「日」（水無瀬宮法樂百首）

仰（あふ）げなほ　岩戸をあけし　その日より　今にたえせず　照らす恵（めぐみ）は

仰げなほ＝さらに仰いで行かう　岩戸をあけし＝光を取り戻した
今にたえせず＝今も絶えることなく續いてゐる

【大御心を推し量る】

この御製は、他の人に訴へると云ふ大御歌ではなく「暗闇の世界から光り輝く世界となり、その天照大御神の恩恵によつて私達は生かされてきたことを忘れてはならないぞ」と御親らに言ひ聞かせて世の平安を祈られてゐます。

この御製から、己れの力のみで生きてゐるのではなく、生かされてゐると云ふ感謝の生活をしなければならないと云ふ事を氣附かされます。太陽や自然の恵みなければ我らは一日たりとも生きてはゆけぬと思ふのです。その恵みに感謝の誠を捧げつつ日々を生きなければならないと云ふことを教へて下さつてゐるやうに思ひます。

御題「祝言」（『百首御製』雜の部　日次百首　（大納言入道榮雅點）文明八年自九月九日）

いにしへに　天地人(あめつちひと)も　かはらねば　みだれははてじ　あし原のくに

いにしへに＝遙か昔のやうに　　天地人＝一切の事どもが。天も地も人も
かはらねば＝變ることがしなければ　　みだれははてじ＝混亂は果てしもなく續いて行く
あし原のくに＝葦原の國。日本の國

【大御心を推し量る】

文明八（一四七六）年、後土御門天皇三十五歳の時詠まれたものです。應仁の亂が勃發して十年後の年で、この翌年には終息の時を迎へると云ふ時期です。長く續いた戰亂は人心を荒廢させ、平安なる世界が遠のくことになります。「みだれははてじ」と云ふお言葉が痛いほど胸に迫ります。

その後、下剋上の戰亂の戰國時代が數十年に亙り續くのですが、後土御門天皇の苦しみはいかばかりであつたかと胸が痛みます。この御製の背景には、このやうな御心が籠つてゐるのではないでせうか。

翻つて、いつの世であつても世の中の混亂は、爲政者の失政でもありますが、國民の心の委靡(いび)などから來る荒廢からも起り來ると私は思ひます。

御題「祝」（明應四（一四九五）年十月）

名に高き　三つの國にも　日の本や　神にうけつつ　代代ぞただしき

名に高き＝著名な
三つの國＝唐土（支那）、天竺（印度）、日本のことであるが世界中とも解せる
神にうけつつ＝神より託された　代代ぞ＝續いて來た　ただしき＝正しい

【大御心を推し量る】

後土御門天皇晩年の希望に溢れる御製です。日本國の本來の姿を見据ゑつつ、正しき國となれと願はれてお作りになられたと思ひます。「明應」は、應仁の亂以降の戰亂や疫病などにより苦しむ國民を、少しでも輕減したいと云ふことから改元されたものです。

後土御門天皇は、この年の五年後の明應九（一五〇〇）年九月に崩御されますので、いはば晩年の御製です。朝廷財政は逼迫、やがて始まる下克上の戰國時代など、後土御門天皇の願ひとはかけ離れてゐた狀況の中、只管らこの國を信じ、必ず平安が訪れると云ふ大御心を籠められての御製です。

この御製を「平成」から「令和」への改元と重ねるのは考へ過ぎでせうか。殘念なことに「平成の御世」は、大地震を始めとする自然災害が多發。經濟的にも「失はれた三十年」と云われ、更には戰後教育による日本本來の美しい精神が失はれてしまつたやうに思へてなりません。

新たなる「令和の御世」は、日本本來の精神復興の御世としたいものだと願つてをります。

神祇・祭祀

御題「無題」（「後土御門院御百首」内侍所御法樂　冬の部）

まつりごと　その古(いにしへ)にのこりなく　たちこそかへれ　百敷(ももしき)のうち

まつりごと＝宮中祭祀竝に行事　古に＝その昔に　のこりなく＝すべてが
たちこそかへれ＝立ち歸つて欲しい　百敷のうち＝皇居内つまり朝廷

【大御心を推し量る】

「まつりごと」とは、朝廷に於ける宮中行事のことです。この行事は、元旦曉の時より大晦日の深夜まで世の平安と民の安穩を祈る祭事が神武天皇建國當初より續けられてゐます。しかし、日本の長い歴史の中でもこの祭祀が廢れたり、行ふ事ができなくなつたりする時期もありました。この時代がさうです。

この後土御門天皇の御代に於て、毎年の新嘗祭(にひなめさい)も齋行することができなくなります。最も重要な祭祀すら行ふ事ができませんでした。それ故に世は混亂に陷るともいへます。

第二句と第三句の「その古にのこりなく」と云ふことは、「行はれる事ができなくなつてしまつた」と云ふことを表はしてゐます。そして、後土御門天皇の深い憂慮を知ることができるのではないでせうか。

下句では、行ふ事ができなくなつた宮中祭祀や行事が何としても復活して欲しいと云ふ痛切な願ひが籠められてゐます。

現代に於ても、宮内廳は皇室行事の天皇陛下の御負擔輕減と云ふ名の下に、簡易化を推進してゐるさうです。これはゆゆしき事ではないかと危惧してをります。後土御門天皇は、朝廷財政逼迫にも關はらず、その朝廷祭祀を復活されることに御心を注がれました。この御製はそのことを詠まれてをられます。

御題「寢覺雞」（『百首御製』文明四（一四七二）年自九月九日之日次百首（左點雅康卿右點准后義政））

にはとりの　おどろかす音に　寢覺して　老ひの心を　かねてしるかな

にはとりのおどろかす音に＝朝を知らせる雞鳴のこと

【大御心を推し量る】

「にはとりの驚かす音」とは、夜の明けやらぬほどの早朝と云ふことではないでせうか。歌人ですと「あかつき」と云ふ一語で表現するのですが、後土御門天皇は「あかつき」と云ふ語を使はずにこのやうな表現をされたやうです。早朝祭祀へ向はれる御心を重ねられてをられるのではないかと思ひます。

下句では、自らの老ひて來たことを歎かれてゐるのでせう。が、この御製を詠まれたのは三十一歳です。後土御門天皇は五十九歳で崩御されますが、わづか三十一歳で「老ひ」を感じざるを得ない程の苦しみだつたのです。

戰國時代への道に突き進んでゐる時で、朝廷の財政狀況は逼迫し、世の中の混亂は窮つてゐました。そんな中で早朝祭祀へ向かはれる御心はいかばかりであつたでせうか。それを御親らの祈りの力の足りなさと、老ひに重ねられてもをられるのではないかとも思はれます。

御題「瑞籬」（『百首御製』文明八（一四七六）年自九月九日日次百首（大納言入道榮雅點））

へだてなく　神やまもらむ　みづがきの　久しくわれも　賴みきぬれば

へだてなく＝平等に　みづがきの＝瑞籬（本殿を取り巻く木造の垣）の。神域

久しく＝いつもいつまでも　　きぬれば＝居たならば

【大御心を推し量る】

「久しく」とは、「いついつまでも」と云ふ風に解せるのではないでせうか。感動するのは「へだてなく」と云ふ初句です。天皇にとつて個人的な好惡は一切存在しないのです。氣高き人格とは、「私」が一切無いと云ふ「無私」と云ふ事であらうと思ひます。

そして、古代天皇の御詔勅には國民を「おほみたから」つまり「大切な寶物」とあり、その大御心から發せられて祭祀を執り行はれてをられることがこの御製からわかります。

この御製は「日次百首」とありますので著到和歌と云ふ形でお作りになられたものと思はれます。「日次百首」とは「人數とお題を定め、毎日一定の場所に集まり一首ずつ詠まれる」和歌の詠進方法です。九月九日とありますので「重陽の節句」がテーマではなからうかと思ひます。

また、お作りになられた文明八（一四七六）年は、應仁の亂末期です。この時後土御門天皇は御年三十五歳。前年に應仁の亂以來八年間も齋行できなかつた「四方拜」が復活した時期でもあります。

ただ、この年の八月に上賀茂神社に於て神職と氏人との爭亂によつて燒失してしまふと云ふ事件もあり、御題の「瑞籬」は、それが念頭にあつたのかも知れません。

御題「神祇」（「皇室文學大系　第二緝」より　詞書不明）

あふぎみる　神の鏡に　いにしへの　面かげのこせ　ももしきのうち

あふぎみる＝仰ぎみる　　神の鏡＝三種神器の八咫御鏡

いにしへの面かげ＝昔の面影。傳統　ももしきのうち＝百敷の内。皇居内

【大御心を推し量る】

「ももしきのうち」とは「百敷の内」で、普通には「皇居の中」と云ふ事ですが、天皇は「朝廷及び皇室の組織全體」を云はれたのではないでせうか。「いにしへの面かげのこせ」とは、歴代天皇様の遺された民を慈しむ大御心から出た御事蹟の事と同時に、廢れ行く様々な宮中祭祀や行事を元に戻したいと云ふ願ひのことでもあらうと思ひます。

神の鏡である八咫御鏡を通して天照大御神の御慈愛を以てこれからも御治政を行つてゆかむと云ふ御親らの御決意を詠はれたのではないかと思ひます。

御題「無題」（『後土御門院御百首』（内侍所御法樂）「雑」より）

おのづから　たむくる今日の　言のはを　神の鏡の　くもらずやみむ

おのづから＝御親ら　たむくる＝手向ける　言のはを＝詞（神に捧げる祝詞）
神の鏡＝賢所の八咫御鏡　くもらずや＝曇ることがないか　みむ＝見て下さる

【大御心を推し量る】

早朝に於ける祭事を詠はれたものです。上句の「おのづからたむくる今日の言のは」とは、「御親ら手向ける言の葉」と云ふことで、これは祭祀に奏上する祝詞と云ふことです。第四句の「神の鏡」は、宮中三殿の賢所に祀られてゐる八咫御鏡のことです。終句の「くもらずやみむ」は「曇ること無く觀て下さるに違ひない」と云ふことで「總べての願ひを聽きとどけて下さるに違ひない」と結句されてをられます。

世の平安と國民の幸福のみの爲に只管日日の祭祀を執り行はれてをられるのです。それ故に我等は天皇への限りない敬慕の心が自然と湧き上がつて來るのです。

「内侍所」とは。「八咫御鏡」が安置されてゐる宮中三殿の賢所ですが、「威所、尊所、恐所、畏所」とも記されます。神鏡である八咫御鏡は眞物は伊勢神宮にて祀られてゐますが、御模造の神鏡は皇居宮中三殿賢所に奉安されて日々祀られてゐます。平安時代には皇居であつた京都御所では紫宸殿の東北にある綾綺殿の東に位置する温明殿が賢所として神鏡が奉安されてゐましたが、室町時代以降には度重なる戦禍による燒失で造營し直されて紫宸殿の南東に在つた春興殿が内侍所（賢所）として神鏡を奉安されるやうになりました。

御題「山月」（『皇室文學大系　第二緝』より）

世をまもる　ためしに神よ　三笠山　さしのぼる月に　くもりあらすな

まもるためしに＝護つて下さると云ふのであれば
くもりあらすな＝曇らすことはしないで欲しい

【大御心を推し量る】

世の中の平安を願ひ祈られてをられる事を主題としてお作りになられた大御歌です。御親らの祭祀の目的である平安なる世界の顯現を神々に何としても聞き届けて欲しいと云ふ大御心が強く表はれてゐます。

三笠山は春日大社の裏手にある山のことです。この三笠山は御蓋山とも呼ばれ、古くから神の山と云ふ意味の神奈備山（かむなびやま）として崇敬されてきました。

後土御門天皇は、一度も京都から出られたことはありません。それ故にこの御製は、月の美しさを愛でると云ふことよりも、世の平安を祈りに祈られてゐる大御歌であると云へるのです。第二句の「ためしに」は「しるしに」と云ふ事です。上句に於ける「神よ三笠山」には、神に對して吾が願ひを聞きとどけよと云ふ強い氣持ちが表はれてゐます。ここに天皇の祈りの強さが拜察できるのではないでせうか。

御題「寄鏡述懷」（文明九（一四七七）年十二月　日吉社法樂百首『後土御門院御集拾遺』より）

をさまりし　昔をうつす　かがみとは　みがきもなさぬ　わが心かな

日吉社＝日吉太社。滋賀縣大津市坂本にある神社。比叡山の守護神として尊崇された
をさまりし＝治まりし。正しかつた治政　うつすかがみ＝映す鏡。八咫御鏡
みがきもなさぬ＝磨きも成さぬ。磨くこともできない

【大御心を推し量る】

文明九年十二月は、十年間に及ぶ應仁の亂が終息した時期に當ります。

下句に於ける「みがきもなさぬわが心かな」には、應仁の亂と云ふ戰亂の一切の責任を御親らの祈りの足りなさとされて居られる御姿を拜する事ができるのではないでせうか。

上句の「をさまりし昔をうつすかがみ」とは、「平安の治政を實現されて居た歴代天皇の御事蹟」と八咫御鏡を重ねてあるのではないでせうか。

八咫御鏡には、本來の正しい姿を映すと云ふハタラキを象徴してゐます。それを爲し得ぬ後土御門天皇の悲しみを深く感ずる事のできる御製です。しかし、同時に初句の「をさまりし」は、「應仁の亂」が終息したと云ふ悦びも籠つてゐるのではないでせうか。

「をさまりし昔をうつすかがみ」とは、天皇は世の平安と國民の安寧を毎朝「神鏡」に向はれ祈られてをられます。その「神鏡」には、歴代天皇の治世に於ける業績が籠つてもゐます。後土御門天皇は、その歴代の業績に比して、混亂する世の責任の一切を御親らの責任とされてをられる大御心を發露されたものと思ひます。日々の中で、神と正對して只管祈られてゐる御存在でありながら、、世の混亂の一切を御親らの至らなさと歎かれてゐるのです。

御題「豐明節會」（明應四年十月　『後土御門院御集拾遺』）

忘れめや　豐の明りの　月影に　今はめなれぬ　をみのころも手

忘れめや＝決して忘れることはすまい　　豐の明り＝豐明節會のこと
めなれぬ＝目慣れぬ　　をみのころも手＝臣の衣手

大嘗祭を詠はれたものです。上句にある「豐の明り」とは、大嘗祭或は新嘗祭の翌日に行はれる豐明節會と云ふ宴のことです。何故新嘗祭ではないのかと言へば、この時期、新嘗祭は宮中祭祀では行はれなくなつてしまつてゐました。

【大御心を推し量る】

大嘗祭は天皇祭祀の中で最も重要な大祀です。文正五（一四四六）年、二十三歳のときに擧行されて後、江戸時代の東山天皇の卽位に當つての貞享四（一六八七）年八月十三日靈元天皇の御盡力によつて簡略な形で復興されるまでの二百四十年間に亙り中斷されてしまひます。原因は、朝廷財政の逼迫です。

そもそも大嘗祭は、第四十代天武天皇の御世より始まりました。『延喜式』には「踐祚大嘗祭」或は「踐祚大嘗會」と記されてゐて、天皇御一代の最も重要なる「大祀・大禮」です。大嘗祭は儀禮的な意味とのみ考へた時には、この御製についてはその御心を量ることはできません。初句「忘れめや」は「決して忘れはすまい」と云ふ義になりますが、天皇に踐祚された感激と解してはなりません。

大嘗祭は、天皇が八百萬（やほよろづ）の神々と繋がり、祭主として世の平安と國民の安寧を祈られる存在になると云ふことであり、後土御門天皇はその御立場となられたことを「決して忘れはすまい」と詠はれたのです。

御題「插頭花（かざしばな）」（後土御門院御製『紅塵灰集』「撰歌百首」より）

宮人（みやびと）の　つかふるために　ふみわくる　跡はいとはじ　庭の白雪

宮人＝朝廷に仕へる公卿百官　つかふる＝出仕する
ふみわくる＝踏み分ける　いとはじ＝厭ふことはしない？

【大御心を推し量る】

降雪の朝の穩やかな情景が浮かんで來ます。ただ、下句「跡はいとはじ」についてどのやうに解すのかが、未だに決めかねてゐます。「公卿百官が職務のために、降り積つた未だ汚れなき白雪を踏み分けて朝早く出仕してくる足跡」とまでは解したのですが「いとはじ」がどうしても分かりません。「いとはじ」は「厭はじ」と云ふことですが、本來ですと「厭だからといつて避けることはしない」と云ふ意味になりますが、この御製ではそのやうな意味には解せません。「跡」と云ふ漢字が「後」ならば宮人達の行つた仕事と云ふ風に穿つた解釋が出來るのですが、「跡」と云ふ語ではそのやうに解すことができないやうに思へるのです。

御題「伊勢」（「後土御門院御集拾遺」より）

濁りゆく　世を思ふにも　五十鈴川（いすずがは）　すまばと神を　なほたのむかな

すまば＝澄み切つて欲しい　　なほたのむかな＝尚ほ頼むかな

【大御心を推し量る】

この御製をお作りになられた明應四年十月の一か月前に相模トラフを震源とする「鎌倉大地震」が起つたと記録に殘ります。この時、大佛殿の堂舍は津波によつて流されたとあります。

明應四年乙卯八月十五日、大地震洪水、鎌倉由比濱海水到千度檀、水勢入大佛殿破堂舍屋、溺死人二百餘

（『鎌倉大日記（彰考舘本）』より）

當然、この自然災害も含まれると思ひますが、足利幕府内の權力爭ひに起因する戰國の世がますます激しさを增してゐた時期でもあります。「濁り行く世の中」とはそれらへの懷ひを詠はれたのだと思ひます。

しかし、いかに祈られても混亂してゆく世の有樣に對しても諦めの心は一切ありません。ここにも人生の苦境に立ち向かふ勇氣を持つ事の重要さを與へて下さつてゐるのです。後土御門天皇晩年の五十四歳の時の御製です。「五十鈴川」は、伊勢神宮のことです。世の混亂を治めるに皇祖神のお力をお借りすると云ふ祈りを皇居からされてゐます。後土御門天皇を始め、歷代の天皇による伊勢への行幸は、聖武天皇を最後にありませんでした。

しかし、明治の御世になつて明治天皇が明治二年に行幸されてより、伊勢神宮への行幸は續いてゐます。現代の歷史學會の學者達の間に、伊勢神宮の行幸を私的參拜などと暴論を展開してゐる者も居ます。しかし、このや

うな人は、戦後思想に完全に洗脳されてしまひ、占領法（通稱日本國憲法のこと）を信奉してゐる學者の論理に基づいて思考してゐるのです。

この御製からも感じられるやうに、天皇と伊勢神宮は時空間を超越した所に存在してをられると私は考へてゐます。皇居の中で祈られても、それは伊勢の大神と一體となられる祈りをされてゐると思ふのです。

平成二十六年三月二十五日、上皇陛下が伊勢神宮に行幸されました。陛下がこゝで祈られることは、國民の安穏も勿論ではありますが、この世界中の大調和を祈られるに違ひないと思ふのです。

上皇陛下竝びに上皇后陛下も、大嘗祭齋行後、令和元年十一月二十二日、二十三日内宮、外宮に「即位禮」「大嘗祭」を終へられた事を御奉告され、「御代の彌榮と人々の平安」を祈念されました。この時のご様子を伊勢神宮のホームページでは、次のやうに書かれてゐます。

天皇陛下は立纓御冠（りふえいくわん）、黄櫨染御袍（くわうろぜんごはう）、皇后陛下は十二單衣をお召しになり、即位禮と同じお姿で御正殿までお進みになり、一代に一度のご參拜をされました。

御題「神祇」（「皇室文學大系　第二緝」より）

神かぜや　みもすそ河の　いかにして　ながれの末の　にごる心は

神かぜや＝神風や　みもすそ河＝御裳濯川。伊勢の内宮を流れる川　ながれの末＝流の末

【大御心を推し量る】

後土御門天皇様の懊惱が垣間見える大御歌ではないかと思ひます。初句の「神かぜや」は、神風そのものの事

ではなく、高天原の神々或いは天照大御神への問ひ掛けではないでせうか。

第二句「みもすそ河」は、これも現實の川では無く伊勢内宮に鎮座する天照大御神の慈愛の大御心と思ひます。單純に解したならば、「天照大御神樣の慈愛に充ち滿ちた平安幸福の大御心がこの流の末である現身(うつしみ)の世の中では濁つてしまふのは如何なる事に依るのか。それらは我が祈りの力が足らぬが故でではないか」となります。

このやうにお苦しみになられてをられる御姿を垣間見られるやうに思ひます。

更にもう一つ、「天照大御神の裔である御親らの不德によつて世の中が混亂してしまつてゐることを詫びてゐる」。このやうに思ひます。

いづれにしても、世の中の一切の責任を御親らのものとされて只管祈りに祈られてをられる御姿が浮かびます。


御題「伊勢」（文明十三年九月　千首和歌）

五十鈴川(いすずがは)　ながれの末の　たえずなほ　ありとやここに　われ守るらむ

ながれの末の＝歷史が今に傳はる　たえずなほ＝絶える事なく更に
ありとや＝あると云ふ

【大御心を推し量る】

後土御門天皇御年四十歳の時の大御歌です。この文明十三年は「應仁の亂」終息の四年後に當り、世の中は束の間の平安を享受してゐる時期です。唯、この年の四月に、朝廷を支へる中心であつた前關白(さきのくわんぱく)一條兼良が逝去してゐます。

この御製に於ける五十鈴川は、伊勢神宮内宮を流れる御裳濯川(みもすそがは)とも呼ばれる川です。この川は伊勢神宮に天照大神様を遷された倭姫命（やまとひめのみこと）が、五十鈴川の水で淨められた時に、その御衣の裾が濡れたことから「御裳濯川」と名付けられました。この御製の上句に於ては、伊勢神宮内宮のことを重ねられてゐます。倭姫命が内宮に天照大御神をお遷しになられたそれは大神の慈愛を總べての人たちに降り注がんとした崇神天皇の大御心をも重ねられてゐるのではないかと思はれます。

その時より現在に到るまで大神様の慈愛は、この國はずつと變ること無く護つて下さつてゐると詠じられた大御歌に思ひます。伊勢神宮は、皇室と一體のものと云ふことをお忘れになつてゐる國民は多いやうに思ひます。現代の憂ふべき風潮として、御利益ばかり求めての參拜が多いやうに思ひます。御利益があれば感謝するけれども、無ければ感謝はしない。これはをかしいと思ひます。

御題「伊勢」（文明十四（一四八二）年八月　將軍家千首）

いかでさて　人の國まで　うつしけむ　内外（うちと）のみやの　かやが軒端を

いかでさて＝どのやうにして、さて　うつしけむ＝反映して行かうか
内外のみや＝伊勢の内宮、外宮　かやが軒端＝茅葺きの屋根

【大御心を推し量る】

初句に於ける「いかでさて」とは「どのやうにして」と云ふ事です。

下句の「内外のみやのかやが軒端」とは、伊勢神宮の内宮と外宮のことと云ふことよりも、その精神のことではないでせうか。内宮は天照大神様の現身（うつしみ）。八咫御鏡が、外宮は、食物の神様である豊受大神（とようけのおほかみ）が祀られてゐます。つまり、後土御門天皇は「齋鏡の神勅」と「齋穗（さいほ）の神勅」の實踐を日本國内のみならず他國（世界中）に擴げて

ゆかんと云ふ大御心を發顯されてをられるのではないかと思ひます。

「齋鏡の神勅」は精神の清廉さ、「齋穂の神勅」は物質的な豊かさを象徴するものであり、この二つは、人間生活にとつて幸福感の最も重要な要素と云へます。世界中の人々が、幸福となるにはと云ふことを、日本の天皇は、思ひを巡らせて居られたのです。

これが八紘爲宇(はちくわうゐう)の建國の理想の實踐でもあります。後土御門天皇は、則ち建國の理想の實踐を常にその御心に置かれて祭祀を執り行はれてゐたのではないでせうか。


御題「神祇」（百首御製雜　文明八（一四七六）年自九月九日）

水鳥の　名におふ　かもの社(やしろ)こそ　したやすからぬ　世をばまもらめ

名におふ＝名前に負ふ。名前に相應しい　かもの社＝賀茂神社
したやすからぬ世＝下安からぬ世。混亂と困窮の世の中　まもらめ＝守つてくれるに違ひない

【大御心を推し量る】

お作りになられたのが、文明八年であることから、應仁の亂が終息には向ふものの戰亂囂(かまびす)しき時の大御歌です。後土御門天皇がその御心に於て、御親らの「祈り」を以て賀茂神社の神の力を借りつつ、世の中の平安を取り戻すやうにと云ふ願ひの籠められた大御歌ではないでせうか。

「かもの社」、すなはち賀茂神社は、皇室の尊崇篤い神社で、平安時代より伊勢神宮と同じやうに齋院が置かれて皇女が御奉仕をして居た神社です。大嘗祭に於て「御禊(みそぎ)」と云ふ行事は、大嘗祭の前の天皇御親ら行ふ重要な潔齋行事ですが、これは賀茂川で行はれてゐました。江戸時代以降では御所内で行ふやうになつたと云ふことで

すが、この御禊は賀茂神社との關はりも深かつたのではないかと想像してゐます。

初句に於ける「水鳥の名におふ」とは、鴨と云ふ水鳥の名前を冠したと云ふ意味です。水鳥が水の上を進む姿は一見優雅に見えますが、水の中ではその足を必死に動かしてゐます。これを下句の「したやすからぬ世をば」と云ふ語に掛けてあります。

「したやすからぬ世を」は、現實の混亂した世の中の事を言つてをられます。後土御門天皇が、いかに當時に於ける世の中の混亂と民の困窮を憂ひてをられたかが窺はれます。潔齋をして、天皇が川へ行幸して身を清める禊の儀式は、仁明天皇以後は、賀茂川で行なふことになり、河原の御祓とも豊（とよ）の御禊（みそぎ）とも云ひます。陰陽寮の勘奏によって賀茂川のうち二條から三條に至るまでの川中一町四方に御禊幄（とばり）を設けて、そこで行はれました。

御題「述懐」（『百首御製』文明四年自九月九日之日次百首（左點雅康卿右點准后義政））

神ならで　をさめむことや　かた岡の　杜（もり）のあらしの　さわがしき世を

神ならで＝神でなければ　をさめむことや＝治めることができやうか
かた岡の＝歌枕。上賀茂神社の　杜のあらし＝雷の神が暴れてゐる

【大御心を推し量る】

この御製の「かた岡」とは「上賀茂神社の東側の山」のことです。初句の「神ならで」は「神の力以外では」と云ふことです。結句の「さわがしき世」は、應仁の亂によつて混亂してゐる世の中の事であらうかと思ひます混迷する世の中ををさめることができるのは神々の力以外にはない。このやうに詠はれてをられる御製です。ここにも、只管（ひたすら）世の平安を祈られる後土御門天皇の切なる大御心がを知ることができます。

御題「神祭」（葵祭）（明應二年三月　著到和歌）

まつりする　けふを待ちえて　神(かふ)やまや　神の心を　とるあふひかな

まつりする＝祀りと祭の掛詞　待ちえて＝待つことができて
神やまや＝上賀茂神社の北方に在る賀茂別雷大神の鎭座する山　あふひかな＝葵かな

【大御心を推し量る】

京都三大祭りの「葵祭」を詠はれたものです。御年五十二歳。明應二（一四九三）年は幕府内の權力爭ひが激しい時期になります。この年の四月には室町幕府將軍義稙(よしたね)が、管領細川政元・日野富子等に解任されてしまふと云ふ「明應の政變」が起つてゐます。その前にお作りになられたものですが、平安の日々が戻る事を願つての切なる御願ひの籠もつた大御歌だと思ひます。

葵祭は賀茂神社の祭りです。この祭の起源は、太古の昔、御祭神である別雷神(わけいかづちのかみ)が現社殿北北西にある神山(かふやま)に御降臨された際、御神託により奥山の賢木(さかき)を取り阿禮(あれい)に立て、種々の綵色(あやいろ)を飾り、走馬を行ひ、葵楓(あふひかつら)の蔓を装つて祭を行つたとのことです。

下句「神の心をとる」とは、飛鳥時代の欽明天皇の御代、日本國中が風水害に見舞はれ國民の窮狀が甚だしかつたため、勅命により卜部伊吉若日子(うらべいきわかひこ)に占はせられたところ、賀茂大神の祟りであると奏したことにより、四月吉日を選び馬に鈴を懸け、人は猪頭(ししがしら)をかむり驅馳(くち)して盛大に祭りを行はせた事が賀茂祭の起こりであると『賀茂縁起』に記されてゐます。

この縁起から分かるやうに、國民の窮狀を救はんとされての祭であり、後土御門天皇は當時の國民の窮狀に深く懐ひを致されて「葵祭」に重ねられてをられたのです。

「あふひ」とは、「二葉葵」のこと。平安時代、賀茂神社の祭りに用いられたことでよく知られます。

御題「神祇」（『後土御門院御百首』雜十首（内侍所御法樂））

すみよしの　あら人神の　いにしへや　老木の松も　二葉なりけむ

すみよしの＝住吉大社　あら人神＝歴代天皇　二葉＝一切の肇まりのこと

【大御心を推し量る】

この御製は非常に難解です。上句「すみよしのあら人神のいにしへや」をどのやうに解するのかが未だに迷つてをります。「あら人神」を歴代天皇とした場合、初句「すみよしの」が枕詞と解するしか出來なくなります。ただ、私の知る限り「すみよしの」が枕詞に使はれてゐた和歌はないと思ふのです。「萬葉集古義」にも枕詞としてはありません。この初句を解するに一時間以上かかつてしまひました。

「すみよし」とは、住吉大社の事で間違ひはなからうと思ひます。住吉大社は禊ぎの神であり、伊邪那岐命が皇祖天照大御神の誕生の前に阿波岐原にて禊ぎに禊がれてをられます。その逸話から考へるに、住吉大社によつて禊がれて淨めに淸められた歴代天皇と云ふことを詠はれてをられると考へました。

下句「老木の松も二葉なりけむ」とは、「長壽の松であつてもまだまだ幼いものである」としました。「二葉」とは種子が發芽した狀態のことで、物事の初めなどを表現する時に使はれます。

これらのことから、この御製はこの日本の國の悠久の歴史と天壤無窮のことを詠はれたものと考へます。さらに、第三句「老木の松」は御親らのことを重ねられてをられると思ひます。

御題「神祇」（「皇室文學大系　第二緝」より）

いはし水　ふかくもわきて　たのむかな　南に向ふ　身ぞとおもへば

いはし水＝石清水。岩から湧き出る汚垢の無い清らかな水
ふかくもわきて＝深くも湧きて。深い所から湧き上がつて來る
南に向ふ＝極樂淨土に向ふ

【大御心を推し量る】

初句「いはし水」は、岩から湧き出る清らかで汚垢（けがれ）の無い水と云ふことでせうが、御親らの私心の全く無い御心をも重ねてあると思ひます。

下句「南に向ふ身ぞ」の「南」は、極樂淨土を言つてをられるのではないでせうか。御親らの死を達觀されて祈られてをられる姿が拜されます。その祈りとは何でありませうか。

初句「いはし水」には、「石清水八幡宮」も重ねてあると思ひます。この石清水八幡宮の御祭神は應神天皇です。そして、その起源は八幡大神が「吾れ都の近き男山の峯に移座して國家を鎭護せん」との御託宣によるとのことであり、後土御門天皇の賴みは「國家鎭護」と云ふ事であらうと思ひます。

下句で詠じられた言葉からすると、御親らの壽命が殘り少くなつた時に詠はれたものと思ひます。

御述懐

御題「人事」（文明六（一四七四）年五月二十七日　觀經談義之時節十六觀人人勸侍中に）

日に三たび　かへりみもせで　おろかなる　心に身をば　いかで定めむ

日に三たび＝一日に三度　かへりみもせで＝顧みる事もしないで
身をば＝自分のことを　いかで＝どのやうにして

【大御心を推し量る】

この御製の詞書の「觀經談義之時節十六觀人人勸侍中に」とありますが、これをどのやうに解するのかが今ひとつ見えて來ません。「佛教に於ける御經に談義をされて」と云ふことは想像できるのですが。文明六年は應仁の亂の眞つ只中になりますが、この年の記録には、後土御門天皇が出家を願はれたものの果たせなかつたことが殘されてゐます。その邊と關係があるのかも知れません。

自らを省みることのない愚かな心では、其身を確固たるものとする事は出來ないと御親らをも誡められた大御歌ではないかと思はれます。

初句と第二句は『論語』學而第一に於ける「吾日三省吾身、爲人謀而忠乎、與朋友交言而不信乎、傳不習乎」と云ふ事であらうかと思ひます。この「三省」とは、「人の爲に謀りて忠ならざるか。朋友と交はり言ひて信ならざるか。習はざるを傳ふるか」です。これらの「三省」は一言で云へば「盡誠を持つて日々を送つたか」と云ふことです。

「まこと」を盡すことこそ私達の人間の人間たる所以があると云ふことであり、それを目指して日々を送ることこそ要諦であると御親らに言ひ聞かせてをられたことがわかります。一切を他の所爲(せゐ)にはしてをられません。これこそが皇道でないでせうか。

御題「海路」（後土御門院『百首御製　雜の部』文明八年九月九日　日次百首（大納言入道榮雅點））

波風の　さわがばさわげ　和田の原　さやぐなる舟の　みちはかはるな

さわがばさわげ＝騒ぐなら騒ぐがよい　和田の原＝海原
さやぐなり＝さやさやと心地良き風の吹く　みちはかはるな＝道は變るな

【大御心を推し量る】

應仁の亂終息の前年の文明八（一四七六）年九月九日の「重陽の節句」にお作りになられてゐます。三十五歳の時です。前年の三月には、歴史に殘る大きな颱風が襲來しました。そして、八月は京都が大地震に襲はれ、攝津國と和泉國には津波が襲つたと記録に殘つてゐます。又、この文明八年には上賀茂神社が氏人達によつて火を付けられて焼失してしまふと云ふ事件もあり、國民の心も荒んで居たことが窺はれます。このやうな背景でお作りになられた御製です。

上句は、一般的には「海よ。荒れるならば荒れるが良い。さうであつてもこれから進むべき航路は變つてなるものか」と云ふやうな意味になります。この御製は決して敍景歌ではありません。御親らの御心と世の中の混亂した有様を重ねられてお作りになられたと思ひます。

「さやぐ」とは、「ざわざわとうるさい様子」と云ふ意味もありますが、ここでは「さやさやとした心地よいそよ風の吹く様子」を表はされたと思ひます。つまり、世の中の混亂が治まる理想の姿を、この大御歌に籠められたものです。言葉を換へたならば「希望は決して捨てぬ」と云ふ強い大御心であらうかと思ひます。現在の姿に一喜一憂することではなく、しつかりと明るい未來を心に持つて混亂を乗り切らうと云ふことだと思ふのです。

因みにこの前年の文明七年には、後土御門天皇は宮中祭祀の中でも重要祭祀の一つでもある「四方拜」を復活されました。

御題「窓螢（まどほたる）」（『百首御製』「夏十五首より」文明四年自九月九日之日次百首（左點雅康卿右點准后義政））

わが心　くらきにつけて　窓のうちに　螢あつむる　人ぞうれしき

くらきにつけて＝暗くなるのを知つて　窓のうち＝窓の傍に　あつむる＝集めてくれる

【大御心を推し量る】

文明四（一四七二）年は、應仁の亂の眞つ只中です。天皇も京都御所を離れて足利義政の屋敷、室町第（通稱「花の御所」）に避難せざるを得ませんでした。當然の如く、忸怩（じくじ）たる暗澹な御心にお苦しみになられてをられる後土御門天皇を慰めされようとして螢を集めてくれたことへの感謝の御心が現はれた御製です。歌の意の解説が殆んど必要ありません。夏の螢の光を無上の喜びとされてをられる御姿に幸福感と云ふものの本質が偲ばれます。

御題「思往事」（『百首御製』「雑」文明八年三月三日　目次百首　（點右准后　左大納言入道榮雅））

今はなほ　かはるにつけて　いにしへを　忍びしよこそ　思ひいでぬれ

かはるにつけて＝變るにつけて　　いにしへを＝その昔の御世を
忍びしよこそ＝憧れてゐた世が　　いでぬれ＝出て來て欲しい

【大御心を推し量る】

終句「思ひいでぬれ」の「思ひ」をどのやうに解するのかと云ふのが重要です。私は、天皇の祈りの顯現ではないかと思ひます。天皇の祈りは、その御世に於ける國が平らかで國民が幸福に生活してゐることです。御題は「思往事（往事を思ふ）」と云ふことで、歴代天皇の平安な治政を思ひ浮かばれての大御歌であらうかと思ひます。

應仁の亂終息の前年です。冒頭の「今はなほかはるにつけて」と云ふ御言葉を拜した時、應仁の亂の終息が見えぬものの、前年に戰亂後久々に四方拜を齋行する事ができ、少しずつ落ち着き始めた頃の大御歌です。

その世の中は第三句と第四句にある「古をあこがれてゐた世こそ」であり、これは歴代天皇の苦しみの御代のことであらうかと思ひます。

哀傷歌

御題「對舊涙」（皇室文學大系　第二緝）

ともすれば　なみだの玉の　數數に　むかしをしのぶ　我がこころかな

對舊＝昔を偲んで　　ともすれば＝ややもすると　　なみだの玉の數數＝涙の一粒一粒に
むかしをしのぶ＝歴代天皇の業績を偲ぶ

【大御心を推し量る】

世の中の混亂の責任を御親ら（おんみづか）一身に背負はれて居られたことが明徴（めいちやう）となる大御歌ではないでせうか。歴代天皇の聖の御代を偲ばれて、御親らを責められる姿が偲ばれます。上句の「なみだの玉の數數」が胸に迫つてきます。

應仁の亂は、後土御門天皇に二つの大きな苦しみを與へました。一つは、戰亂によつて國民の苦しみを救ふ事ができぬ親ら（みづか）のお力に對するお嘆き。そして、經濟的困窮による皇室を始めとする公卿なども含めての朝廷の式微。そんな御心を詠はれたものがこの御製ではないかと思ひます。

日本の歴史上皇室の式微が甚だしき時世の中は必ず迷妄の世界を呈すのです。私はその大きな原因となつたものこそ、權力を握つた室町幕府にあると思ひます。

更に、足利義滿が、自からの權力に驕り、日本國王などと云ふ呼稱に浮かれて「明（みん）」から册封を受けると云ふ政治的大失態をやらかすなど、世の中が亂れるのが當然の時代が室町時代です。その歸結として起きたのが應仁の亂です。この騷亂により皇室、公卿とも窮乏します。既述の玉體が四十三日間も放置されたことについて、攝關家近衞政家の日記『後法興院記』の明應九年十一月十一日の條に次のやうに書かれてゐます。

今夜舊主御葬送と云々。亥の刻許り禁裏より泉湧寺に遷幸す。（中略）今日に至り崩御以降四十三日なり。かくの如き遲々、さらに先規あるべからず歟。

御題「無題」（『後土御門院御百首　雜の部』（内侍所御法樂）

かへりみる　心ありても　おろかなる　身には何とか　思ひわくべき

かへりみる＝降り反つて觀る。三省してみる
ありても＝あつたとしても　何とか＝色々な事どもが
思ひわくべき＝考へが浮かんできてしまふ。迷つてしまふ

【大御心を推し量る】

『後土御門院御百首』の中の「雜の部」に載せられてゐて、この「御百首」には部立のみで御製には御題は總べてありません。終句以外は非常に分かり易い大御歌です。

「日に三たびかへりみもせでおろかなる心に身をばいかで定めむ」と云ふ御製と對と云ふか、同時期にお作りになられたのではないかと思ひます。

「人間の強さは眞の謙虚さの中に表はれる」と云ふ言葉が腦裏に浮かびます。初句から「おろかなる身には」と云ふ言葉は御親（おんみづか）らを御表現されてをられます。飜つて今が世を眺めたならば、己れが正しいと云ふ傲慢な人達が多く存在してゐるやうに感じます。傲慢な心は自らの弱さを隱すために起るものと思ひます。

御題「述懐」（文明十七年九月　著到和歌）

おろかなる　身はわすれても　大かたの　世のうきをさへ　またなげく哉

おろかなる身は＝御親らの事　　身をわすれても＝御自分の事を考へずに
世のうきをさへ＝世の中の混亂する憂ひを　　またなげく哉＝また嘆く哉

【大御心を推し量る】

「著到和歌」とは、日數と人數を決め、毎日所定の場所に集まり、事前に定めておいた題によつて、一人一首あて詠む和歌のことを言ひます。この大御歌から、後土御門天皇の御世、いや室町戰國時代が如何に天皇の祈りとは裏腹の時代であつた事が窺はれます。

文明十七（一四八六）年は、應仁の亂の終焉後八年が經過してゐましたが、戰國の下克上が本格化し始め、足利幕府が機能せずに、幕府中樞のある山城國でさへ一揆が起こる程、世の中は混亂してゐました。

終句に於ける「またなげく哉」には、世の平安の願ひ、祈られても混迷して、憂ひ深まる世の中の姿は、後土御門天皇の御宸襟をお苦しみの世界から逃れられなかつたと思ひます。しかし、天皇は、その世の中の混迷の一切は御親らの祈りの力の足らぬ愚さにあると御考へになられてゐるのです。

翻つて、これを我等に置き換へた時、思ひ通りに運ばぬ責任を殆んどの場合他に求めてしまつてゐることに氣が附かされます。自戒せねばと心より念ふ次第です。

御題「おなじくだいばんからびつを」（「皇室文學大系　第二組」より）

よしやただ　いはむもあさし　世をなげき　我れからひづる　袖の涙は

だいばん＝臺盤か？　からびつ＝支那風の脚のついた櫃。衣料・調度品などを入れる
よしや＝よしんば　いはむもあさし＝言つたとしても輕薄な　ひづる＝沾づる。濡れそぼる

【大御心を推し量る】

御題「だいばんからびつ」の意味がよく分かりません。「だいばん」は、一般的には、「宮中や貴族の家などで、食物を盛つた食器などを載せる臺」と思はれますが確定できません。また、「からびつ」は「蓋付きの木箱」のことになります。どうも、御題と御製の内容と一致しませんが、お苦しみになられてをられる後土御門天皇を窺へる御製ではないかと思ひます。

下句の「我れからひづる袖の涙は」が胸に迫つてきます。「ひづる」は普通は「濡れる」と云ふ風に解するのですが、ここでは「ひづる」を「干出る」と解して、「涙が涸れ果てるほどの澤山の涙が袖を濡らしてゐる」と解したいと思ひます。「いはむもあさし」は「言へば輕薄な」と云ふ事であらうかと思ひます。

第三句の「世をなげき」の深さは尋常ではありません。これ等の事から、後土御門天皇の御宸襟を悩まされてゐたかが窺はれます。附言すれば、「あさし世」は、現代にも通ずるのではないかと愚考してゐます。輕薄の世であるとは、「我ればかり我れのみ尊んでゐる世の中」のことでありませう。表現の自由を始めとする自由のはき違ひの世の中と云ふことがこの世を「あさし世」としてゐるのではないかでせうか。

御題「悔前世契戀」（文明六年五月二十七日觀經談義之時節十六観人人勸侍中に）

さきの世ぞ　さらにくやしき　人心　いまにうきも　むくいとおもへば

悔前世＝前世を悔ゆる　　契戀＝約束した戀　　さきの世ぞ＝未來永劫

【大御心を推し量る】

「契戀（ちぎりこひ）」とありますので戀歌と云ふことになりませうが、歴代天皇の戀歌の總べてが男女の戀心を詠つたものでは無い氣がしてゐます。國民への深い愛ほしみを戀と解した方が良いと思はれる御製も多く散見できます。この御製も、男女の戀を詠はれたのではないと思ひます。

「さきの世ぞ」とは「過去の御親らが行はれてこられた樣々な事ども」のことを詠はれてをられるのではないでせうか。第三句に於ける「くやしき人心」の「人心」とは如何なるものであるのか。これは混亂の基となつてゐる「我欲の妄執」ではなからうかと思ひます。

應仁の亂は權力奪取の妄念の爭ひです。己れが政治權力を握らねばならないと云ふ妄執。これらに飜弄されてしまつてゐる現實の世の中の姿は御親らの祈りの足りなさが原因であり、混亂の世の總べて責任は御親らにあるとされる大御心を詠はれてをられるのだと思ひます。

第二句の「くやしき」と終句の「むくい」が悲しいまでに胸に迫ります。この大御心にしつかりと胸に落とし込んで政治を行ふ爲政者こそが眞の政治家であると私は信じます。「うき」は「憂ひ」と云ふことです。

御題「水郷鷺」（「皇室文學大系　第二編」より）

をさめえぬ　世を宇治川に　すむ鷺(さぎ)は　とるともいかで　したがひなまし

をさめえぬ＝治めることができない　　鷺は＝穢れの無い純白な心とも言へる
とるとも＝捕獲しても　　いかで＝どのやうにしたら
したがひなまし＝従つてくれるのだらうか

【大御心を推し量る】

初句「をさめえぬ」は「治める事のできない」と云ふ義であり、當時の混亂してゐる世の中を詠はれてをられますが、その言外にやはり御親らの力不足に由つてと云ふことを含ませてあると思ひます。下句「いかでしたがひなまし」は「どのやうにしたならば従つてくれるのだらうか」と云ふ義です。ここに後土御門天皇の懊惱の總べてが籠つてゐるやうです。その苦しみは終生雍(やは)らぐ事がありませんでした。

御題「寄海述懐」（「皇室文學大系　第二編」より）

かくばかり　おろかなる　わが四方(よも)の海に　立つ浪風も　をさまらぬかも

かくばかり＝このやうな　　おろかなるわが＝力の足らぬ自分の
四方の海＝現實の海ではなく自らを取り巻く環境のことと思はれる
をさまらぬかも＝治まらならないのかもしれない

【大御心を推し量る】

戰亂の世の中を歎かれてゐます。第二句「おろかなるわが」と云ふお言葉が目に痛い程の心地になります。平安の世を祈りに祈られても思ふに任せぬことの一切を御親らの責任と捉へてをられることに、己れの力不足を他のせゐにする現代と自分の愚かさに愕然とします。

世の混亂の責任の一切を御親らに爲されてをられる御姿が拜されます。「わが四方の海」とは、「この日本の國を取り巻く海」と云ふよりも「御親らが知らしめられる御世」のことを思はれてをられるやうです。終句の「をさまらぬかも」の結句「かも」には、御歎きの深さが強く表はれてゐるのではないでせうか。それは「かくばかり愚かである御親らの力不足によるもの」とされてゐることに、畏れ多きことこの上ない心持ちになつてしまひます。

御題「述懷」（『百首御製』文明八年自九月九日　目次百首（大納言入道榮雅點））

とにかくに　すてぬ心は　あはれてふ　ことをあまたに　思ひみだれて

とにかくに＝あれやこれや　　あはれてふ＝あはれと云ふ　　ことをあまたに＝事を數多に

【大御心を推し量る】

應仁の亂終息の一年前の御製です。戰亂の世の底流を考へた時、「我欲妄執」と云ふ言葉が浮かびます。上句「とにかくにすてぬ心は」と云ふ語こそ、それに當るやうに思ひます。

下句「あまたに思ひみだれて」は、和歌に於ては戀歌にて常用される言葉です。「あはれてふことを」とは、「哀れと云ふことを」と云ふ義です。しかし、古への昔の「あはれ」と云ふ語には、「哀れ・憐れ」のやうな「悲哀の情」

と云ふ義のみではなく、もともとは「喜怒哀樂の總べてを含む感動詞」として使はれてゐました。本居宣長翁が和歌の解説書とも云へる『石上私淑言（いそのかみのささめごと）』の中で次のやうに語つてゐます。

をかしき事、うれしき事などには感く（かまく）事淺し、かなしき事、こひしき事などには感くこと深し。故にその深く感ずるかたを、とりわきてあはれとふう事あるなり。俗に悲哀をのみあはれと云ふも、この心ばへなり……

甚だ心が動かされる人間の情のこと總べてが「あはれ」と云ふ語には含まれると云ふ事であり、特に「悲哀の情」は深いところで心が動かされることから「あはれ」と云ふ語が悲哀に多く使はれるやうになつたと云へます。しかし、戀情にこそ、この「あはれ」の總べての感情が含まれてゐると云へます。歡び、嬉しさ、戀ひしさ、哀しさ、寂しさ等々。當にこの「あはれ」と云ふ言葉が當て嵌ると云へます。

御題「思往事」（『百首御製』「雜十首」より　文明四年自九月九日之日次百首（左點雅康卿右點准后義政））

夢うつつ　たれにとはまし　過ぎきつる　身のいにしへの　さだかならぬを

夢うつつ＝夢心地　　たれにとはまし＝誰れに聞いたら良いのだらう
過ぎきつる身＝過ぎ去つた己れの人生の　　いにしへの＝昔の
さだかならぬを＝はつきりとしていないことを

【大御心を推し量る】

初句「夢うつつ」と云ふ語に悲しみの深さが籠ってゐます。文明四年は、應仁の亂が起つてから五年目の未だ先の見えぬ眞つ只中の時期です。更に先帝後花園上皇がこの二年前に崩御され、一切を御親らの責とされた頃にもなります。

この御製の意を「誰に尋ねたならばよいのであらう。天皇としての朕(わ)れの行ひと世の中の現はれから觀て御歴代天皇樣の裔(えい)であるのかが分からない」と云ふ風に解してみましたが、どうも言葉も足らず、今一つ意味も取り違へてゐるかも知れません。

初句「夢うつつ」と云ふ言葉が私には強烈に響いてしまひ、解し切れてゐないやうに思へてならないのです。「夢うつつ」と云ふ語は、一般的に樂しい時、嬉しい時に使はれる言葉であらうかと思ふのですが、ここではさうではないと思ひます。いづれにしても、決して歡びなどの歌ではなくお苦しみの御製であることは確かです。

御題「橘下憶螢歌」（『後土御門院御集拾遺』文明十六年七月　結題千首和歌）

たちばなの　昔こひしき　袖の上に　つつむほたるは　涙なりけり

たちばなの昔＝橘の昔。歴代天皇の御世　　こひしき＝戀しき　　つつむほたる＝包む螢

【大御心を推し量る】

後土御門天皇の御世への切なる御願ひと苦しみが如實に顯はれてゐます。上句では歴代天皇の平安なる御世への強い憧れを詠はれてゐます。下句では、螢の美しさを樂しむことのできない後土御門天皇の苦しみが表はれてゐます。結句「涙なりけり」には、ほど遠い世の中であることのお苦しみが窺はれます。無數の螢の光を見つめて御親らの涙と重ねられる深い哀しみは、世の混亂を治め得ぬ御親らの治政の責任と歎かれてをられるのではないでせうか。

「たちばな」は、御所の「右近橘」のことでせう。この「右近橘」は「左近櫻」と對になつて京都御所紫宸殿の正面に植ゑられてをり、朝廷を象徴する貴き樹木です。この橘には、次のやうな由緣があります。「古くから『トキジクノカクノコノミ』と言はれて、その葉が寒暖の別なく常に生い茂り榮えることから「長壽瑞祥」の樹木として珍重されてきた」と云ふことです。

御題「述懐」（内閣文庫藏『後土御門院御詠草』より）

いたづらに　名のみながれて　水無瀬川　おろかなる身ぞ　ありてかひなき

いたづらに＝むなしく　　名のみながれて＝名前だけ廣がつてしまつて
水無瀬川＝潤ひのない世の中　　ありてかひなき＝生きて居ても甲斐がない

【大御心を推し量る】

實體の無い名前のみに流されてしまつて混亂してしまつた世の中を變へることのできない御親らの祈りをお嘆きになられてゐるのではないでせうか。「水無瀬川」とは、潤ひのない我欲にまみれ、混亂する後土御門天皇の時代を表はしてゐるのではないかと思ひます。その御世の混亂の責任の總てを御親らの不德となされ、苦しまれてゐるこの御製に、私達は、申し譯なさと、その大御心の深さに光明を見出すことができるのではないでせうか。世界の國主を見廻した時、ここ迄責任を感じてゐる存在はどこにありませうか。孟子の語に「自らこれを取る」と云ふがあります。自分の身の周りに起こる一切の現象は自らが作り出してゐるのであると云ふ義と聞きます。我らも自らの日々も斯くありたいと思ふのです。

※水無瀬川は、現實には大阪府の高槻市を源流として桂川に合流する川でもありますが、ここに云ふ「水無瀬川」

は歌枕であります。しかし、萬葉の昔より使はれてゐた「水無瀬川」と云ふ語は、本來は表面に流れは見えないのですが、地下を水が流れてゐる川と云ふ義の普通名詞として和歌で使はれてゐました。しかし、平安時代、能因法師によつて山城國の歌枕として定義されましたが、この御製では、このやうな歌枕と云ふよりも前出の「潤ひの無い世の中」と云ふことで使はれてゐると思ひます。

御題「述懐」（「皇室文學大系　第二緝」より）

和歌のうらに　心かよへど　おろかなる　身はあしたづの　音にのみぞなく

和歌のうらに＝一般的には歌枕。こゝでは和歌の心のことかも知れません
心かよへど＝心が通つてゐる筈なのに
あしたづの音＝葦鶴の鳴き聲。鶴は葦邊によく居ることから　　音にのみぞ＝鳴き聲によつて

【大御心を推し量る】

初句「和歌のうら」とは、歌枕である「和歌の浦」の事ですが、單なる歌枕としては使はれてゐないやうです。第二句の「心かよへど」とは、「和歌を愉しんで作つて居たいのであるけれど」と解するのではないかと思ひます。實は「平安の世を現出できない愚なる私には、そのやうな心持ちにはなれぬ。あのあし鶴の悲しい啼き聲に重なるやうな和歌しか作ることはできない」と御歎きになられてゐるのではないでせうか。當に、室町時代の平安からはほど遠い御世が窺はれる大御歌です。

戀歌

御題「寄烟戀」（「皇室文學大系　第二緝」より）

雲の上に　衞士のたく火の　煙さへ　およばぬ中に　こがれわびつつ

雲の上の＝高天原竝びに歴代天皇　衞士＝皇居を守る兵士たち
たく火の＝かがり火の　こがれ＝焦がれる　わびつつ＝詫びてゐる

【大御心を推し量る】

一般的には、戀歌の部に入つてゐると思ひますが、私には女性への戀歌に解する事はできません。

第二句と三句の「衞士の焚く火」に於ける「衞士」は皇居を護る兵士達のことですが、これを後土御門天皇の平安を願ふ祈りの心と解せるのではないかと思ひました。それは初句に於ける「雲の上」と終句にある「わび」とを考へた時、歴代天皇への平安を齎らす事のできぬ歎きを詠はれたのかも知れないと思つたのです。

初句に於ける「雲の上」とは高天原の神々、そして歴代天皇方ではないでせうか。これ程までに平安を願ふ我が祈りの炎の煙が聞き届けられない。しかし、それでも神々にその御力を請はれてをられる御心持ちを詠はれたものではないでせうか。

因みに終句の「こがれわびつつ」は鎌倉時代の後鳥羽天皇の次の戀歌の御製に使はれてゐます。

津の國の　なにはたたまく　鴛鴦ぞ　なく下の思ひに　こがれわびつつ

なにはたたまく＝名にたつだらうこと

羇旅歌

御題「旅泊夢」（『百首御製』雑二十首より　文明四年自九月九日之日次百首（左點雅康卿右點准后義政））

夢をさへ　見ぬめの浦の　泊舟（とまりぶね）　なにこころの　うき寝わすれむ

みぬめの浦＝敏馬の浦。夢を見ることさへできぬ　泊舟＝動けない舟

なにに＝どんなことで　こころのうき＝心の憂ひ

【大御心を推し量る】

第二句「見ぬめの浦」は、「敏馬の浦」と云ふことと、「夢を見ることさへできない」と云ふ御心も重ねてゐます。全體としては、「夢を見ることさへできない敏馬の海岸に停泊してゐる舟で、寐ても憂ひ深い夢を忘れる術はあるのであらうか」だと思ひます。

「敏馬の浦」とは、兵庫縣神戸市灘區の西鄕川河口付近の海岸のことで、柿本人麻呂の名歌、「玉藻刈る敏馬を過ぎて夏草の野島が鶴に舟近づきぬ」に謳はれてより、多くの歌人によつて詠はれた歌枕です。

もう一首、特に有名な萬葉歌を紹介します。大伴旅人の妻を偲んで作られた萬葉歌、「妹と來し敏馬の﨑を歸るさに獨りし見れば涙ぐましも」です。

雑歌

御題「山霞」（『百首御製』春の部　文明八年自九月九日　日次百首（大納言入道榮雅點））

いづる日の　光をこめて　山の端（は）の　くれなゐふかき　朝がすみかな

いづる日の光＝朝の陽光　　くれなゐふかき＝深紅色

【大御心を推し量る】

當に「日出づる國」を象徴して詠はれたのではないでせうか。縱令（たとひ）、いま混亂した、その行く先の見えぬ暗闇であつても、必ずや光は取り戻す事はできる。そんな痛切な大御心を詠はれたのではないかと思ひます。

後土御門天皇は、崩御されてからその葬儀費用も枯渇してゐて、玉體が四十三日間も黑戸の御所に放置せざるを得ないと云ふ悲惨な狀況であつたにも拘はらず、常に民の安穩なる生活を祈られてゐました。

文明八年は、前年正月元旦「應仁の亂」以降中絶して居た「四方拜」が復興し幾らかの御心が晴れられた時期ではなかつたかと拜察します。

この御製からは、現在がいかに暗い時であつて光の象徴である日の神は間違ひなく朝昇つてきます。其處に我らも希望を見出さねばならぬかと考へさせられました。

御題「袖上月」（大阪市立大學圖書館森文庫藏『後土御門院御詠草』より）

わすれずも　袖とふかげか　十年(とゝせ)あまり　よそに忍びし　雲の上の月

わすれずも＝忘れる事が無くとも　　とふかげか＝問ふ影か
十年あまり＝十年程　　よそに忍びし＝室町第で我慢して居た
雲の上の月＝後土御門天皇御親らのこと

【大御心を推し量る】

文明八（一四七六）年八月十五夜、すなはち中秋の明月の晩に催された歌會で作られたのです。後土御門天皇が内裏を去つて室町第に身を寄せたのは應仁元（一四六七）年。因みに應仁の亂が一應の終息を見せるのはこの御製の翌年冬のことです。

應仁の亂が終息して、戰亂を逃れ足利幕府の室町府に十年に亙り避難されてゐた天皇が、御所に戻られるに當り、將軍（第九代足利義尚）に謝意を述べられたと云ふ詞書がつけられてゐる大御歌と言はれてゐます。應仁の亂が終息して、一時の平安が齎(もたら)された後に御所の再建もなり、皇居に戻られたと云ふのですが、この御製には明るさや歡びを感じる事が出來ません。

終句「雲の上の月」は御親らの事と云ふよりも、御父帝後花園上皇を言はれてゐると思ひます。と同時に、下界から隱れてしまつた光の存在とも解する事ができます。下句冒頭「よそに忍びし」が重くのしかかり、こころの晴れやかさを微塵も感ずる事が出來ません。應仁の亂がおさまつて數年、愈々戰國時代の始まりを後土御門天皇は感じてをられたのかも知れません。

春歌・夏歌

御題「連日苗代」（「皇室文學大系　第二緝」より）

しづのをが　心づくしの　たねまきて　なはしろ水の　ひかぬ日もなし

しづのをが＝賤の男。百姓たちが　　なはしろ水＝苗代水

【大御心を推し量る】

四月は、稲作に於ける「種蒔」の月です。この「種蒔」は、稲の初穂を苗代に撒いて田植ゑに向ふ、いはば仕事始めに當ります。また、四月四日は、二十四節氣で云ふところの「清明」で、これは「天地萬物の氣が滿ち、清く明らかになる」と云ふ日でもあり、この萬物の氣が滿ちた時期に「稲の種蒔」が行はれると云ふことが我等の先人の知恵ではなかつたのかと思ひます。

後土御門天皇は、その種蒔の仕事に精を出してゐる農民達の苦勞へ懐ひを馳せて作られたのがこの御製です。いかなる混亂の日日であつても、それぞれに生業に勤しむ國民への慈愛が滿ちてゐる大御歌だと思ひます。

御題「無題」（『後土御門院御百首』（内侍所御法樂）　春の部より）

春くれば　民のかまどの　煙まで　にぎはふ色に　かすみそめつつ

民のかまどの煙まで＝仁徳天皇の治世の象徴。國民が豊かさに滿ちてゐる平安

にぎはふ色に＝澤山立ち昇る景色に　　かすみそめつつ＝霞に染まつてゐる

【大御心を推し量る】

混亂の世。民の苦しみにその御心を痛められてをられる時に詠はれたものでありませう。初句「春くれば」は「現實の春」と云ふことよりも「混亂の治まりし世の中が來たならば」と云ふ風に思ひます。「この戰亂の世の中が治まつて國民が豊かになり、幸福に暮らしてゐる春が來る事を……」

歴代天皇の多くは「民の竈（かまど）の煙」と云ふ語を使はれてゐますが、これは仁德天皇の御事蹟のことです。しかし、この語が御製に詠はれるやうになるのは、鎌倉時代以降になります。そして、この語には「國民の苦しみを少しでも救ひたい」と云ふ天皇の願ひが籠つてゐるのです。

秋歌・冬歌

御題「**田里**」（『百首御製　雜の部』　文明八年自九月九日　目次百首（大納言入道榮雅點））

小田（おだ）近き　伏見の里も　かりいほと　あれゆく世世の　跡をしぞ思ふ

小田ちかき＝田んぼの近い　　かりいほと＝刈り採つた稻。假廬と掘立小屋
あれゆく世世＝荒れ果ててしまつてゐる世の中　　をしぞと思ふ＝口惜しいと思ふ

【大御心を推し量る】

下句の言葉の重さはどうでありませうか。特に結句の「をしぞ思ふ」に後土御門天皇の苦しみが傳はってきます。この「をし」とは、「口惜しい」と云ふことです。その口惜しさはいかなればかと申せば「益々荒れてしま

つてゆく御親らの世」のことを御歎きになられてのことです。

御題は「田里」であり、農民への勞りがわかります。作られた年は應仁の亂終息前年です。應仁の亂にて御所を燒かれて伏見に避難された頃を思ひ出されて作られたものではないでせうか。

御題「無題」（『後土御門院御百首』秋の部（内侍所御法樂））

千はやぶる　神のとばりの　錦とや　立田（たつた）の山の　紅葉（もみぢ）をやみむ

千はやぶる＝（神）の枕詞　神のとばり＝神々との境目の帷
錦とや＝美しい錦でもあると云ふのか　みむ＝見ようではないか

【大御心を推し量る】

美しい抒景歌ですが、御在位中、京都の街にお出になられることはありませんでした。

「立田の山」とは「奈良縣生駒郡斑鳩町龍田」にある紅葉の名所のことです。上句に於ける「神のとばりの錦」は、「この世のものとは思へぬ程の美しさ」を表はしてゐる序詞であらうかと考へられます。

「神のとばり」と云ふ表現に常に神と共に在らせられやうとしてゐる天皇の日常が彷彿とします。

この大御歌は、在原業平の百人一首の和歌「千早ぶる神世もきかず龍田川からくれなゐに水くくるとは」を本歌としてお作りになられたのではないかと思ふのですがどうでせう。

但し、この室町時代には百人一首は普遍化してをらず、後土御門天皇樣は『古今和歌集』にあるこの業平の歌を本歌としたのではないかと思ひます。

御題「秋夕風」（「百首御製」文明八年三月三日　日次百首）

我が涙　なにこぼるらん　吹く風も　袖のほかなる　秋の夕暮

なにこぼるらん＝なぜこぼれてくるのであらう　　袖のほかなる＝袖の涙とは更に別に

【大御心を推し量る】

後土御門天皇の限りない哀しみと苦しみに溢れた御言葉に胸がかきむしられるほどの氣持ちになります。「なにこぼるらん」に萬感の念ひを籠められ、祈つても祈つても應へること無き爲政者と國民の行動は天皇を益々悲しみの淵に誘ふのです。この御製では、戰亂に混亂するこの國への深いお哀しみでありますが、一見平安に見ゆる現代と重ねたとしても、同じかも知れぬと想像してしまひます。

しかし、さうであつても、この御製の格調高さはどうでありませう。この氣高き御言葉の品格は天皇のみになせるものと思へてなりません。

文明八年、後土御門天皇三十五歳の時の御製です。「三月三日」とありますので「上巳の節句」にお作りになられたものでせう。この年は、應仁の亂の戰亂は勿論のこと、自然災害も日本を襲ひます。前年には大きな颱風と京都に大地震、浪速の地域に津波が襲ひ、土一揆が頻繁に起つてゐました。

御題「庭雪」（『百首御製』文明八年自九月九日　目次百首（大納言入道榮雅點））

今朝はまだ　あさきにつけて　九重の名をこそ　うづめ　庭の白雪

あさきにつけて＝餘り積つてゐないのであるから　九重＝皇居のこと
名をこそうづめ＝名前さへ隠してしまへ

【大御心を推し量る】

この御製は、いろいろな解し方ができます。本來であれば、單純に美しい白雪の抒景歌と解すことができます。しかし、第三句、第四句の「九重の名をこそうづめ」は「朝廷が戰亂の世に何もできないことをお嘆きになられ隠して欲しい」と解する事もできるのではないでせうか。

これを抒景歌とした場合、萬葉歌に於ける奈良朝時代の聖武天皇の御世、橘諸兄を始めとして紀清人らが正月の賀歌として詠じられた和歌が重なります。橘諸兄は「降る雪の白髪までに大皇に仕へまつれば貴くもあるか」。そして、紀清人は「天の下すでに覆ひて降る雪の光を見れば尊くもあるか」（いづれも萬葉集卷十七）と詠じました。これらの和歌は、皇居に參内して作られたものと傳はります。

作られた時は、天平十八（七四六）年正月。これらの和歌の詞書には、「聖武天皇の天平十八年正月、積雪數寸。左大臣橘卿等、太上天皇（元正院）御座所（中宮西院）に參入して雪を拂ふ。於是（ここにおいて）太上天皇諸王及び卿等に酒を賜ひ、勅して雪の賦を奏せしむ」（天平十八年、正月に白く雪が降り積り、元正上皇の所に陪臣が集ひ、酒を賜はつて雪の和歌を作るやうに仰せられたので作らせていただいた）と云ふ序文があり、次に橘諸兄・紀清人・紀男梶・葛井諸會・大伴家持等五人の應詔歌が掲げてあります。奈良時代の大きな爭亂であつた天平十二年の藤原廣嗣の亂も治まり、平安の訪れを賀して陪臣達が作つたもので、後土御門天皇は、それを思ひてお作りになられたものかも知れないと思ひます。

釋教歌

御題「述懐」（『後土御門院五十首和歌』雜十首　明應八年十一月二十日　いその玉藻）

末の世も　人はひとにて　生れあふ　身はみのほども　などなかるらむ

末の世も＝未來も　人はひとにて＝人間は人間として　みのほども＝身の程も
など＝なぜ　なかるらむ＝ないのであらうか

【大御心を推し量る】

「人間は、未來永劫人間として生れ合ふのであるならば」と上句では詠はれ、その人間本來の無限の力を何故發揮することができないのであらうかと、謹解させて戴きました。ただ、下句については、人間本來の善なる心を現はすことができぬ蒙昧の世界を歎ひてをられると思ひます。

「みのほど」は「身の長（丈）」だと思ひますが、ここに云ふところの「身」とは、心の大きさなども含む人間の器と云ふ事と共に人間は善なる存在であると云ふところを詠はれてをられるのではないでせうか。

初句の「末の世」とは多くの意味を含ませられてをられるやうです。御親らの御世、佛教に於ける末法世界。來世のこと。御親らの御壽命の盡きる時などが重ねてあるのではないかと思ひます。

御題「釋教」（『後土御門院五十首和歌』　明應八年十一月二十日　いその玉藻）

よしあしを　わくる心の　ほかにこそ　なかなか深き　道はありけれ

よしあし＝善惡のこと　　わくる心＝分ける心のこと
ほかにこそ＝他にこそ　　ありけれ＝あるのだらうなあ

【大御心を推し量る】

初句と第二句の「よしあしをわくる心」とは「善惡を分ける心」と云ふことで所謂「道德心」と云ふことではないでせうか。この「善惡を分ける心」ではないところにこそ「眞の道」はあると詠はれてゐます。

御題は、「釋教」であり、佛教の「釋迦の教へ」と云ふこと。ここから考へた時、腦裏に浮かぶ言葉は、「色卽是空」になるのではないかと思ふのですが、善惡の心は「虛無の心である」と云ふことを昔學んだ事があり、現世の世界の一切は「空」と云ふ佛教の教へと重なるのかも知れません。

一切が「空」卽ち何もない世界であれば、そこに存在してゐる善惡は存在しないと云ふことになります。下句の「深き道」はそのやうな道になります。

それは如何なる道なのでありませうか。私は「感謝と祈りの道」ではないかと愚考します。そして、それは「神の道卽ち神道」と云ふ道であらうかと考へます。「神道」とは「祈りの道」です。祈りの理想は「感謝の心」から出て來てこそ本當の祈りになるのではないかと思ひます。

御題「無題」（『後土御門院五十首和歌』より「戀十首」明應八年十一月二十日　いその玉藻）

後の世の　むくいを知らば　人もまた　つらき心や　おもひかへさむ

後の世＝後世のこと　むくい＝報い。因業　知らば＝知つたならば

【大御心を推し量る】

御年五十八歳、最晩年の御製です。この翌年九月に後土御門天皇は崩御されます。そして、天候不順によつて大飢饉に襲はれた年でもあります。そのやうな時期にも關はらず爲政者たちは、權力爭ひに明け暮れ、國民の塗炭の苦しみを考へもしてゐないやうな樣相でした。更に、朝廷財政も枯渇して日々の生活すら儘ならぬ時期でした。翌明應九年九月の後土御門天皇の崩御では、葬儀すら儘なりませんでした。

上句「後の世のむくい」と云ふ言葉が重くのしかかります。後土御門天皇の御世に於て當て嵌(はま)るとしたならば「應仁の亂」になりませうが、この戰亂に私は正義を感ずることができません。單に己れの我欲による權力爭ひで引き起こされた戰亂です。

後土御門天皇は下句冒頭「つらき心」を分かつてくれる人がゐないことを詠はれたと思ひます。「いくら祈つても祈つても權力爭ひを辭めぬ人々が、後世に於て阿鼻地獄に陷つた時、私の辛い心を懷ひ返してくれよ」このやうな御心が籠められてゐるやうに思ひます。

平成廿三年三月十一日、東日本を襲つた未曾有の大地震に上皇陛下が注がれた大御心は、この後土御門天皇の大御心と重なります。當時に於ける御製の終句「いたみつつ」と云ふ御言葉の重さは後土御門天皇の「つらき心」と重なります。

黒き水　うねり廣がり　進み行く　仙台平野を　いたみつつ見る

後柏原天皇

第一〇四代天皇・後土御門天皇の第一皇子　寛正五（一四六四）年～大永六（一五二六）年

御在位　明應九（一五〇〇）年十月二十五日～大永六（一五二六）年五月十八日

後柏原とは桓武天皇の別稱である柏原帝から諡を頂いたものです。明應九年、後土御門天皇崩御の後、三十六歳で踐祚されます。治世は二十六年に及びましたが、卽位の大禮が行はれたのは踐祚二十二年後でした。大嘗祭は執り行ふ事ができませんでした。

この時代、足利幕府將軍は第十代義材から第十二代義晴でした。足利幕府は餝り物となり、戰亂を收拾するどころか、自からも幕府内の權力鬪爭に明け暮れてゐました。下剋上の權力爭鬪の時期です。現代の歷史學では、この時代を室町時代としてゐます。しかし、現實には室町幕府は有名無實の存在であり、その權力機構は崩壞してゐました。私は「室町時代は應仁の亂迄で終焉を迎へてゐた」と考へてゐます。

さて、室町戰國時代の政治體制を一言で言ひ表はすとしたならば、權力迷走混亂時代と云ふことが出來るやうに思ひます。それは室町幕府の初期から始まつてゐました。

戰國時代の天皇

政治體制としては、鎌倉幕府の機構を踏襲し、若干の補正を加へた形で始まります。そして、足利高氏時代から權力爭ひが勃發し、弟である直義との兄弟相食む權力爭ひに始まる混亂の時代であつたと言つても過言ではありません。結果的に群雄割據下克上の戰國時代になつてしまつたのでした。

室町幕府は基本法として建武式目を制定しました（一三三六年）。具體的な法令としては鎌倉時代の御成敗式目（貞永式目）を適用し、必要に應じて「建武以來追加」と呼ばれる追加法を發布して補充してゐます。

幕府開設當初、初代將軍足利高氏は武家の棟梁として諸國の武士を統帥し、執事であつた高師直がこれを補佐し、政務・裁判は弟直義が總理する二頭體制によつて運營されてゐました。しかし、高師直の失脚、高氏、弟直義との爭ひは、この足利幕府の時代に於ける混亂の豫兆（よてう）でした。

それでも二代將軍義詮（よしあきら）は、幕府機構の再建に努め、細川頼之を管領に任じ、三代將軍義滿の時代には一應の幕府權力體制が固まることになりました。その體制は「三職七頭」の家格が定められ、「管領職」には斯波（しば）、畠山、細川の三氏が「三職（三管領）」と稱し、山名、一色、土岐、赤松、京極、上杉、伊勢の七氏が「七頭」と稱される組織で統制されてゐましたが、義滿と云ふ強力な個性の將軍が亡くなると、世の中は混亂の時代に突入して行くことになりました。

朝廷がないがしろにされてゐる時代は、混亂と困窮の時代と云へます。見方を變へれば、それは國民が天皇の存在を忘れた時に、日本と云ふ國家は混亂の時代を迎へることになるといへます。つまり、朝廷がないがしろにされることから、世の中は混亂困窮が惹起されると云つても過言ではありません。

そして、このやうな時期は皇室を始めとして、それを支へる公卿達も困窮に陷つて、多くの祭祀や宮中行事が斷絶せざるを得なくなるのです。

幕府が朝廷をないがしろにした一例を擧げると、「應仁の亂」以後、幕府の管領職に就任し權力を握つた細川勝元（細川元首相の先祖）が大禮の省略を放言するほどでした。

このことからも天皇尊崇の精神の式微も甚だしい時期であつたことが分かります。

このやうな背景の中で「世の平安と國民の安寧」を祈り續けたのが後柏原天皇です。そして又、室町時代の皇室の式微を象徴する天皇でもありました。

しかし、時代はさうであつても、後柏原天皇は、皇室財政困窮の中で廢絶してしまつた朝廷儀式の復興に力を入れると共に、戰亂や疫病に苦しむ國民に慈愛を注がれて、民の安寧を思ひ續けてをられました。御製にそれをはつきりと感ずる事が出來ます。それ故に、その御製は後の歴代天皇の指針となりました。

戦亂と混亂の中で後柏原天皇が、限りない慈愛を國民に注がれた御製は、私たちの心を搖さぶらずにはおきません。最も感銘的な一首をご紹介します。

御題「寄雲述懐」

いかにせば　月日と同じ　こゝろにて　雲の上より　世を照らさまし

これほど天皇の大御心が顯はれてゐる大御歌はありません。これを一言で表はしたならば、「一視同仁の御心」と云ふことにならうかと思ひます。一切の人の差別無く、慈愛の心を注がれる。これが「一視同仁の御心」です。

後柏原天皇の踐祚時に於ける經濟的な困窮は、後土御門天皇の御葬儀の費用さへ無く四十三日間も、その玉體が放置されたと云ふことからも明らかです。

そんな中でも後柏原天皇は、常に朝儀の再興に務められ、國の平安と國民の安寧を祈り續けられました。永正四（一五〇七）年八月には、伊勢神宮に天下の平安、國家の安寧を祈らせる宣命を勅され、更に大永五（一五二五）年十一月には、各地に疫病（疱瘡）が流行して、多くの死者が出た時にも「般若心經」の寫經をされ、それらを延暦寺と仁和寺に納められてゐます。

學問にも深い造詣をお持ちになられ、詩歌管弦の道にも秀でてをられたと云ふ事です。特に御製については、室町戰國時代の天皇の中でも飛び抜けて澤山お作りになられ、總數は三千七百六首にのぼります。

※「一視同仁」とは、一切を平等に觀て、仁愛を注ぐことです。これは支那の唐時代の文學者、思想家の韓愈（かんゆ）の言葉ですが、彼は儒教、特に『孟子』を尊び、道教・佛教を排撃し、「文は道を載せる道具」として當時の主流であつた文體「四六駢儷體（しろくべんれいたい）」を批判して「散文文體」を主張して、儒教精神を提唱したと云ふ人物です。

賀歌・祝言

御題「立春天」（「柏玉和歌集　第一巻」）

久方の　あまの戸あけし　光をや　今日あらたまの　春に見すらむ

久方の＝（光）の枕詞　あまの戸あけし＝記紀にある天岩戸傳説
あけし光をや＝天照大御神の慈愛の光をば
あらたまの＝新玉。新春を表はす語　見すらむ＝見させて戴いてゐる

【大御心を推し量る】
「いかにせば月日と同じ心にて」と云ふ御願ひが一貫とされてをられたことが窺へるのではないでせうか。「あまの戸あけし」とは、記紀に於ける天岩戸にお隠れになられた傳説のこと詠ひ込まれてをられます。暗闇の世界に光を取り戻すお話になりますが、それを戰國の混亂の時代に重ねられて、何としても、新しい年には平安安穩の光を取り戻されると云ふ後柏原天皇の強い願ひが籠つてゐる御製であらうかと思ひます。

御題「巖頭苔」（「柏玉和歌集」第八巻　雜歌）

さざれ石の　いはほの苔の　行末は　おのがみどりを　松にゆづらむ

さざれ石のいはほ＝細石の巖石。小さな石が長い年月を掛けて巨岩となつた巖石

【大御心を推し量る】

「さざれ石のいはほ」は、「君が代」に出て來る大きな岩です。これは『古今和歌集』の「詠み人知らず」の歌で「我が君は千代に八千代にさざれ石のいはほとなりて苔のむすまで」を本歌としてお作りになられた御製ではないかと思ひます。

後柏原天皇の時代に於ては、國歌と云ふものは存在してをりませんが、御製に於ても詠はれると云ふことは、室町時代に於ても愛された和歌であつたのだと思はれます。後柏原天皇の御製に於ては、日本と云ふ國が永遠に續くことを願つてお作りになられたと思ひます。

「君が代」の「君」には、「平安で國民が安隱で暮らしてゐる世」と云ふ深い意味が込められてゐます。そして、これは日本に於ける最も重要なる神勅である「天壤無窮の神勅」を言ひ表はしてゐるのです。「世の中が平安で、國民が安隱で幸福に暮らす世」が永遠に續くことが籠められてゐます。

「さざれ石のいはほ」とは、さざれ石は「細石」と書き、小さな石が長い年月をかけて大きな巖となることを比喩してゐます。つまり、長く久しい時を表はしてゐます。「君が代」に登場する「さざれ石」は、岐阜縣揖斐川町（いびがはちやう）に實在する天然記念物の石のことです。日本七高山である伊吹山の麓に在り、しめ繩を付けた狀態で置かれてゐます。

御題「立春」（『柏玉和歌集』第一巻　春歌上）

なべて世を　力もいれず　浪風を　四方（よも）にをさめて　春やたつらむ

なべて世を＝總じて世の中は。すべての世の中　　四方にをさめて＝一切を平安に治めて
春やたつらむ＝新しい年となるのであらう

【大御心を推し量る】

この御製には、眞理の一端が垣間見えるやうです。新年を迎へると云ふ事は、それ迄の一切の事どもが刷新されると云ふことではないでせうか。

上句の「なべて世を力も入れず」は「何もせずとも新年を迎へる時の流れに身を置いてゐたならば」と云ふことではないかと思ひます。さすれば「浪風」とはそれ迄の哀しい事や凶事なども刷新されて、平安なる時が訪れてくると云ふのです。これは、「戰國時代の混亂の浪風が少しでも早く收束して平安よ訪れて來て欲しい」と云ふ後柏原天皇の切なる願ひが籠つてゐます。そして、佳き言靈を信じられてゐる御姿がここにはあります。

御題「早春海」（「柏玉和歌集」第一巻　春歌上）

浪かぜも　さらにしづめて　四方（よも）の海も　わが心なる　春やたつらむ

浪かぜも＝浪風も。戰亂の嵐も　　さらにしづめて＝更に鎭めて
四方の海も＝この日本國全體が　　わが心なる＝私の心と同じ
春やたつらむ＝春がやつて來た

【大御心を推し量る】

結句の「春やたつらむ」から窺へることは、新年まもなくお作りになられた大御歌であらうかと思ひます。その時期は、わかりませんが、戰亂烈しき嵐の眞つ只中であつたと思はれます。

第二句に於ける「さらにしづめて」に、その時代の背景がわかります。そして、「わが心なる」では「世の中が平安で國民が安寧の世界の到來」を籠められてゐるに違ひないと思へるのです。

結句に於ける「春やたつらむ」の「む」に、後柏原天皇の強い御決意を見ることができます。

御題「毎家有春」（「柏玉和歌集」第八巻　雑歌）

波風も　さらにをさめて　四方の海も　皆わが家の　春ぞかしこき

波風も＝戰亂の荒れ狂ふ風のこと　さらにをさめて＝今よりも更に平安な世の中の實現
四方の海も＝この國の總べての地域　春ぞかしこき＝新春は何と身の引き締まることであるか

【大御心を推し量る】

初句の「波風」とは「戰亂激しき風の吹き荒れる時代」を表はされてをられるのではないでせうか。そして、第二句「さらにをさめて」には、天皇の萬感の御心が籠められてゐます。特に「をさめて」とは「治政を行ふ」と云ふ事と思ひますが、その治政は權力、卽ち「力」による治政では無く、「祈り」による治政のことになります。

第四句「皆わが家の」は、日本國の國體が顯はれてゐるのではないでせうか。我が國は君民一體の家族共同體であると云ふやうな建國に於ける八紘爲宇の精神を詠はれます。八紘爲宇は、初代神武天皇が建國に當つて宣した「詔」です。

その「建國の詔」に於ける「八紘爲宇」の一節は次の通りです。

「然る後、六合を兼ねて以て都を開き、八紘を掩ひて宇と爲す（然後兼六合以開都掩八紘而爲宇不）」。この意は、「その後に國内を一つと成して、その一丸となつた國家の德を以てして此の國を掩ひて家と成し、總べての生命が家族のやうに仲睦まじくする事は素晴らしいことではないか」

この神武天皇の掲げられた「建國の詔」こそが我が國の國家理想であり、歴代天皇の治政の最終目標です。「家族のやうに睦まじい調和國家」こそが天皇治政の目指されてをられるところではないかと思ひます。

御題「立春」（柏玉和歌集第一巻　春歌上）

いく世かは　都の空に　たちかへり　ふるき道しる　春はきぬらむ

いく世かは＝幾世も。「いつかは」とも解せる
たちかへり＝戻りて　　ふるき道＝平安に治まつてゐた御事蹟
道しる＝「道を知つてゐる」と「はつきりとした道」の二つの意がある
きぬらむ＝來たのだなあ

【大御心を推し量る】

平安で安穏なる歴代天皇の世の中に戻つて欲しいと云ふ痛切なる願ひが籠つてゐます。御題「立春」は、新年を迎へられた時にお作りになられる大御歌です。

世の中は戰國時代の眞つ只中で、新年をお迎へになられるに當つて天皇の御願ひはただ一つです。世の中が一日も早く、平安となり國民が安寧であることにあつたのです。

御題「**立春**」（「柏玉和歌集」第一巻　春歌上）

をさまれる　世の聲にして　海山の　浪もあらしも　春やたつらむ

をさまれる世の＝歴代天皇による平安に治まつてゐる世
世の聲にして＝平安なる昔のお陰にして
海山の浪もあらしも＝戰亂の世の中を象徴してゐる
春やたつらむ＝立春のこと。新しいお正月がやつて來た

【大御心を推し量る】

現實の戰亂かますびしき世の中にも新しい年がやつて來た。これも歴代天皇が平安に治められてゐた時代のお陰なのであらう、と詠はれた御製ではないでせうか。お作りになられた時代は特定できませんが、後柏原天皇の御世の總べてが戰國時代でしたので、「海山の浪もあらしも」と云ふお言葉の中に「春が立つ」と詠はれて、平安の世への萬感の懷ひを籠められをられることが窺へます。

御題「**立春**」（「柏玉和歌集」第一巻　春歌上）

九重や　こぞの嵐も　のどかなる　空にわかれぬ　はるやたつらむ

九重＝一般的には「皇居或は朝廷」の事を言ひますが、この御製では日本國全體です
こぞの嵐＝去年の嵐と云ふこと　わかれぬ＝別れぬ

【大御心を推し量る】

新春を言祝ぐ御製です。朝廷財政窮迫の中でも、後柏原天皇が、只管世の平安を祈られてをられたといふ御姿を拜する事ができます。

御題「都鄙立春」（「柏玉和歌集」第一巻　春歌上）

八隅しる　心の道に　くる春を　まづ民の戸の　ことぶきにせむ

都鄙＝都も田舍も　八隅しる＝天地遍く。一般的には（君が代）の枕詞
民の戸の＝國民の家家。總べての國民の　ことぶきにせむ＝幸福にするのだ

【大御心を推し量る】

「八隅しる」は、本來は天皇の御世に掛かる枕詞として國民の側が使ふ語です。この「天皇の御世」は、世の中が平安で、國民が幸福に滿ちて暮らしてゐると云ふ事を表はしてゐます。ここでは天皇御親らがお使ひになられてゐます。これは、この理想の世の中であることを目指されてをられる後柏原天皇の御心中を「八隅しる」と云ふ御言葉に籠められたのだと思ひます。

「民の戸のことぶき」とは、國民の安隱幸福と云ふことです。「くる春」は、室町末期の亂れた世の中に平安が訪れると云ふ事ではないでせうか。

大御心（おほみごころ）

御題「寄雲述懐」（『柏玉和歌集』第八巻　雑歌）

いかにせば　月日と同じ　こゝろにて　雲の上より　世を照らさまし

いかにせば＝どのやうにしたら　　月日と同じ＝月や太陽と同じ
世を照らさまし＝この世を照らすことが出來るであらうか

【大御心を推し量る】

太陽も月も一切の人に物に事に、その恵みを降り注いでゐると詠はれ、御親（おんみづか）らがいかにしたらそれを世の中に顯はしてゆくことが出來るかと云ふ大御心が窺へます。

これが作られたのは、世の中の混亂の極、國民が最も苦しんでゐる時期です。天皇は、如何なる時に於ても國民の幸福を祈られてゐることがはつきりと分かります。

戰前、天皇を現人神（あらひとがみ）と尊崇した由緣も、この御製の大御心を國民が知つてゐたからこそ、みな當然の如く受け入れたのではないかと思ひます。

次に掲げる父君の先帝後土御門（ごつちみかど）天皇の御製も同じ大御心を詠はれてゐます。

へだてなく　神やまもらむ　みづがきの　久しくわれも　頼みきぬれば

歴代天皇總べてが同じ御心を以て祈りに祈られてゐることがわかるのではないでせうか。

御題「月」（「後柏原院御集拾遺」）

ひかりなき　わが世をはぢよ　人はみな　雲の上とや　月もみるらむ

ひかりなきわが世＝混亂混迷する私の治めてゐる世の中
はぢよ＝耻ぢよ。愧ぢよ。耻づかしいと思へ　　とや＝と云ふであらう

【大御心を推し量る】

「雲の上の月」は、御親らの平安、安寧の祈りが雲によつて光が遮られてしまつて屆かないことをお苦しみになられてゐる事ではないかと思ひます。初句と第二句に光の無い暗闇となつてしまつた世の中の責任の一切を、御親らの足りなさを自戒されてをられます。

時は、戰國時代眞つ只中。「ひかりなきわが世」が胸に迫り來てお作りになられた後柏原天皇の大御心がいかばかりであつたかが窺はれ胸が痛くなるほどです。

御題「述懐」（後柏原院「柏玉和歌集　第八巻」）

治めしる　わが世いかにと　浪かぜの　八十島(やそしま)かけて　行く心かな

治めしる＝治めてしらす　　わが世＝御親らの御世
いかにと＝どうであらうかと　　八十島＝一般的には澤山の島々。是では日本

【大御心を推し量る】

この御製は「いかにせば月日と同じこゝろにて」と對となる御製であらうか思ひます。

初句の「治めしるわが世」と云ふ言葉は、「後柏原天皇様の御世に於ける治世」と云ふことですが、「しらす」と「うしはく」に於けるところの違ひがわかります。

天皇治政は「しらす」です。「しらす」とは日本獨自の「皇道」による天皇治政のことです。よく言はれることに支那の儒教に於ける王道の更に上に行く治政こそが「皇道治政」になります。

儒教の云ふところの「王道」は「德によつて治める治政」のことです。卽ち「王道は高い德によつて治政を行ふ」と云ふ事です。しかし、一見完全な論理に見ゆる王道には革命があります。これは王としての德が無くなれば、武力によつて新しい王と入れ替はるのです。

更に儒教にはもう一つ「霸道」と云ふ思想があります。これは記紀にある「うしはく」と云ふ言葉に當ります。霸道とは強大な力に基づく權力政治のことです。日本の「皇道」とは、平安安寧の祈りに本づく權威治政のことです。

後柏原天皇は、この御製で皇道に基づく祈りの權威治世が、日本中に行き渡るやうにと詠はれてをられるのではないでせうか。そして、その大御心の心底に流露する懷ひは、天皇として治めてゐるこの世に於て「月日と同じ心」を願つて祈られる、その慈しみがいかにしたら遍（あまね）く浸透するのか。それのみと云ふことではなかつたかと思ひます。

しかし、時は戰國時代。その「御祈り」が中々懷ふに任せない後柏原天皇の苦しみも、この大御歌から窺へるのではないでせうか。この御製にこそ、天皇が權力で治世を行ふのではなく、權威と慈愛とによつて治められてをられる事が明徵に顯はれてゐます。言葉を換へたならば、天皇こそ日本に於ける眞の治世者であらせられると云ふことが實感できる御歌です。

御題「祝言」（「柏玉和歌集」第八巻　雑歌）

言の葉の　末もたがはず　いにしへの　おどろが下の　道ひろき世に

末もたがはず＝これから先も間違へることなく
おどろ＝草木や棘が亂れ生い茂つてゐる様子。是(ここ)では世の中が混亂してゐる様(さま)
下の道＝眞實の正しき道のこと　道ひろき世に＝正しい道が遍く世の中

【大御心を推し量る】

御題の「祝言」とは、「お祝いの言葉」と云ふことですが、和歌に於ては賀歌として作られるものになります。この御製は、切なる願望が籠められてゐる大御歌であらうか思ひます。そして、その大御心を推し量つたならば現實の混亂の戰國の世を何としても變へると云ふ強い願望がわかります。

特に第一句と第二句に於ける「言の葉の末もたがはず」と云ふお言葉に強い御決意が見えるのではないでせうか。「言の葉」を「言靈」としておどろが世の中を變ふること。それは歴代天皇の御事蹟がその腦裏にあつたやうに思ひます。

御題「寄世祝」（「柏玉和歌集」第八巻　雑歌）

空に知れ　千年(ちとせ)へぬべき　たのしみを　思ふわが世は　人の世のため

寄世祝＝世の中を祝ふ　空に知れ＝高天原の神々竝に皇祖皇宗の御神靈に知つて欲しい

千年へぬべきたのしみを＝千年も經つべき樂しみを

【大御心を推し量る】

結句「わが世は人の世のため」と云ふ御言葉に天皇祭祀の祈りの本質があると思ひます。「千年へぬべき」とは「千年も續くに違ひない」と云ふことで、その「たのしみ」とは、「平安安寧の世の中で人々が幸福になる世」と云ふことでないでせうか。御題が「寄世祝」ですので、新春を祝はれたものではないかと思ひます。

初句「空に知れ」の「空」は現實の空のことでは無いと思ひます。この「空」は「天上」即ち「高天原」であり、皇祖神を始めとした神々のことであらうかと思ひます。

「知れ」と云ふ強い御言葉は、御親らに言ひ聽かせむとしての御言葉であらうかと思ひます。

「千年へぬべき」は「永遠に」と云ふ語と重なります。後柏原天皇の御世は御卽位から崩御に至るまで、戰國時代の眞つ只中でした。そのやうな中でこのやうな御歌をお作られる強さに唯々ひれ伏すのみです。

御題「述懷多」（『後柏原院御百首』雜の部）

世をうらみ　あるはわが身を　うしと思ふ　人にいつかは　心休めむ

世をうらみ＝世の中を哀しみ憾（うら）んで　あるは＝或（あるひ）は　うしと＝憂ふる（哀しい）

【大御心を推し量る】

上句は戰國の信義も何もない弱肉強食、力（權力）こそ正義と云ふ哀しき時代を的確に言ひ表はされてをられます。そして、その時代に苦しむ人々に對して大御心を注いで少しでもその心を柔らげてあげたいと云ふ御製であらうかと思ひます。

この御製は、苦しみの大御歌と云へます。特に上句を詠じた時、そのお哀しみの深さに愕然とした心地に包まれます。「世の中を憾み、御親らの力の及ばぬ事を悲しく思ふ」と。

それでも、いつかは人々が氣が附いてくれることを願ひつゝ日々を送られてをられたことがわかります。

御題「天象」（「後柏原院詠三十首」より）

四方八隅　世におほふ空の　惠をや　外なきものと　誰れもうくらし

四方八隅＝四方の隅々まで遍く　おほふ＝覆ひ盡してくださる
空の惠をや＝太陽を中心とした自然の慈愛をば　外なきも＝他に無いもの
誰れもうくらし＝總べての人が受けてゐるのであらう

【大御心を推し量る】

「四方八隅」とは、この世の中の隅々までと云ふことです。「空の惠」とは、太陽の惠みと云ふことでありませう。この地球上に存在する一切の生命は、如何なる例外もなく平等に太陽のその惠みを享受してゐると云ふ事を仰有つてをられるのです。が、更に深く考へたならば、太陽神である天照大御神のみならず、宇宙に於ける一切の働きそのものによつて、私達は生かされてゐると云ふ事の自覺こそ大切ではないかと思ふのです。その心が、一切の物へ人へ事への感謝の心に繋がります。人間至上主義と云ふ考へ方ではなかなかこの感謝の境地に到達することはできません。

御題「述懐」（「後柏原院詠百首和歌」雑五十首　榮雅點）

おろかなる　身をなげきても　一筋に　捨てぬ心や　うき世なるらむ

身をなげきても＝自分を嘆いても
一筋に捨てぬ心＝國民の安寧を祈る心だけは捨てられぬ
うき世なるらむ＝憂ふる世の中であることだ

【大御心を推し量る】

結句「うき世なるらむ」が後柏原天皇の一生であつたのではなかつたか。この御製は、その「憂世」を御親らの責任とされ、御親らを「おろかなる身」と嘆かれてゐます。無私なる存在で、只管世の平安と私たち國民の安寧を祈りに祈られてをられる後柏原天皇が、「愚かな自分」と詠はれることに。何と云ふ御愼み深さかと感激します。

當時の「うき世」を作り出してゐるその原因は權力機構であつた室町幕府の失政によるものです。しかし、その責任の一切を御親らの「祈り」の足りなさであり、皇祖皇宗の御神靈にお詫びされてをられるそのお姿に感動を覺ゆるのです。

御題「禁中月」（「柏玉和歌集」第五巻　秋歌下）

雲の上や　世世の月かげ　くもらずば　空にもみちむ　わが心かな

雲の上や＝高天原(たかあまはら)の神々よ　世世の月かげ＝御歴代天皇のこと
くもらずば＝曇ることがなかつたなら　空にもみちむ＝空に満ちるに違ひない

【大御心を推し量る】

上句「雲の上や世世の月かげ」とは、歴代天皇の御行跡のことを詠はれてをられるのではないでせうか。第三句「くもらずば」と云ふ語には、當時に於ける混亂の時代のことを表はされてをられるのではないかと思ひます。そして、この御言葉に後柏原天皇の「痛悲の大御心」を拜することができるのではないでせうか。下句は、「御歴代天皇の御行跡に、御親らの心も合せる事ができたならば平安安寧なる我が願ひも世の中を蔽ふに違ひない」と云ふやうな大御心が籠められてゐるのではないかと思ひます。

この御製は、後柏原天皇の「いかにせば月日と同じ心にて雲の上より世を照らさまし」と云ふ大御歌と對のものであらうかと思ひます。

御題「獨惜月」（「柏玉和歌集」第五巻　秋歌下）

あふぎみむ　人のためにも　悲しきは　わが世くもれる　雲の上の月

あふぎみむ＝仰ぎ見よう　人のためにも＝國民のためにも
わが世くもれる＝親らの治世する世の中が混亂してゐる
雲の上の月＝皇祖天照大御神を初め歴代天皇の御神靈

【大御心を推し量る】

朕(われ)に對して仰ぎ見て盡してくれようとしてくれてゐる國民が居てくれるにも關らず、この民が苦しむ哀しい現實を嘆かずにはゐられない。

このやうな大御心を詠はれたものだと思ひます。紹介しました「いかにせば月日と同じ心にて雲の上より世を照らさまし」（二六〇頁）と重ねられる大御歌です。そして、如何なる混亂の時代に於ても、國民の中には天皇を仰ぎ見てその大御心にお應へしたいと願つてゐる人も居たと云ふことが分かります。

結句の「雲の上の月」は、現實の月ではなく「高天原の神々の慈愛の光」のことを詠はれたやうに思ひます。その神々の慈愛の光が、御親らの祈りの足りなさによる雲によつて遮られてしまつてゐるとお嘆きになられてをられます。

御題「月」（大永六年　内裏御屛風和歌　「柏玉和歌集」第四卷）

およばねど　くまなくなりぬ　空の月　光のうちに　すめるこころも

およばねど＝及ばないけれど　　くまなくなりぬ＝隈もなくなつてくれた
光のうち＝輝きの滿つる中に。この光は光明遍照をも重ねてある
うちにすめるこころ＝内面に棲める心。心の内

【大御心を推し量る】

初句「およばねど」と云ふ語に、後柏原天皇の痛切なる御願ひが籠りしことを觀ることができます。少しでも歴代天皇の平安で安寧な世の中に近づきたいと云ふ大御心がわかります。

私は次のやうに解釋しました。

「及ぶことはないけれども、翳りの無いあの月の光のやうに、我が心もなりたいものである」

御親（おんみづか）らの心を常に觀つめて日々を生きる事の大切さを詠はれてをられる事がわかります。

この御製に重なる和歌に於て、江戸時代の儒學者中江藤樹の教誡歌「暗くともただ一向（ひたすら）にすすみ行け心の月のはれやせんしも」があります。この御製をお作りになられた大永六年は、後柏原天皇が崩御された年でもあり、辭世の御製ともいへる大御歌ではなからうかと拜察します。

國柄・國體

御題「寄國祝」（明應三年正月二十四日「後柏原院御集拾遺」）

この國の　日の本さして　あふぐなり　高麗（こま）もろこしの　遠つ人まで

あふぐなり＝仰ぐなり　高麗もろこし＝支那を始めとして世界中
遠つ人＝遠い所に住んで居る人々

【大御心を推し量る】

戰亂や様々な混亂に飜弄された時代に於ても、自らの國に對しての強烈な誇りと自信が漲（みなぎ）つてゐると思ひませんか。朝廷財政は窮迫して、明日をも知れぬ時であつても、天皇は、世界中の國々が日本を仰ぎ尊むに違ひない。いかなる環境にあらうとも「まことの世界」を見つめてをられたことがわかります。

その基こそ「天壤無窮の御神勅」より來るものではないかと思ひます。「天壤無窮の神勅」とは「天津日繼の御榮（みさかえ）へ天地（あめつち）と共に極まり無けむ」つまり、天皇が治政を行つてをらるゝ限り永遠に素晴らしい世が續く、と云ふことです。しかし、現實の世の中は前年（明應二年）に執權細川政元が足利將軍義材を廢して義澄を樹てるなど、戰亂を助長する幕府内權力爭ひも激化してゐる時期です。

御題「**寄社祝**」（後柏原院「詠三十首和歌」）

四方八隅（よもやすみ）　をさまる道は　へだてなく　千千（ちぢ）のやしろの　調（しらべ）ぞ守らむ

寄社祝＝神社に寄せて祝ふと云ふこと　四方八隅＝四方八方の隅々まで

をさまる道＝平安安寧に治まる道　千千のやしろの＝數限りない神社の

【大御心を推し量る】

御製を拝誦し、脳裏に浮かぶのは明治天皇が明治三十七年にお作りになられた御製です。

四方の海　みなはらからと　思ふ世に　など波風の　たちさわぐらむ

後柏原天皇の第二句「をさまる道」こそ「みなはらから」即ち「全ての人達は同胞である」と云ふ一視同仁の大御心であらうかと思ひます。この大御心こそ「をさまる道」の基なのです。五百年の時を隔てていても、一貫として天皇の祈りは變はらぬことがこの二つの大御歌からは感ずる事ができます。

神祇・祭祀

御題「**立春朝**」（「柏玉和歌集　第一巻」）

くもりなき　光もそひぬ　朝ぎよめ　まして春たつ　けふのみぎりに

光もそひぬ＝光も添へよう　朝ぎよめ＝早朝祭祀に向ふ前のお浄めのこと

春たつ＝立春と云ふこと　　けふのみぎり＝今日の砌。新春に當つて

【大御心を推し量る】

「朝ぎよめ」とは、早朝行はれる世の平安と國民の安穏を祈られる御行事の前の潔齋のことではないかと思ひますが、朝の御行事そのものの事とも解する事が出來ます。初句、第二句の「くもりなき光もそひぬ」にこそ天皇祭祀の本質が籠つてゐます。

これには「天照大御神の慈愛の心を添へて」と云ふことを詠はれてゐるのではないかと思ふのです。天照大御神は太陽の象徴神でもあります。太陽は一切のものに對して分け隔て無く、その慈愛の光を降り注いでゐます。天皇祭祀は、これを神事として齋行し、世の中に顯現することです。卽ち、天照大御神の大御心と一體となり一切の生命の平安と安隱を只々祈られると云ふ神事なのです。

「祈る」は「意宣る」であり「宣言する」と云ふことです。本來の祈りは願ひ事ではありません。「何としてもその願ひを實現することを神に誓ふ」のが「祈り」でなければなりません。この御製は、新春を迎へての大御歌だと思はれます。

「今年こそ、平安で安穩な世の中とせずにはおかない」。そんな大御心が籠められた御製と思ひます。

御題「**祝言**」（「柏玉和歌集」第八卷　雜歌）

はるかなる　天の浮橋　絶えせじの　世のことわざや　言の葉の道

天の浮橋＝高天原と地上に架かる橋　　絶えせじの＝絶えさせるな

世のことわざや＝教訓や知識を含んでゐる言葉　言の葉の道＝和歌の道

【大御心を推し量る】

この御製は二つのことを大切にしなければならないと詠はれてをられるやうに思ひます。「天の浮橋」とは、日本建國の精神の籠つた『古事記』『日本書紀』を原點とするこの國の歴史のことです。そして、下句に於ては、美しい日本語、國語の大切さを陳べられてをられるのではないでせうか。

民族精神の盛衰は、この國史と國語二つに大きく關はつて來ます。大東亞戰爭以前、歐米諸國の植民地政策はこの二つを徹底的に彈壓することで統治されてゐました。現在の支那もチベットをはじめとする侵略政策は、その國家の歴史と國語の彈壓を行ひつゝ侵略擴大を行つてゐます。

我が國は、あの大東亞戰爭敗戰によつて、この民族精神に於て不可缺な二つのものを破壞されてしまつた感があります。これは、日本人の強靱さに恐怖した白人諸國が、日本に對しての弱體化政策によつて爲され、それを一部の日本人（學者、ジャーナリストら）が協力してしまつたが故に、今の世が具現化したのです。

私達はこの國の眞の姿を取り戻す爲に、『古事記』『日本書紀』を原點とする歴史と、美しい日本語を取り戻さなければならないと思ひます。

御題「神祇」（「柏玉和歌集」第八巻　雜歌）

ますかがみ　影のうちにも　忘るなよ　心をてらす　神にむかひて

ますかがみ＝一點の瑕瑾も曇りも無い鏡のことで、是(ここ)では八咫御鏡(やたのみかがみ)

影のうち＝寫つてゐる顔の中

【大御心を推し量る】

我が心を寫し出すと云ふことは、神なる完全絶對の世界に我が心が適つてゐるかを確認する爲のものであると云ふことが、この御製からはつきりと感じられます。

鏡に對峙して己れが心に一片の瑕瑾無くば吾が願ひは實現する。そんな事が云へるのではないでせうか。

神道は、故に「鏡」が御神體として在るのです。神道の精神は「つつしみ・敬ひ」です。己れの心が、これを忘れた時、鏡に對峙したとしても眞の姿は映し出されることはありません。次のやうな先人の哥があります。

心こそ　心迷はす　心なれ　心に心　心ゆるすな

「ますかがみ」は「眞澄鏡」と書かれます。歌語としては、一般的に「清」「みる」「照る」などに掛かる枕詞として使はれます。

御題「神祇」（永正十年六月十二日「後柏原院詠百首部類」『御著到百首』）

仰げなほ　月日のうへの　ます鏡　かたちなきしも　神のこころを

月日のうへの＝太陽と月の上の　　ます鏡＝眞澄鏡。一點の曇りの無い鏡

かたちなきしも＝形に顯はれなくとも

【大御心を推し量る】

御題が「神祇」と云ふことですので、ここで言ふところの「鏡」は八咫御鏡（やたのみかがみ）の事であらうかと思ひます。

第二句の「月日のうへ」とは、深い意味が籠められてゐるのではなからうかと思ひます。ここでは高天原の神々と言ふ考へ方もありますが、下句に於ける「かたちなきしも」と云ふ語を受けた時に、『古事記』冒頭に於ける

造化の三神のハタラキを言つてゐるのではないかと思ひます。

「ます鏡」とは「一點のくもりのない鏡」と云ふことですが、御親らの姿を映すと同時に心を映し出して糺して ゆくことも重ねられてをられることが窺へます。

初句「仰げなほ」と云ふ言葉に、大きな感動を覺ゆるのです。是には「つつしみ敬ひ」と云ふ言葉が重なつて参ります。私達が生きる指針が是にはある氣がしてなりません。

因みに永正十年と云ふ年は、幕府内の權力鬪爭が激化する一方で統治能力が殆んど無いと云ふ狀況に陷り、下剋上の風潮が益々顯著となって戰國時代の眞つ只中と云ふ時期に當ります。

御題「寄神祇祝」（「後柏原院御集拾遺」）

あふぎみよ　月日の影も　あまてらす　神代は今に　くもりあらめや

あふぎみよ＝仰ぎ見よ　　月日の影＝月と太陽の姿
あまてらす＝天照大御神　　神代は今に＝神話の時代から現在に至るまで
くもりあらめや＝曇ることがあるであらうか。いや決してさうではない

【大御心を推し量る】

「月日の影」は「月と太陽の姿」と解すのであらうかと思ひますが、この語には更に深い意味が籠つてゐると考へられます。「月」は「月讀尊」の事「日」は、太陽を現はす天照大御神の事を詠はれてをられると思ひます。

この晝(ひる)を司る天照大御神と夜を司る月讀尊より注がれる「限りない慈しみの光」は、神代より變ることはないのであるぞ。それ故に、これからも仰ぎ祀つていかう。このやうにお詠ひなられたに違ひないと思ふのです。

太陽と月を象徴してゐる天照大御神と月讀尊ですが、古代から日本人は自然の恵みがそれら神々からの大きな慈愛によると考へてゐた事を感じさせられます。

御題「寄鏡神祇」（『後柏原院百首和歌』文龜三年九月九日）

身に近き　神のまもりの　うれしさは　鏡のかげの　手にもとるまで

寄鏡神祇＝八咫御鏡（やたのみかがみ）をお祀りする祭祀のこと　身に近き＝朕の近くに在る
神のまもりのうれしさは＝神に護られてゐる嬉しさは
鏡のかげの＝賢所の八咫御鏡の姿。天照大御神のこと
手にもとるまで＝手に取れるほどに

【大御心を推し量る】

九月九日の重陽の節句の「重陽歌會」にお作りになられたものです。そして、お作りになられたのが文龜三（一五〇三）年ですので、踐祚（せんそ）三年のことで後土御門天皇さま崩御の二年後です。

この時期は、朝廷財政の困窮が極まつてゐました。父帝後土御門天皇御葬儀すら行ふ事ができず、「御卽位の禮」は踐祚後二十二年後までできませんでした。『大嘗祭』は結局、齋行することができぬほどでした。このやうな狀況の中でも、宮中祭祀を眞摯にお續けになられてゐたことが窺はれる御製であらうかと思ひます。

御題の「寄鏡神祇」から考へると、この御製は八咫御鏡の祀られてゐた京都御所内の内侍所の中の春興殿にて御親祭を齋行されたことを詠はれたものと思はれます。

現在は、皇居内の宮中三殿の賢所に在りますが、これは明治四年の東京に遷都されてからの事で江戸時代迄は

京都御所内の内侍所の春興殿にて八咫御鏡は祀られてゐます。

この鏡は「三種の神器」で天皇の象徴器物であり、その始まりは神代にまで遡り現在まで傳へられてきました。そして、器物と共に籠められてゐる精神が重要な意味を持つてゐます。それについて、北畠親房卿が『神皇正統記』の中で次のやうに記述されてゐます。

鏡は逸物(いつもの)を蓄へず、私の心なくして、萬象(ばんしやう)を照すに、是非善悪の姿現はれずと云ふ事なし。其の姿に從ひて觀(くわん)應(のう)するを德とす。是れ正直(せいちよく)の本源なり。

この三德を翕(あ)はせ受けずしては、天下(あめのした)の治(をさ)まらむこと誠に難(かた)かるべし。神勅(しんちよく)明(あきらか)にして、詞(ことば)約(つづまや)かに旨廣(ひろ)し。剰(あまつさ)へ神器(かむだから)に表はし給へり。いと忝(かたじけ)なきことにや。中にも鏡を本(もと)とし、宗廟(そうべう)の正體(むざね)と仰(あふ)がれ給ふ。鏡は明(めい)を形とせり。心性(しむしやう)明(あきら)かなれば、慈悲決斷は、その中にあり。又正(まさ)しく御影(みかげ)を模(うつ)し給ひしかば、深き御心を留め給ひけんかし。

御題「貴賤夏祓」（後柏原院「御百首」）

神はその　人にかみつ瀬　下つ瀬の　みそぎも同じ　なみにうくらむ

貴賤夏祓＝貴い人も賤しい人も受ける夏越の大祓
かみつ瀬下つ瀬＝伊邪那岐神が黄泉國より歸り御祓をした川の瀬のこと
みそぎも＝伊邪那岐神の御祓も　　なみにうくらむ＝波に受けたに違ひない

【大御心を推し量る】

六月三十日に齋行される「夏越(なごし)の大祓(おおばらひ)」を詠はれたもです。御題の「貴賤夏祓」は、「貴きも賤しきも夏越の大祓で淨化されて混亂の戰國時代が終息する事」を願はれたのではないかと思ひます。

「かみつ瀬下つ瀬のみそぎ」は、『古事記』上つ巻に於ける伊邪那岐神が黃泉國より戻られて、筑紫の日向の橘　小門の阿波岐原で身についた穢れを清めたと云ふ事が起源となつてゐます。

日本は記紀の成立前より、傳承されしこの逸話に基づき年二回の大祓の行事が行はれてゐたと云ひます。これは古への日本人の「人間は本來清らかな存在である」と云ふ根本思想から來てゐます。

私たちが知らず知らずに犯してしまつた罪や穢れを言葉によって綺麗に洗ひ流して新たな日々を送ると云ふ考へ方に繫がりました。「言葉によって洗ひ流す」これが言靈思想であり、古來より日本人が信じてきたものです。

そして、「みそぎ」とは目に見える所の肉體のみならず眼に見えぬ魂と精神に附着した汚穢を洗ひ流して清淨にすることです。『古事記』に於けるこの一節の原文を擧げて見ます。

「吾は伊那志許米男志許米岐（此の九字は音を以ゐよ）穢き國に到りて在り祁理。
故吾は御身の禊爲な」とのり給ひて、
竺紫の日向の　橘　小門の阿波岐原に到で坐して、禊祓ひ給ひき。

（中略）

於是「上瀬は瀬速し、下瀬は瀬弱し」と詔り給ひて、初めて中瀬に墮り迦豆伎て、
滌ぎ給ふ時に成り坐せる神の名は八十禍津日の神、（禍を訓みてマガと云ふ。下は此に效へ）
次に大禍津日の神。此の二神は、其の穢き繫國に到りまししし時の、
汚垢に因りて成りませる神なり。

御述懐

御題「述懐」（「柏玉和歌集」第八巻　雑歌）

人はみな　うつる月日も　おどろかで　老が身ひとり　年ぞくれぬる

うつる月日＝變つて行く月日　　おどろかで＝驚かないで
老が身＝老人であるがわが身　　年ぞくれぬる＝今年も暮れて行く

【大御心を推し量る】

晩年の作ではないかと思ひます。踐祚から崩御まで戰國時代の混亂の世を、祈りに祈られた稀有の御存在で、その後の天皇の指針となられた偉大なる天皇でしたが、平安と安寧の世からほど遠い現實を鑑みた時、下句に於ける「老が身ひとり年ぞくれぬる」は胸に迫つて參ります。

崩御されたのが大永六（一五二六）年四月七日で、御年六十二歳でした。御在位は二十五年で、戰國時代の眞つ只中で、朝廷財政の逼迫は大變な中での御生涯でした。卽位禮も踐祚後二十一年目に漸く擧げることができたと云ふ考へられない時代でした。

御題「曉鴫」（「柏玉和歌集」第四巻　秋歌上）

寢覺して　物思ふ　かずにくらぶれば　限ありける　鴫(しぎ)のはねがき

かずにくらぶれば＝數に較べれば　　限ありける＝限りがあるに違ひない
鴫のはねがき＝鴫の羽がき。鳥がくちばしで自分の羽をしごくこと

【大御心を推し量る】

朝の寝覺に世の中の憂ひに思ひを廻らせる後柏原天皇のその數は「鴫の羽がき」のそれよりも遙かに多いと詠はれてをられるのです。これは「御親らの心身の淨めが未だ未だ足らない」と云ふことを吐露されたのではないかと思ひます。

もう一つ「鴫の羽がき」とは「鴫が嘴（くちばし）で羽繕ひをしてゐる」と云ふことですが、ここでは穿つた見方をしたならば羽ばたきと思へてなりません。鴫と云ふ鳥は小さなちどり科の渡り鳥ですから、その羽ばたきの數は人間の目に映らぬほどになります。どれ程の祈りが屆かぬ御心を御歎かれてをられるやうにも思へます。

いかにせば世の中に平安が戻るのか。いかにしたら國民が安隱なる暮らしができるのか。天皇の大御心とはかくも有難きものと頭が自然に下がります。

久坂玄瑞の和歌が脳裏に浮かび、さもあらむと感ずるのです。

いくそたび　くりかへりつつ　わが君の　みことし讀めば　涙しこぼるも

御題「寄身述懐」（「柏玉和歌集」第八巻　雜歌）

賤（いや）しきも　われに勝（まさ）りて　送る日を　なすわざなくば　身をいかにせむ

賤しきも＝賤しい人であつても　　われに勝りて＝私より勝れて
送る日を＝日々を生きてゐる　　なすわざなくば＝仕事がなければ

【大御心を推し量る】

日本精神の大きな要素である「つつしみ」と云ふ言葉が浮かんできます。上句「賤しきもわれに勝りて」と云ふ言葉には、「賤しい人であつても私よりも餘程立派に生きてゐる」と詠はれます。

天皇とは。その歴史から鑑み世界最高の權威と云ふ存在といへます。その日常は、唯々世の中の平安を希求し、その實現の爲の「祈り」に日々を送られてゐる存在です。

そのお言葉、そして物腰を拜した時、總べてに於て柔和、靜謐と云ふ言葉が浮かびます。この一事からも「つつしみ」と云ふ言葉と私には重なります。

この「つつしみ」と云ふ語は、一般的には、「謙虚」「愼み深い」「自重」「愼重」などの意味があります。また、古文的な意味としては、「物忌み」「齋戒」の意味もあります。しかし、この「つつしみ」は、もつと深い意味があるやうに思ふのです。それを表はすものとして「つつしみ」と云ふ語に充てる漢字にあります。

一般的には「愼み」「謹み」の二字が浮かぶと思ひますが、實は二十七文字と云ふ多くの漢字が「つつしみ」に充てられるのです。

漢字と云ふものは文字そのものに意味が籠められてゐます。例へば「愼み」と云ふ漢字を使ふと「控へ目で奥ゆかしい」と云ふもの。また、「謹み」と云ふ漢字になると「恐れ畏つて相手を敬ひ丁寧にする」と云ふ意味になります。最近、私がよく使ふ「つつしみ」の漢字は「敬み」ですが、その意は、「敬ひの心を以て物事に對處する」と云ふことと思つて使つてをります。

「つつしみ」と訓む漢字を調べて見ましたが次のやうになりました。これらの一字一字を考察したとき、「つつしみ」と云ふ語には、とてつもなく深い意味が籠められてゐる和語ではないかと思ふのです。その「つつしみ」と云ふ訓みができる漢字を紹介します。

「愼」「謹」「敬」「齋」「欽」
「恭」「恪」「矜」「肅」「劼」
「祇」「虔」「竦」「聳」「蹙」
「悛」「寅」「飭」「傴」「兢」
「愿」「愨」「齪」

御題「對橘問昔」（内裏御屛風和歌　大永六年「柏玉和歌集」第三卷　夏歌）

にほへなほ　花橘の　わが身さへ　代代のかずとて　しのぶむかしを

にほへなほ＝匂へなほ　花橘の＝紫宸殿の右近橘。天皇を象徴してゐる
代代のかずとて＝御歷代天皇の數であつても　しのぶむかしを＝偲んでゐる御業績を

【大御心を推し量る】

大永六（一五二六）年のこの御製は、最晩年のものです。この年の四月七日後柏原天皇は崩御されます。御題の「對橘問昔」とは「橘の花に對面して昔を問ふ」と云ふことです。この「橘」は、京都御所紫宸殿前庭の左近櫻と右近橘の右近橘のことであらうかと思ひます。

結句「しのぶむかしを」には、歷代天皇の御事蹟への懷ひの丈を吐露されてをられるのではないでせうか。この御製が、崩御直前の大御歌であることを併せて考へた時、後柏原天皇のお苦しみの御一生が集約されてゐる大御歌でないかと思ひます。

御題「述懐」（『柏玉和歌集』第八巻　雑歌）

いづくとか　身をばすつらむ　道もなき　わが世をそむく　人の心に

いづくとか＝何處にあらうか　身をば＝御親らをば
すつらむ＝棄つらむ。棄てる　わが世をそむく＝私の願ひに背いて

【大御心を推し量る】

後柏原天皇の御世がいかに大變な時代であつたのかが窺はれる御製です。下句「わが世をそむく人の心に」から、「平安安隱からかけ離れた時代」であつたことがわかります。

第二句「身をばすつらむ道も」と云ふ言葉が胸に迫つてきます。「此身を捨てる道すら見つけられない」とまで詠じられる御心はいかばかりだつたでせうか。

そんな御境遇の中に於ても、「月日と同じ心にて世を照らさまし」とお詠ひになられた後柏原天皇こそ歴代天皇の中でも大きな存在であつたのではないでせうか。初句「いづくとか」は「いづことか」と讀みます。

御題「述懐依人」（『後柏原院御百首』）

そらに知れ　わが世忘れて　人の世を　思ふばかりは　たれ思はまし

そらに知れ＝天よ我が祈りを知れ　わが世忘れて＝御親らのことなど忘れて
思ふばかりは＝考へてばかりゐるとは　たれ思はまし＝誰が考へやうか

【大御心を推し量る】

後柏原天皇が、只管憂ふる世の中のことだけを考へられてゐることがわかります。結句「たれ思はまし」は「誰れも思はないであらう」と云ふことです。初句「そらに知れ」と詠じられる強い念ひに「祈り」の本質が顯はれゐます。「祈り」とは、「願望」ではありません。「かうなるのだ」と云ふ宣言なのであります。「いのる」と云ふ語を分解すると「い」は「意味を強める接頭語」になります。「のる」とは「宣る」つまり「宣言する」と云ふことです。つまり、「強く宣言する」と云ふのが「いのる」なのです。「祈り」は他動ではないのです。自からが「かうなる」と宣言することから始まるのではないかと思ひます。

そして、言葉を換へたならば「祈り」は自らの内在する神性に「宣る」ことで新たなる大きな力を發揮させる儀式であるとも云へます。

御題「尋花」（「柏玉和歌集」第一巻　春歌下）

今はわれ　昔の花を　たづねても　代代（よよ）におよばぬ　花にやあらまし

昔の花＝歴代天皇の治世　代代に及ばぬ＝御業績に及ばない
花にやあらまし＝花である事だ

【大御心を推し量る】

「昔の花」とは歴代天皇様の業績の事であらうと思ひます。親（みづか）らの世を考へた時、この戰國の亂れた世の中は、歴代天皇の治世と比較したならば、力が及ばぬが故ではないか、本當に申し譯ない、と云ふ大御心が籠められてゐます。

此處には「驕り」の欲片(かけら)も存在しません。そして、一切を御親らの責任として、更なる高見に目を向けてをられる御姿に感動を覺へます。これぞ儒教で云ふところの聖人の姿ではなからふかと思ひます。

戀歌

御題「思不言戀」（「柏玉和歌集」第七巻　戀歌上）

今はその　忍ぶにはあらず　わがおもひ　言の葉なきを　心ともしれ

思不言戀＝言葉にならない戀を思ふ　　今はその＝今はもう
忍ぶにはあらず＝隱すことが出來ない　　わがおもひ＝私の戀心
言の葉なき＝言葉にできぬほど　　心ともしれ＝我が心と知つて欲しい

【大御心を推し量る】

御題は戀歌と云ふことですが、これは男女間の戀歌には感じられません。「戀歌の部」の女性への戀慕歌ではないと思へるからです。後柏原天皇が愛情を注がれたのが、その御事蹟から女性ではなく、國民に對してではないかと思ふのです。下句に大きな意味が籠められてをり、國民に對する「大きく深い愛ほしみの御心」を詠はれたものと思はれます。

哀傷歌

御題「水」（「柏玉和歌集」第八巻　雑歌）

いかにみる　人の心の　ふたおもて　この手がしはの　此の頃の世を

いかにみる＝どのやうに考へたら良いのか　　人の心のふたおもて＝人心の裏表のことか？
手がしは＝ヒノキ科常葉針葉高木で葉が裏表の區別ない鱗片數對の毬果を付けます

【大御心を推し量る】

御題「水」と歌がどのやうに繋がるのか。さらに、この御製に於ける「ふたおもて」と「手がしは」の解し方に苦しみました。

「手がしは」は、「手柏」でヒノキ科の常葉高木のことでした。この語には、「兒の手柏のふた面」と云ふ言葉があり、その意味は、「物事には兩面がありどちらとも定め難い」と云ふことださうです。

これは『萬葉集』巻十六に「奈良山乃 兒手柏之 兩面爾 左毛右毛 佞人之友」とあり、「奈良山の兒手柏（このてがしは）の兩面（ふたおも）に　かにもかくにも佞人（こびひと）の伴（とも）」の「兒手柏の兩面」を本歌とされてお詠ひになられたのではないかと思ひます。

この萬葉歌の歌意は、「奈良山の兒手柏の裏表のやうに右にも左にも諂ふねぢけ人もゐるものだ」と云ふ事です。結句「佞人」とは「心のねぢまがつた人」と云ふことです。

この歌に於ける「兒手柏の兩面」の解し方は非常に難しく思ひます。この萬葉歌の歌意から云ふと「ねぢけ人」とは、裏表があり人に諂（へつら）ふ人物のこと」と解するのではないかと思ふのですが、兒手柏と云ふ植物は、表裏が同じと云ふ葉を持つてゐる事から考へた時、「表裏がある人」と云ふよりは、「どの人にもひねくれた態度をとる人」と云ふ解釋が本來であると云ふ方も居られます。

又、この「コノテガシハ」は、實は裏表の違ひのある「柏の葉」のことであると云ふ方も居られます。いづれにしても、「とにもかくにも佞人は困つたものだ」と云ふことを詠つたのであらうかと思ひます。

しかし、後柏原天皇の御製と云ふことになりますと、本歌とされた萬葉歌とはその御心に於て全く別物と云つてもよいのではないでせうか。

「人の心のふたおもて」とは、「戰亂に於ける荒んだ國民の心」を詠はれ、それを「コノテガシワ」と表現されたのではなからうかと考へられます。

この御製は、天皇の祈りに應へてくれない、どうしやうもない手詰まりの思ふに任せぬ世の中を想像するに難くありません。後柏原天皇の一生は、戰國時代眞つ只中の時代であり、御父君のご葬儀すら齋行できぬ悲しい時代でありました。この御製にはそのことも籠められてゐるのでなからうかと思はざるを得ません。

御題「漁舟來浪」（「柏玉和歌集」第八巻　雜歌）

しづかにて　ひとり釣（つり）する　波ならで　蜑（あま）の世わたる　舟路くるしも

しづかにて＝靜かにて　　ひとり釣する＝一人で釣りができる」。
波ならで＝浪ではないのなら　　蜑の＝漁師の
蜑の世わたる＝漁師の世界を生きる　　舟路くるしも＝行く先も苦しい事よ

【大御心を推し量る】

世の亂れ（戰國時代の混亂の世）を獨りでお嘆きなられてゐるその愁歎の大御心が胸に迫ります。終句「舟路くるしも」には、祈られても祈られても、變らぬ世へのお嘆きの御心の總べてが籠められてゐるやうに思へてなりません。

そして、ここに山岡莊八氏の云ふ「王霸の辨」の言葉を思ひ出します。

王道とは、この天地の真理を体得して、その体得した真理の光から発する道と、神とによって万民を治むるべき思想であり、霸道とは文字通り力によって権力を握った霸者の謂いである。日本の皇室は前者、武家政治を以て立つ幕府は後者。何れがより高い次元にあるかは言うまでもない。人間が人間を、力に依って治める霸者の政治は、力の均衡が破れたときに覆滅するが、しかし、王道に覆滅や破壊はありやうがない。天地と共にあろうとし、天地の恵みを慈悲とみて、それをそのまま人間世界に移してゆこうと希っているのだ」（山岡莊八著『吉田松陰』）

この「王道」は日本に於ては「皇道」であると云ふ事です。

御題「寄世懷舊」（百首和歌　文龜三年九月九日　雜歌）

われからの　なみだよ何を　思ふらむ　藻にすむ蟲（むし）は　波をかけけり

懷舊＝昔のことを懷かしく思ひ出すこと

われからの＝掛詞で（御親ら）と（海藻に附着してゐる甲殼の蟲）のこと
何をおもふらむ＝何を思ふのであらふか
藻にすむ蟲＝世の中に知られることのない蟲（自分）　波をかけけり＝波を驅けてゐる

【大御心を推し量る】

この御製は、『伊勢物語』と『古今和歌集』に出て來る藤原直子の和歌を本歌としてゐます。その本歌は次のとおりです。

海人の刈る　藻にすむ蟲の　我からと　ねをこそなかめ　世をばうらみじ

この和歌は、『古今傳授』の「祕傳歌」の一つであり、この和歌に於ける上句は、「誰にも知られることのない藻の中に棲んでゐる蟲であるわれからが」と云ふ意味が籠められてゐます。更に「ねをこそなかめ」は「聲を出して泣かうか」と云ふ意になります。

この和歌を前提に御製を拜察した時、「われからのなみだよ」とは「誰れにも知られる事のない朕が涙よ」と云ふことであらうかと思ひます。第四句「藻に棲む蟲」とは「御親ら」のことです。そして、結句の「波をかけけり」は解するに難しく、普通であれば「海の上を驅けてゐる」と云ふことですが、もう少し深い御心が籠められてゐるやうに思ひます。

元歌の藤原直子の和歌が、歌道の傳授書である『古今傳授』の中での重要な祕傳和歌であることから、「時の海を驅けて傳へられてきた」と云ふ解釋も可能ではないかと思ひます。そして、もう一つの解釋は、初句の「われからのなみだよ」が御親らの涙の掛詞であると考へたならば、それは世の混亂を歎き悲しまれての涙であり、それが「涙の海を波となつて驅けてゐる」と云ふ風に考へられるのではないかと思ひます。

いづれにして、謹解するに難しい御製であらうかと思ひます。

御題「述懐」（「詠百首和歌」　雑五十首）

とにかくに　歎く心ぞ　おろかなる　身さへうき世と　思ひ知らずも

とにかくに＝あれやこれや　おろかなる身さへ＝己れの愚かささへ
うき世とは＝憂ふる世とは　知らずも＝知らずにゐることよ

【大御心を推し量る】

天皇御親らが世の中の混亂する憂き世の原因であつたと自戒されてをられる大御歌になるのではないでせうか。一切の事象が御親らの祈りの足り無さにあつたのだと御親らを誡められ、神々への祈りに懐ひを新たにされた御製ではないでせうか。

その御題は「御述懐」であり、想ふに任せぬ世の中に對しての深い哀しみと、自戒の御製であらうと思ひます。

御題「懷舊」（『二水記』底本）

あぢきなく　世を思ふゆゑの　ことの葉は　をよばぬ物の　同じ心を

あぢきなく＝味氣なく　世を思ふゆゑの＝世の中の事を考へる故の
ことの葉は＝言葉は　をよばぬ物の＝及ばぬものの

【大御心を推し量る】

この御製は、『後柏原天皇實錄』の中で、永正十七年二月にお作りになられたとありますが、私が本資料としてゐる『皇室文學大系』の後柏原天皇御製全三千七百六首の中にはありませんでした。

私にとつての新しい發見の御製です。そして、この御製をお作りになられた時期は、踐祚後廿二年經つて漸く齋行された「即位の大禮」の前年に當ります。當時、御側にお仕へしてゐた權中納言鷲尾隆康の日記『二水記』には、「此の御製を讀上の時、各嘆息、予は感涙を催す」とありました。如何ともし難い世の中に對しての深いお惱みがこの御製には籠つてゐることがわかります。

御題の「懷舊」とは「舊きを懷かしむ」と云ふことで、御親らのそれ迄の御生涯を振り返つて詠じられたものではなからうかと思ひます。永正十七（一五二〇）年は、足利幕府内の管領の權力爭ひの眞つ只中の年で京都市中も戰ひの渦中にあつた時期でもあります。そして、この六年後の大永六（一五二六）年四月七日に崩御されてしまはれます。御年六十三歳でした。

雑歌

御題「連日苗代」（後柏原院「御百首」）

なはしろに　春の日數（ひかず）を　つむよりぞ　稻葉（いなば）かる手の　秋もしらるる

なはしろに＝苗代に　　つむよりぞ＝積み重ねてきた時から
稻葉かる手の＝稻刈りをする手の　　秋もしらるる＝秋を想像してゐる

【大御心を推し量る】

春の「田植ゑ」を詠はれたものであらうと思ひます。私達の國は「瑞穗國」と言はれるやうに稻作農業が經濟活動の中心でした。日本の祭祀（各地の神社の祭りも含めて）は、總べて米作りに則して齋行されてきてゐます。

宮中に於ける最重要祭祀は新嘗祭（にひなめさい）であり、神々と收穫された稻を共に共食され感謝を捧げる祀りです。正月元旦に行はれる歳旦祭は、國家の繁榮と農作物の豐作を皇神・天神地祇に祈願する祭祀になり、二月に齋行される祈年祭は、五穀の豐穰を祈願する祭祀、新嘗祭も稻の收穫を神に感謝を捧げるお祀りです。

このやうに宮中祭祀は、その殆んど總べてが稻作の豐穰を祈り、感謝を捧げることから田植ゑも重要な神事として存在してゐたことが窺へる御製ではないでせうか。

春歌・夏歌

御題「けふの春雨」（「柏玉和歌集」第一巻　春歌上）

ほどもあらじ　四方（よも）にさくらの　一花（ひとはな）の　梢ほのめく　けふの春雨

ほどもあらじ＝間もなくであらう　四方にさくらの＝邊り一面に櫻の
ほのめく＝微かに目にとまる

【大御心を推し量る】

いかに混亂の世であつても美を求める心は無くさないと云ふ後柏原天皇の御心が表はれてゐます。日本の自然の美を代表する櫻を詠ひ上げた御製です。その御表現の豐かさは、後柏原天皇の持つてゐる言葉の豐富さが窺へます。「ほどもあらじ」と「梢ほのめく」と云ふ御表現に、私は心打たれました。

世界の言語に於て、日本語ほど「美」を表現する語彙が澤山ある言葉はありません。しかし、殘念乍ら近年はその日本語が危機を迎へてしまつてゐます。日本人は何よりも言葉を大切にして來た民族です。その原點には「和歌」がありました。一つの事物事象の表現に於て幾つもの言葉を持つてゐることで日本人は情感豊かな感性が育まれてきたのです。

御題「春色」（「柏玉和歌集」第一巻　春歌上）

なびきあふ　柳さくらの　八重がすみ　春のにしきも　なかはたえけり

なびきあふ＝風に吹かれてなびいてゐる様子
八重がすみ＝幾重にも立ち籠めた霞。深く霞んでゐる様子
春のにしきも＝春の織りなす美しさも　なかはたえけり＝半ば絶ゑてしまつた

【大御心を推し量る】

春の櫻の敍景歌として出色な御製ではないでせうか。個人的に、歴代天皇の御製の中でも質的に天皇と云ふ御存在が明徴に顯はれゐる御製が多いのが後柏原天皇であらうかと思つてをります。しかし、その御世は混亂の極であり、武家による覇權爭ひの戰國時代の眞只中といへる時代でありました。

御題「夜梅」（「柏玉和歌集」第一巻　春歌上）

このごろの　身のならはしよ　小夜枕　すきまの風を　梅か香にして

身のならはしよ＝御親らの習慣よ　　小夜枕＝眠りにつくこと
すきまの風＝隙間から入つてくる風　　梅か香にして＝梅のかをりにして

【大御心を推し量る】

心静かな生活を望まれてをられたことを思ひめぐらすことは決して難しくないのではないでせうか。その境遇が偲ばれます。茲で謂ふ「すきまの風」と云ふ言葉には、荒れ果てた皇居が惱裏に浮かんでしまふからです。「心に吹くすきま風」と解釋する方も居るかも知れませんが、當時を重ねたならば「荒れ果てた皇居に梅か香を運んでくれる風」と譯されるのではないかと愚考してゐます。しかし、その環境がいかなるものであつても天皇は風流なる世界に心を遊ばされてゐます。我らもこのやうな心持ちを見習ひたいものです。

御題「盛花」（「後柏原院御百首」文龜三年自桃花節禁裏御著到和歌）

あぢきなく　花にさかりの　色香をば　心にとめて　世をやわすれむ

あぢきなく＝味氣なく　　さかりの色香をば＝滿開に咲き亂れてゐる樣子を
心にとめて＝心に留めて　　世をやわすれむ＝混亂する世の中を忘れよう

【大御心を推し量る】

文龜三年三月三日の桃の節句（上巳の節句）の歌會でお作りになられました。「寄鏡神祇」と同時期にお作りになられたものです。文龜三年は、どのやうな年であつたのか。後柏原天皇御年三十九歳で、踐祚三年目に當り、大嘗祭は勿論のこと、卽位の禮ですら齋行できない財政逼迫の時期に當ります。初句の「あぢきなく」が當時の戰亂の時代を彷彿とさせて胸に迫つて參ります。

秋歌・冬歌

御題「暁聞鹿」（「柏玉和歌集」第四巻　秋歌上）

殘るよを　をじかなくなる　徒(いたづ)らに　ねてあかすらむ　人をいさめて

殘るよを＝殘つてゐる世を　　をじかなくなる＝雄鹿鳴くなる
なくなる＝鳴くと無くなつてしまふの掛詞　　徒らに＝無爲に
ねてあかすらむ＝寝て日々を送つてゐる　　人をいさめて＝無爲の人を諫めて

【大御心を推し量る】

初句「殘るよを」と云ふ語は、晩年を表はす言葉になります。「殘り短くなつた時間であるから一日一日を大切に生きなければならない」。このやうに御親らを誡められてをられると共に、第二句と結句の「をじかなくなる」「人をいさめて」には、一切の事物事象への感謝が垣間見えるのではないでせうか。
雄鹿は有難い存在である。朕(われ)が無爲に一日を過ごさぬやうに（早朝祭祀に遲れることがないやうに）眠りから起こしてくれる。

御題「秋夕情」（「柏玉和歌集」第四巻　秋歌上）

我が心　うきにもあらぬ　哀れさの　秋ともわかず　あきのゆふぐれ

うきにもあらぬ＝憂ひでもない　　哀れさの＝しみじみとした

あきのゆふぐれ＝秋の夕暮　　わかず＝分けることが出來ない

【大御心を推し量る】

秋の夕暮のしみじみとした何とも言へぬ情感が示されてゐます。「うきにもあらぬ哀れさの秋」と云ふ表現に、總べてを超越した心を觀ることが窺へるやうに思ひます。製作年が分かりませんが、晩年の作のやうに感じます。

その御生涯は、戰國時代の眞つ只中で只管ら國家の平安と國民の安寧を祈りに祈られ、朝廷財政窮迫の中で宮中祭祀竝に宮中行事の維持と再興に取り組まれた偉大なる天皇であつたと思ひます。

御題「歲暮」（「柏玉和歌集」第六卷　冬歌）

かくこそと　人にうき世も　限りあれや　さてしもはてぬ　年の暮れ哉

かくこそと＝斯の樣にこそと　うき世も＝憂ふる世を
限りあれや＝終りが來て欲しい　さてしも＝さて、行く先も　はてぬ＝涯ての無い

【大御心を推し量る】

御題が「歲暮」とありますので、年の暮れにお詠ひになられたものと思ひます。第二句第三句に於ける「人にうき世も限りあれや」は、大御心が顯著なお言葉になるのではないでせうか。

「人」とは國民です。「國民の憂ひが去つて安寧なる世界よ早く來て欲しい」と云ふのが大御心です。「しもはてぬ」とは「未來永劫」と云ふ意味もありますが、その御心の御嘆きが果てしもないと云ふことも重ねてあるのではないでせうか。

釋教歌

御題「鏡」（「後柏原院詠百首和歌」 雜五十首）

心だに　西に向はば　身の罪を　寫す鏡は　さもあらばあれ

心だに＝心だけでも　西に向はば＝（西）とは西方淨土のこと。（死）をも意味するか
身の罪を＝己れが犯した罪を
さもあらばあれ＝然も有らば有れ。どのやうであらうとも構はない

【大御心を推し量る】

佛教に於ける「西方にある極樂淨土なる世界」を心に描くことができたならば、鏡に寫し出された我が罪はどうでも良いのだが……。このやうにお詠ひになられたのではないでせうか。

第二句「西に向はば」には、佛教で言ふところの「西方淨土」と云ふことが籠めてをられるのではないでせうか。この「西方淨土」とは、西方にある阿彌陀如來の存在すると云ふ安樂極樂の世界のことです。佛教傳來以來、歷代天皇の殆んどの方が歸依されてをられます。この室町戰國時代に於ても後小松天皇を始め、御父君後土御門天皇に至るまで佛教に歸依され、後柏原天皇も歸依されます。崩御前年の大永五（一五二五）年の疫病大流行の時には『般若心經』の寫經を行はれ延曆寺と仁和寺に納められたと云ふ記錄も遺つてゐます。

御題「大日」（「柏玉和歌集」第八巻　雑歌）

中空に　照らす時こそ　はじめなく　をはりなき身の　ひかりなりけれ

大日＝大日如來　　中空に＝大地と空の間のこと。（佛教用語）
はじめなくをはりなき＝無始無終（佛教用語）
身のひかりなりけれ＝我が身の光となつて欲しい

【大御心を推し量る】

悠遠なる巨大な大御歌です。一切の佛教の大眞理が詠ひ込まれてゐます。御題の「大日」は「大日如來」を言つてをられます。この「大日如來」は東大寺、鎌倉の大佛などの盧舎那佛のことでもあります。そして、「大日」とは「大いなる日輪」と云ふ意で、太陽を司る毘盧舎那如來が進化した佛と言はれてゐます。密教に於ける大日如來は、「諸佛・諸菩薩の根元をなす理智體で、宇宙の實相を佛格化した根本佛」とされてゐます。總べての生命あるものは大日如來に因つて生れたとされ、釋迦如來も含めて一切の佛は大日如來の化身と考へられてゐます。これは神道に於ける日本に於ける造化三神と天照大御神を併せた存在と重なります。

初句の「中空」は、佛教語で云ふ「虚空」と同義語ではないかと思ひます。この「虚空」の義は「諸事物の存在する場としての空間」と云ふことで、「中空に照らす時こそ」は、「大日如來の宇宙の實相の大眞理がこの現象界に照らされた時」と云ふ事ではないかと思ひます。

第三句「はじめなくをはりなき」は、佛教語の「無始無終」と云ふことで、これは「無明・輪廻或は眞理等が始まりも終りもない永遠である」と云ふことださうです。そして、これは『天壌無窮の御神勅』でもあります。この「はじめなくをはりなき身」と云ふ言葉は、一休禪師の「始めなく終りもなきにわが心うまれ死するも空のくうなり」と云ふ和歌を本歌とされてお作りになられた御製であらうと思はれます。

一休禪師は、後小松天皇の御落胤と云ふことで、皇室との關係も深かつたと傳へられます。

一休禪師が、大德寺管長に後土御門天皇の勅命で就任したのが文明六（一四七四）年でしたが、この時、後柏原天皇は十歳でした。一休禪師は八十一歳。後土御門天皇との關係性から後柏原天皇は大きな影響を受けられたのではないかと思ひます。

それ故に、一休禪師の「無始無終」の和歌を本歌とされてこの御製をお作りになられたのではないかと思ひます。「無始無終」とは佛教語に於ける「涅槃常樂の世界」のことで、「永遠不滅の眞理」と云ふことでなからうかと考へます。それに對して「生死無常の世界」が現實社會であり、それを超越することが修行と云ふことと一應解釋してみました。

一休禪師の、

生死（いきしに）もみないつはりの世の中に誠と云ふもなにあらばこそ

と云ふ道歌の「いつはりの世の中」が「生死無常の世界」であり、「無始無終」はそれを超越したところにあると云ふ事ではないでせうか。

御題「述懷」（「柏玉和歌集」第八卷　雜歌）

波のうへ　野山の末に　おもふなよ　道とは人の　こころなりけり

波のうへ＝混亂する戰國の世　野山の末に＝行き詰まりの人生
おもふなよ＝迷妄ふなよ　道とは人のこころなりけり＝道とは人間の心のことである

【大御心を推し量る】

下句「道とは人のこころなりけり」とあることから、後柏原天皇が到達された御心持ちを詠はれたのではないでせうか。

そして、初句と第二句の「波のうへ野山の末に」とは、「波のうへ」は當時の混亂する戰國の世の事で、「野山の末」は行き詰まりの御親らの状況が重ねられるのかも知れません。

そして、下句「道とは人のこころなりけり」を詠じた時、腦裡に浮かんだ言葉として、『孟子』告子上篇第十一章に於ける「仁人心也、義人路也（仁は人の心也。義は人の道なり）」になります。これは吉田松陰先生の次の解説を紹介しておきます。

「人心の根本を尋ね出せば、仁の一字に盡せり」と「人の心を一々省察せば、仁の外に出づることなし」

「義は卽ち人の行く所、人の行く所卽ち義なり。君子・小人ともに、日々行く所義に出でざるはなし」

後奈良天皇

第一〇五代天皇・後柏原天皇の第二皇子　明應五（一四九七）年～弘治三（一五五七）年
御在位　大永六（一五二六）年十月二十五日～弘治三（一五五七）年

後奈良天皇は、後柏原天皇の崩御後、二十九歳で踐祚されました。室町幕府の治政の失敗が重なると共に、應仁の亂が應仁元（一四六七）年に起つて後、國家の疲弊は極に達して、戰國時代となつた時代に在位されました。

在位は、齋藤道三の美濃國奪取から織田信長が尾張統一を達成する頃迄で、結局存命中には戰國動亂平定の微かな光すら見えぬ時代でした。

朝廷財政は窮乏を極め、全國から寄附金を集めて十年後の天文五（一五三五）年二月に漸く卽位の大禮を行へたのでした。此の時、戰國大名で「卽位の禮」の爲の費用を寄付したのは、大內氏、今川氏、北條氏、朝倉氏などの地方の大名達でした。

その二年後の天文八（一五三九）年は氣候不順で、八月には洪水あり、加ふるに蝗害甚しく、諸國凶作のため、翌九年の春は全國飢饉の上、惡疫流行して、天下は慘狀を極めます。

天皇は甚くこれを歎かれ、般若心經を書寫し給ふて、三寶院義堯を禁中に召され、五日間不動法を修して之を供養せしめられ、以て萬民疾病の妙藥となさんと宣せられたのです。この紺紙金泥の般若心經が卽ちそれです（『宸翰英華』より）。

天皇はその終息と平安を祈願された嵯峨天皇の御事蹟に倣ひ、般若心經の寫經を行い、諸國の一宮に奉納されんこと發願されました。その奥書には、疫病によつて多くの國民が亡くなつたのは自らの祈りが足らぬからと自らを責められてゐるのです。

天文九（一五四〇）年六月、『般若心經』の奥書（天文九年六月十七日）にはかうあります。

「今茲天下大疾萬民多阽於死亡、朕爲民父母德不能覆甚自痛焉、竊寫般若心經一巻於金字使義堯僧正供養之庶幾虖爲疾病之妙藥矣」（醍醐寺藏）

この御心は、

「今年は天下に疫病がはやり、多くの民が死に瀕しています。私の民の父母としての徳が足りないからであると思われ、とてもつらい思いです。ですから私は『般若心経』を金字で写し、義堯僧正の手によって醍醐寺三法院に納めます。心からこれが疫病の妙薬になりますよう、祈ってやみません」（松浦光修皇學館大學教授繹『宸翰榮華』より）と云ふものです。

更に皇學館大學教授の松浦光修先生は、この奥書について次のやうに述べてゐます。

民の父母として、徳が足りない」というそのお言葉は国民の一人として今、それを読む私たちでさえ、まことに恐懼の極みです。このお言葉と、後奈良天皇の行いには、ご歴代の天皇の国民に対する「無償の愛」がつまり、「見返りを求めない愛」がまことに明瞭に結晶化していると思います。まことに天皇とは「民の父母」であり、そのご聖徳に国民はひたすら感激するしかありませんが、大切なのはこの後奈良天皇とは、どういうご生涯を送られた方であったか、ということです。

天文十四（一五四五）年には、大嘗祭を齋行できないことをお詫びすると共に、國の力の衰微と民の疲弊を軫念されて伊勢神宮に宣命（せんみやう）を出されました。これについては『宸翰榮華』に次のやうに解説されてゐます。

天皇は大永六年踐祚の後、十年を經て、天文五年に卽位の式は擧げさせ給うたが、その後更に十年を經て同十四年に至るも、未だ大嘗會を行はせ給ふこと能はざるを遺憾とし給ひ、これを大神宮に謝せられた宣命案である。御文中に「敢て怠れるに非ず、國の力の衰微を思ふ故なり」と仰せられて、民の疲弊を軫念あらせられ、又下剋上の心盛にして、暴惡の凶族所をえ、國の守護たる武士の恣に御料所を押領し、爲に諸社の神事も退轉し、諸王諸臣も衰微せるを嘆かせられ、偏に神明の加護に依つて、所願成就、寶祚長久、併せて大嘗會の遂行を祈らせ給うたのである。(『宸翰榮華』より)

【後奈良天皇の御代は】

後奈良天皇がご誕生されたのは、後柏原天皇が皇太子の時で三十二歳でした。御祖父後土御門天皇五十五歳の時の明應五(一四九六)年になります。この年は、前年八月に相模トラフを震源とする巨大地震が發生して津波が押し寄せて、鎌倉・高德院の大佛殿が破壞されました。また、室町幕府の權力爭ひによつて國民も塗炭の苦しみを強ひられて、各地で德政一揆や土一揆などが頻發してゐる時期でもありました。

更に、明應七年、三歳の時には南海トラフ巨大地震も起つてゐます。關東地方では、北條早雲がその勢力を伸ばし、室町幕府の力及ばぬ所になつてしまふのですが、關東に限らず、足利幕府の權力の脆弱さは地方に於ける下剋上、弱肉強食の世の中の混亂に拍車を掛けると云ふ狀況の中で御生れになられたのでした。そして、五歳の明應九(一五〇〇)年に御祖父後土御門天皇が崩御されて、御父後柏原天皇が踐祚されました。

しかし、朝廷財政の窮迫は後土御門天皇の御葬儀もままならず、その玉體を四十九日間も皇居内放置せざるを得ない程でした。御父君後柏原天皇は、このやうな中で踐祚されましたので、「踐祚の儀」のみ、つつましく行はれるのみで、「卽位の禮」は勿論のこと、「大嘗祭」を齋行することもできませんでした。結局、後柏原天皇の「卽位の禮」は二十二年後の大永元(一五二一)年三月二十二日に漸く齋行することができました。

このやうな後柏原天皇の御世の嚴しい環境の中であつても世の平安と民の安寧を祈られる治政を見て育たれました。そして、大永六(一五二六)年四月六日に後柏原天皇が崩御されて、四月二十九日御年三十九歳の時に第百五代天皇に踐祚されたのでした。しかし、殘念なことに戰國時代の眞つ只中と云ふことと足利幕府の愚政も相俟つて皇室を始として公家に至るまで朝廷財政の窮乏は益々激化して、後奈良天皇「卽位の禮」が齋行されたのは十年後の天文五（一五三五）年二月二十六日でした。

日本の歴史上、世の中が戰亂と混亂の殺伐とした御世で御在位された天皇はこの後奈良天皇、御父君後柏原天皇、御祖父後土御門天皇の三人だけと言つてもよいと思ひます。後奈良天皇の治政は、三十二年間に及び崩御されたのは、弘治三（一五五七）年、御年六十一歳の時でした。

【和歌文化を始とする言葉文化の興隆への願ひ】

後奈良天皇の御製は、御歴代天皇に於て、戰國以前の天皇の中でも御製の製作年が最も分かつてゐます。最初の御製は御年十五歳の永正八（一五〇九）年の正月御會始の御製を最初として、崩御までの殆どの御製が製作年月がはつきりしてゐます。そんな意味では、お作りになられた背景が明徴な御製になり、御謹解申し上げるには助かりました。また、御製も多く御製總數一〇〇二首に及び、『御奈良院御集』など多くの和歌集が殘つてゐます。『後奈良院御集』『後奈良院御百首』などの和歌集、日記『天聽集』を殘されてゐます。

享祿元年には、三條西實條（さねえだ）より古今傳授を受けられて和歌の世界に於ても大きな御存在でありました。

更に、和歌御會のみならず和漢御會、樂御會など、俳句、連歌、邦樂の發展にも大きく寄與されました。特に、俳句についても江戸期が發祥と思はれてゐる言葉文化は、この戰國時代の後奈良天皇の御世にその萌芽は始まつたのです。

【御製連歌發句】

きてかへる秋もや山のからにしき　【大永七年九月廿九日　九月盡和漢御會】

花とみん梢色ふる霞哉　【大永八年二月十六日　和漢御會】

賀歌・祝言

御題「寄若菜祝言」（永正六年　正月御會始　御年十五歳）

もろ人も　かはらぬ道を　ちぎりにて　若菜つむ野の　千世のはつ春

寄若菜祝言＝一月七日の人日節句の若菜摘みで祝ふ　　もろ人も＝諸人も
かはらぬ道＝變らぬ道　　ちぎりにて＝約束であつて

【大御心を推し量る】

記録に殘る最初の御製で、十五歳の時にお作りになられたものです。正月御會始（歌會始）で披講されたこの御製は、「人日節句」の若菜摘みを詠はれて言祝（ほ）いでをられます。この節句の「人日」は、元々は一月七日は支那の「人を殺さない日」と云ふ風習が日本に傳はり、それと日本には古來から、年の初めに旬の生き生きした植物である七草を粥にして食べれば、自然界から新たな生命力が貰へ、無病息災で長生きができる「若菜摘み」と云ふ風習があり、それと合體して節句となつたと傳へられます。これらを詠ひ込まれ祝（ほ）ぎ歌とされたものです。

永正六（一五〇九）年の時期は、永正四（一五〇七）年に管領であつた細川政元が養子に暗殺されるなど室町幕府内は國内統治と關係ないところでの權力爭ひが極みを迎へてゐた頃になります。室町幕府がこのやうな狀態と云ふことは、全國各地の群雄割據の爭亂が益々激しさを増してゆく狀態でした。

御題「寄名所述懐」（永正九年後四月二十五日和歌御會　御年十六歳）

敷島の　道をはるかに　ちぎるらし　和歌のうらわの　鶴のよはひに

ちぎるらし＝約束するらしい　　和歌のうらわの＝和歌の浦廻の。歌枕

鶴のよはひに＝長壽を祝ふ表現

【大御心を推し量る】

この御製は十六歳、永正九（一五一二）年四月八日に親王宣下を賜はり、四月二十六日「元服の儀」が執り行はれましたので「元服の儀」直前の和歌御會(ごくわい)でのものです。當時の親王宣下は皇太子になると云ふ事で、次期天皇としての御自覺が垣間見えて來る御製ではないでせうか。

初句の「敷島の道」とは「和歌の道」のことです。「和歌のうらわ」についての「うらわ」は「浦廻と云ふことで、海岸の曲がりくねって入り組んだ所」のことですが、この「和歌のうらわ」は、和歌山縣の「和歌の浦」になります。そして「和歌の浦」は歌枕として多くの歌人に詠まれてゐますが、その初出は奈良時代の聖武天皇の御代が最初になります。

この紀伊國の和歌の浦には、古くから和歌の神樣として多くの萬葉人の信仰を集めてきた玉津島神社があります。そして、聖武天皇の行幸にお供してゐた山邊赤人によつて作られた萬葉歌によつて歌枕となつたと言はれてゐます。その後、多くの歌人が和歌の浦を詠つて來ました。その基となつた山邊赤人の萬葉歌を紹介します。

若の浦に潮滿ち來れば潟をなみ葦邊をさして鶴(たづ)鳴き渡る

（若浦爾 鹽滿來者 瀉乎無美 葦邊乎指天 多頭鳴渡）

御題「**水石歴幾年**」（永正十一年正月十九日　御會始）御年十八歳

動きなき　いはほの松も　春をへて　みどりにふかき　庭のいけみづ

水石＝一般的には泉水と庭石と云ふこと。ここではもう少し深い意味があると思ふ
動きなき＝動くことのない　　いはほの松も＝巖石の生えてゐる松
春をへて＝春を重ねて　　庭のいけみず＝庭の池水

【大御心を推し量る】

永正十一（一五二四）年、十八歳の時、御會始（ごくわいはじめ）でお作りになられたものです。

上句「動きなきいはほの松」は、皇統無窮なる國體を詠はれたものではないかと思ひます。「春をへて」は、戰亂の嚴しい世の中が終焉すると云ふ願ひが籠められてゐるのやも知れません。それにしても、十八歳でこれほどの理解をされてをられる事に感動します。

この御製は『天壤無窮の御神勅』を幼少の頃から理解されてをられるのではないかと想像できます。また、國歌『君が代』が重なります。永正十一年は御父君後柏原天皇が五十歳の時です。後奈良天皇はこの時期に嚴しい帝皇教育を受けられてゐたのではないかと想像できます。

御題「**立春氷**」（享祿二（一五二八）年五月二十日　春日社法樂百首和歌御會）三十一歳

くるはるや　萬代（よろづよ）かけて　龜の上の　山の岩根も　氷とくらむ

くるはるや＝來る春や　　龜の上の山＝春日大社の依代春日山（三笠山）

氷とくらむ＝氷を溶かしてくれる

【大御心を推し量る】

これは、宮内廳書陵部に在つた『後奈良天皇實錄』の享祿二年の部にあつた御製です。私が底本としてゐた『皇室文學大系』の「後奈良天皇御製」に於ても、改めて見直したところ『後奈良院御製集拾遺』の中に享祿二年の御製は三十一首もありました。それも「春日社法樂百首和歌御會」でお作りになられた御製のみです。

立春を祝ふ「賀歌」です。天皇の祈りの原點ともいへる『天壤無窮の御神勅』が籠められてゐます。それが「萬代かけて龜の上の」と云ふ「悠久永遠長壽」を表はす言葉がそれになります。

初句「くるはるや」には、後奈良天皇の切實な祈りが籠つてをられると感じます。第四句「山の岩根も」と云ふ語には、どんな頑強で難儀なことを表はしてをられるのではないかと思ひます。結句「氷とくらむ」に我が祈りによつて、この戰國の世の嚴しい環境を乗り越えてみせると云ふ強い御心持ちを籠めてをられると感じます。

御題「**立春氷**」（天文元（一五三二）年八月十二日　大神宮法樂當座）三十五歳

立ちかはる　年の若水なべて世も　春のこころのこほり解くらし

立ちかはる＝新たな年のこと　若水＝元旦に初めて天皇の祭祀に使ふ水
なべて世も＝總じて世間も　こころのこほり＝心の氷

【大御心を推し量る】

大神宮法樂當座にお作りになられたものです。「大神宮」とは伊勢神宮のことで「法樂」は「和歌を奉じて神佛を慰めること」です。「當座」は「歌會の席」のことです。

「年の若水」は、「宮中で立春の日の早朝に主水司（しゆすいし）が、祭祀に使ふ水を汲んで天皇に奉る水」のことで、その年一年の邪氣を祓ふ大きな力を持つと言はれてゐます。ここにも一刻も早く混亂の戰國の世の中が鎮靜してくれることを強く祈られてをられる姿が偲ばれるのではないでせうか。

さて、この天文元年と云ふ年は、武田信玄（十一歳）、上杉謙信（三歳）、今川義元（十四歳）、織田信秀（二十一歳）、三好長慶（十歳）と云ふ、後の戰國大名は、殆んど無名或は幼少で表舞臺には出てきてはゐませんでした。そして、戰國時代を終息させる織田信長が生れる二年前になります。

御題「鶴宿松樹」（天文三（一五三四）年正月十九日　御會始）三十七歳

たづのなく　春の日かげに　霜あさの　雲井のどけき　にはの松かぜ

たづのなく＝田鶴の鳴く　霜あさの＝霜朝の
雲井のどけき＝皇居はのどかである　にはの松かぜ＝庭の松風

【大御心を推し量る】

新春を壽ぐ大御歌です。賀歌を象徴する言葉の代表ともいへる「鶴」と「松」を詠ひ込み、新たな年を迎へる祝賀の歌になつてゐます。「田鶴」とは歌言葉で「鶴」のことで、長壽の象徴の鳥として昔から大切にしてきました。古代支那の傳説では、仙人界に棲む鳥で日本と同じやうに吉祥と長壽の象徴として古來より珍重されてきたと云ひます。

日本でも「鶴は千年、龜は萬年」と言はれ長壽吉凶の象徴として祝言として使はれました。猶、能樂の演目に「鶴龜」がありますが、天下泰平・國家の長久を祈念して祝福すると云ふ内容で天皇の祈りと重なります。萬葉の時代には、「つる」と云ふ言葉と併存してゐましたが、歌語としては「たづ」が使はれるやうになりました。

御題「追年花珍」（天文八（一五四〇）年二月六日　御會始）四十三歳

色香もて　しげきさかりの　花なれば　千年五百年(ちとせいほとせ)　はるはかぎらじ

追年＝年を追つて進行すること　　花珍＝貴重な花
色香もて＝色や香りを以て　　しげきさかりの＝繁き盛りの
千年五百年＝悠久に　　はるはかぎらじ＝春は限らじ。限りなく續く

【大御心を推し量る】

『後奈良天皇實錄』の天文八年二月六日には「和歌御會始ヲ行ハル」とあり、この時にお作りになられた御製です。「御會始」とは現在の「歌會始」です。戰亂囂(かまびす)しき時期にも毎年必ず「和歌御會」を開かれてゐました。かうした姿勢によつて日本の美しい言葉文化である和歌は守られて來ました。

この御製は、人々の心を摑んで放さない。麗はしくも華やかな百花繚亂の花（櫻か?）。その魅力溢れる時期が永遠に續いて欲しいと願はれてお詠ひになられたのではないかと思ひます。その祈りはこの天文八年には未だ終戰の形すら見えぬ時期に當ります。二年前の天文六年には、日本文化と歌道を守り續けて來た三條西實隆が亡くなり、後奈良天皇にとつてはお心細い時期でも在つたと思ひます。

※二月二十五日　北野社法樂連歌御會尋デ和歌御會ヲ行ハル。（天皇實錄）

御題「寄日祝」（「年記不知」より　六月十四日）

仰ぎ見む　ひかり和（やは）らぐ　日の影も　のどかなる世の　ためしならずや

ひかり和らぐ＝光和らぐ　　日の影も＝太陽の姿。天照大御神

世のためしならずや＝世の中のならはしではあらうか

【大御心を推し量る】

御題の「寄日祝」とは「祝」が附いてゐるので「賀歌」と云ふ事になりますが、「寄日」とある「日」は「日の恵み」と云ふことで「太陽の恵みに寄せて」と云ふ事になります。

初句の「仰ぎ見む」は、「感謝を獻げる」と云ふことです。第二句に於ける「和らぐ」の「和」と云ふ語は、日本精神の根柢にあるものと拜察します。普通には「柔らかい光」と云ふ解釋になりますが、「和」には北畠親房卿の『神皇正統記』に於ける『三種の神器』の『八尺瓊勾玉』に於ける「柔和善順」と云ふ言葉の精神が關係してくると私は考へます。

そして、上句で「和らぐ日の影も」とありますが、この「日の影」とは「天照大御神」のことであり、御製全體に於ては大神の和魂（にぎたま）による大御惠によつてこそ長閑なる世の中になると云ふことを祝言された大御歌にならうかと拜察しました。

大御心（おほみごころ）

御題「竹不改色」（大永六（一五二六）年九月當代御會始）三十九歳

すなほなる　跡のままにや　呉竹の　よよにかはらぬ　色をそふらむ

すなほなる＝素直なる　ままにや＝ままであらうか
呉竹の＝「よよ」にかかる枕詞　かはらぬ＝變らぬ

【大御心を推し量る】

踐祚後、三か月後に開かれた初めての「歌御會」の御製です。

上句「すなほなる跡のままにや呉竹の」とは、先帝後柏原天皇の御事蹟を其の儘素直に呉竹のやうに眞つ直ぐな御心を承け繼がれて御治政を行はれると云ふことを宣された御製ではないでせうか。

下句「よよにかはらぬ」とありますが、「よよ」とは「代代」で御歴代天皇の治世のことであらうかと思ひます。「かはらぬ」とは「變ることなく」と詠じられて「承け繼いでゆかれる」ことの強い御心を吐露されてをられるのではないでせうか。

御題「寄玉述懐」

風月（ふうげつ）の　道のひかりの　珠（たま）はあれど　みがかぬ身をや　神もいとはむ

風月の道＝詩歌や文章を作る道　　ひかりの珠は＝光の珠。理想の姿
みがかぬ身をや＝磨かぬ自分を　　神もいとはぬ＝神も嫌がるだらう

【大御心を推し量る】

「風月の道」つまり「詩歌文學の道」へのお心持ちを詠はれたものと思ひます。

御題「寄玉」とは、「寶玉に寄す」だと思ひます。「風月の道」は「輝く寶玉」とは如何なる事でありませう。「詩歌の道」は、決して「趣味の道」などでは無いと云ふ事ではないかと思ふのです。

本居宣長は「和歌は志を陳ぶる大道」と述べてゐます。柿本人麻呂は、「磯城島の日本の國は言靈の助くる國ぞ」と詠つてゐるやうに、後奈良天皇は「詩歌の道」を大きな言靈の集約された道と考へてをられたことがわかるのではないでせうか。

下句「みがかぬ身をや神もいとはむ」と御親らを誡められてをられる御姿に感動を覺ゆるところです。

御題「獨述懷」（享祿二（一五二九）年五月二十日　春日社法樂百首）

愚かなる　躬も今さらに　その神の　かしこき世世の　跡をしぞ思ふ

愚かなる躬も＝御親らの事　　その神の＝皇祖神のことか
かしこき世世の跡＝歴代天皇の聖の御世　　をしぞ思ふ＝偲ばしきこととおもふ

【大御心を推し量る】

後奈良天皇は、學問に於ても當代きつてと認められてをられました。ですから、この「愚かなる」と云ふ御言葉は、學問知識のことではありません。世の混亂を治め導けぬ御親らの至らなさを言つてゐるのです。

我らは思ふやうに事が運ばないと、他の樣々な事由のせいにしてしまひがちです。孟子が「身は本にあり」といひましたが、これは「總べては自からの心より起つてゐるのだ」と云ふことです。それを踏まえて更に古への事蹟を學び世の平安と安穩をお導きにならうと云ふ大御心ではないでせうか。

この御製は、父君後柏原天皇が崩御されたのが大永六（一五二六）年四月のことで、踐祚後三年後にお作りになられました。

御題「懷舊」（享祿三（一五三〇）年四月二十五日）

しづたまき　よろづを棄てぬ　古の　道しある世に　くりかへしてみむ

しづたまき＝モノの數にも入らない。本來は（賤しき）等に掛かる枕詞
よろづを棄てぬ＝澤山のことを棄てない　古の道＝歷代天皇の御事蹟
くりかへしてみむ＝取り戾してしまおう

【大御心を推し量る】

三十五歲の時にお詠ひになられた大御歌です。天皇と云ふ最高權威に存在されてをられるにも關はらず、初句に於ける「しづたまき」とは何と云ふ愼み深さでありませう。ここに權力者たちとの大きな違ひが有ります。

御題の「懷舊」とは「昔のことを懷かしく思ふこと」ですが、「古の道しある世」に戾されたいと云ふ御願ひの籠められた御製だと思ひます。「古の道」とは、平安で素晴らしい治世を行はれた皇祖皇宗を含む歷代天皇の事績のことではないでせうか。「しづたまき」は本來は「いやしき」や「數ならぬ身」など粗末なへりくだりの詞にかゝる枕詞です。しかし、ここではこの初句に御親らの事をへりくだつてをられる使ひ方をされてゐます。「よ

ろづを棄てぬ」とは、地球上に存在する總てのものと云ふ事です。これこそが一視同仁の大御心です。

御題「祝」（享祿四（一五三一）年五月二十五日）

二つなき　心にもあるか　あづさ弓　たれ治まれる　世にかへれとは

二つなき心＝それ以外に存在しない心　あづさ弓＝梓弓。「かへれ」の枕詞
たれ治まれる世＝誰によつて平安で安寧なる世の中　かへれとは＝歸れとは

【大御心を推し量る】

「二つなき心」に後奈良天皇の強烈な御意志を感じさせられます。それは、いかにしたら戰亂の世が平らかになるのかと云ふ願ひが籠められてゐるやうです。しかし、現實にはこの享祿四年は、戰亂激しき時代でした。「あづさ弓」は「かへる」にかかる枕詞ですが、意志の強さを表現してゐるやうに思へます。枕詞でない「梓弓」は、神事などで使はれる梓の木で作られた弓です。

そして「たれ治まれる」は戰亂の世を表はし、このやうな世がこのまま續いてしまふのかと云ふ御歎きと、平安の世に戻さんと云ふ強い決意を表はされた歌ではないかと思ひます。

御題「依處月明」（享祿四（一五三一）年八月二十五日）

空も知れ　くもりあらじと　秋の月　うつすこころの　代代（よよ）の雲井（くもゐ）に

依處月明＝月明を據り所にする
くもりあらじと＝曇ることはないと　　秋の月＝歴代天皇の治政を表はす
うつすこころ＝歴代天皇の大御心を今の世に「寫して」と「遷して」
代代の雲井に＝歴代天皇の御事蹟　　雲井＝歴代天皇の朝廷

【大御心を推し量る】

後奈良天皇の痛烈とも云へる願ひと哀しみが籠つてゐる大御歌です。お作りになられた享祿四（一五三一）年は、室町幕府内の將軍權力爭ひも收拾もつかなくなつてゐる狀況でした。全國各地に於ても下剋上戰亂の火の手が激しくなり、各地で一揆（特に一向一揆）なども頻發するなど、戰國時代終息の終りは見えませんでした。

初句「空に知れ」と云ふ強い御言葉に後奈良天皇の峻烈なる願ひが分かるのではないでせうか。「くもりあらじと」は、「本來はこのやうな混濁の姿など存在しない」で、「秋の月」は歴代天皇の治政を重ねられ、その大御心に少しでも據り所としていきたいと云ふ御願ひを詠はれたのではないかと思ひます。

御題「田家」（享祿四（一五三一）年四月三十日　月次御會）

いとまなみ　小田（をだ）もる民を　思ふには　かりほの露の　袖ひとつかは

田家＝農家　　いとまなみ＝仕事に精を出して暇のない
小田もる民を＝農作業に勤しむ農民を　　かりほの露＝假廬の露
ひとつかは＝一つではない

【大御心を推し量る】

この御製には、「豐葦原瑞穗國」と云ふ日本の國體觀を重ねられるのではないかと思ひます。當時は稻作農業の豊作が國民の豊かさの象徴であり、農作業に勤しむ農民への限りない慈愛の大御心を詠じられたものと思ひます。

下句「かりほの露の袖」と云ふ言葉からは、天智天皇を偲ばれてをられるのかも知れません。「秋の田の假庵の廬の苫をあらみ我が衣手は露に濡れつつ」と云ふ百人一首の御製を本歌とされたかも知れません。この天智天皇の御製は、江戸時代に尾崎雅嘉によつて書かれた『百人一首一夕語』では「百姓の辛勞をいたはらせ玉ふ配慮の有難きかな」とあり、下句に於ける「かりほの露の袖ひとつかは」に「農民の農作業の辛勞への勞り（いたはり）」を詠ひ込まれたものと思ひます。

御題「難波江」（享祿三（一五三〇）年十月二十五日）

思ふぞよ　いなばのわざも　夏ふかく　茂れるあしの　すゑの世の中

難波江＝歌枕。大阪灣　思ふぞよ＝思ふのだよ
いなばのわざも＝葦の穂のわざ。或は大國主命が兔を葦の穂で救つた逸話の事か
茂れるあしの＝繁つた葦の

【大御心を推し量る】

下句「茂れるあしのすゑの世の中」の解し方が非常に難しく思ひます。第二句「いなばのわざも」は、苦しんでゐる兔を救つて擧げた故事に由縁するのではないかと拜察するのですが、「すゑの世の中」は、「苦しんでゐる民の世の中」とも解せるのですが、私はここで詠はれてゐる「すゑの世の中」は、大國主神の慈愛の實踐が「因幡の白兔の逸話」に於ける日本精神の發露の世の中と云ふことではないかと思ひます。

この逸話は、私たち日本人の根柢に在る「困つてゐる人が居たならば手を差し伸べて救つてあげる」と云ふ道徳観が語られてゐると思ふのです。第二句「いなばのわざ」とは、それを詠はれたと思ひます。

國柄・國體

御題「神祇」（大永元（一五二一）年）

宮柱　朽ちぬちかひを　たておきて　末の世までの　あとをたれけむ

朽ちぬちかひを＝永遠の誓ひを　たておきて＝樹て置く　あとをたれけむ＝跡を垂れる

【大御心を推し量る】

大永元年は、後柏原天皇の御世で八月二十三日を以て十八年間續いた「永正」から改元されました。また、この年の三月二十二日、踐祚後二十二年後に漸く後柏原天皇の「卽位の禮」を行ふ事ができました。後奈良天皇二十五歳の時でした。お作りになられた時期の月日はありませんが、卽位の禮に關連した神祇を詠はれたことは想像に難くありません。

「宮柱」とは一般的には、皇居や神殿の柱のことをいひます。この御製では日本國そのものの柱と云ふ事ではないでせうか。それは何か。それは日本國の國體のことを云ひ、そして又「天壤無窮の御神勅」のことを言つてゐるのではないかと思ひます。それが日本國の中心の柱として存在して居るからこそ「朽ちぬ」つまり永遠に壊れないと云ふことを言はれてゐます。その誓ひを天皇は毎朝神に對し奉り御行事の中で祈られてゐるのです。そして、永遠にこの日本國が續くことを願つて次の世代に繫げんとされてゐるのです。當に日本國の精神的根幹である「天壌無窮の御神勅」を大御歌として詠はれたものではないでせうか。「天壌無窮の御神勅」とは、日本國は神國であると云ふ理念であり信念のことです。

なほ、この大永元（一五二一）年に、甲斐國で武田信玄が誕生してゐます。

御題「岸海」（天文十一（一五四二）年二月千首和歌）

むす苔の　ちりもはらはじ　庭きよみ　うごかぬ岸の　水のみどりに

むす苔の＝生えてゐる苔の　ちりもはらはじ＝塵を祓おうではないか
庭きよみ＝庭は清らかである　うごかぬ岸の＝動かぬ岸の

【大御心を推し量る】

「むす苔の」は、日本の國の長い歴史のことではないかと思ひます。「ちり」は、御親らの御世に於かれて國民が苦しみに喘いでゐる狀態のことに思へます。これを後奈良天皇は、總べて御親らの責任と捉へられてをられますが、その時代を作るものはその時代の國民の心ではないでせうか。

大川周明氏は、「總べての國家は、不動の巖の上に建てられたる家にたぐふべきものに非ず。國民の魂を礎とし且國民の魂を以て組立てられたる家である」（『日本二千六百年史』）と言はれてゐます。

我ら國民の魂が、この國の現在の姿を顯はしてゐるのです。それでも天皇は、御親らの責任として、この國の氣高く貴い眞の姿を信じられて、淸らかな世界の現出を願はれてゐる大御歌と思ひます。

この天文十一年は、美濃國で齊藤道三が守護であつた土岐賴藝（よりあき）を追放して國主となり、甲斐國では武田晴信（信玄）が父親の信虎を追放して實權を握ります。更に今川義元も駿河國を中心に大きな勢力を確立しつつありました。このやうに戰國時代も彌々最終章に近づいてきた時期に當ります。

御題「述懷」（『後奈良院御製集拾遺』より　天文十一（一五四二）年二月千首和歌）

道しあれや　たれもなべての　家の風　傳へしままの　世世に任せて

道しあれや＝正しい道よ在つてくれ　　たれもなべて＝どんな人總べても
家の風＝家風　　傳へしままの＝傳へたままの

【大御心を推し量る】

「家の風」とは「家風」と云ふことで、言葉をかへると「祖先の遺風」のことであらうかと思ひます。日本本來の社會形態は家族社會が重要な要素となつてゐると私は考へてゐます。

「たれもなべての家の風傳へし」と云ふ言葉には、日本の家族社會の本質が有るのではないかと思ひます。如何なる人であつても、その家の祖先の家風を大切に子孫に傳へて來たのが日本の家族社會であつたと思ふのです。

今も公家に於ては、夫れ夫れの家に於て家業と云ふものがあり、當主になるには、その家業を承繼しなければなりません。攝關家と云はれる近衞家、九條家、一條家、二條家、鷹司家は、みな「有職故實」と云ふ家業です。また、清華七家は、雅樂や裝束、歌道などを家業として護り續けてゐます。知人である四條家は、庖丁道と和食を家業として現代に於ても普及活動の先頭に立つてゐます。

戰後教育で、歐米の個人主義教育によつて日本の家族制度が破壞されてしまつたことで、本來の姿である家族社會が危機を迎へてゐると云へます。

神祇・祭祀

御題「寝覺春風」（天文三（一五三四）年九月二十五日）

いづれとか　かざしていはじ　榊葉の　ときはに頼む　神のめぐみを

いづれとか＝何處であらうとも　かざしていはじ＝餝して言はうか
榊葉の＝神前に餝る榊。靈籠もる木　ときはに頼む＝常磐に頼む

【大御心を推し量る】

早朝祭祀に向かはれる時のお心持ちを詠はれたのではないかと思ひます。

上句「いづれとかかざしていはじ榊葉」とは祭祀で奏上する祝詞のことであらうかと思ひます。「ときはに頼む」には後奈良天皇の祭祀に對する強い決意が籠められてゐます。「常磐」とは「巖石のやうに悠久に變らぬこと」の義があります。結句の「神のめぐみを」と云ふ言葉には「國民總べてが神の惠みによつて幸福安寧であることを願はれる天皇の大御心」が籠つてゐます。

天皇祭祀とは、宮中祭祀の中でも天皇御親ら祭祀を齋行するもので御親祭とも呼ばれます。令和の御世に於て行はれてゐる「天皇祭祀」は次のものであらうかと思はれます。

「四方拜」「歳旦祭」「元始祭」「昭和天皇祭」「祈年祭」「皇靈祭」「神殿祭」「神武天皇祭」「節折」「明治天皇例祭」「新嘗祭」「神嘗祭」「大正天皇祭」

御題「社頭祝」（享祿三（一五三〇）年三月二十五日）

濁らじな　こころのしめの　かけまくも　かしこき末の　五十鈴河波（かはなみ）

濁らじな＝決して濁ることはない　こころのしめの＝心の注連縄（しめなは）か
かけもくもかしこき末の＝掛け卷くも畏こき末裔の　五十鈴河波＝伊勢神宮

【大御心を推し量る】

伊勢神宮を詠はれたものです。初句「濁らじな」と云ふ強い言葉には、御親らの心を常に清廉に保つことを願はれてをられることがわかります。祭祀を齋行されると云ふことは神と對峙して祈ることであり、それには心身共に汚垢の無い狀態を保つことでその祈りが強力なものになると云ふ事であらうかと思ひます。

結句の「五十鈴河波」とは、伊勢の內宮のことで同時に其處に鎭座されて居られる天照大御神の事であらうかと思ひます。

この享祿三（一五三〇）年の頃の伊勢神宮は、戰亂によつて遷宮行事すらできない狀況でした。このことを重ねたならば後奈良天皇さまのご心痛は如何ばかりであつたか想像に難くありません。初句「濁らじな」にはそんな狀況であつても決して濁ることはないのだと云ふ御心を表はされてをられると思ひます。

御題「豊明節會」（享祿三（一五三〇）年六月二十五日）

少女子が　かへす袖にや　月さゆる　とよのあかりの　残るおもかげ

少女子が＝五節舞を踊る五人の舞姫　袖にや＝袖であらうか

月さゆる＝大氣の中で澄み切つた月のこと　とよのあかり＝豊明節會のこと

【大御心を推し量る】

「豊明節會」とは、大嘗祭或は新嘗祭の後にくる午日又は辰日に行はれる供宴の儀式で、新穀供御の神事です。新嘗祭竝に大嘗祭で神に供へた新穀を天皇が初めて召し上がり、皇太子以下諸臣にも祭祀で使はれた黑酒白酒などを賜はります。

大嘗祭・新嘗祭は原則として十一月の下の卯日に齋行されますが、大嘗祭は午日、新嘗祭は辰日に行はれます。この大嘗祭は先々帝後土御門天皇を最後に、新嘗祭は後花園天皇の御代で中斷してゐました。大嘗祭、新嘗祭ともに再興されてゐないことを重ねた時、豊明節會だけ行はれてゐたとは考へ難く、後奈良天皇が齋行できない嘗祭をぜひとも再興されたいと云ふ強い願ひが籠められた御製ではないかと思ひます。

初句「少女子」は、豊明節會で奏される舞樂の中の舞姫のことです。これは平安時代の僧正遍昭が作つた百人一首の和歌「天津風雲の通ひ路吹きとぢよ　をとめの姿しばしとどめむ」も同じ豊明節會での五節舞を舞ふ乙女を詠ひ上げたものが重ねられます。

この「五節舞」は、平安時代には大嘗會（舞姫五人）、新嘗會（舞姫四人）で奏されました。五節舞姫が舞の中で五度、袖を翻して五節舞を舞ふのが「五節舞」になります。その伴奏は龍笛、篳篥、和琴、拍子。舞姫はおすべらかしに袙裝束（單、袙、唐衣、裳）、手には檜扇を持ち、この舞に限り、唐衣の上から小腰を付けて踊ります。

この「五節舞」は南北朝以降廢絶されてしまひ、後奈良天皇の御世では當然ですが、齋行されてをられません。ですからこの御製は現實を詠はれたものではありません。明治天皇の大嘗祭では五節舞は行はれず、大正の大禮で復興されました。雅樂に於ける歌舞で唯一の女舞であり、十二單衣に檜扇をもつ五人の娘子によつて奏されます。その歌を大歌といひ、次の歌詞に合せて舞はれます。

乙女ごがをとめさびすもから玉をたもとに巻きてをとめさびすも

五七五七七の三十一文字になつてゐます。

平成の「即位の禮」では、「大饗の儀」が終はつた後、同じ國風（くにぶり）である「久米舞」とともに列席者に披露されました。令和の大嘗祭に於ても同じやうに披露されたものと思はれます。

御題「名所述懐」（「年記不知」より　六月十三日）

よろづ世を　祈る神路の　山なれば　くもらぬ日影　なほあふぐかな

よろづ世を＝悠久の世を。また、世の中の總べてをと云ふ意味も重ねてある
神路の山なれば＝伊勢神宮であるならば　くもらぬ日影＝輝きに滿ちてゐる天照大御神
なほあほぐかな＝更に尊崇させて戴くませう

【大御心を推し量る】

「名所」とは「伊勢神宮」のことです。上句「よろづ世を祈る」と云ふことに祭祀の根幹が籠められてゐます。伊勢神宮は、天皇の祭祀の補完をされてゐる一心同體の存在です。その祭祀、祭禮は基本的に宮中祭祀と同じものが齋行されてをり、特に「新嘗祭」は、明治四年までは伊勢神宮のみで行はれてゐた祭祀でした。

伊勢神宮によりますと、新嘗祭は「神宮で最も古い由緒をもち、天皇陛下の大御心を體して、天照大御神に新穀を奉り收穫の感謝を捧げる祭典」と云ふことです。つまり、天皇祭祀の代行をされて齋行してゐるのです。室町時代から江戸時代までは、宮中祭祀の中に新嘗祭はありませんでした。そして、勅使を奉幣使として官幣大社發遣されてをられました。このことから、天皇と伊勢神宮は不二一體の御存在であるとはつきり分かります。

御題「神祇」（享祿三（一五三〇）年十二月二十五日）

いそのかみ　古き茅萱(ちがや)の　宮柱(みやばしら)　たてかふる世に　逢はざらめやは

いそのかみ＝石上神宮　　古き茅萱＝古くなつてしまつた茅の屋根
宮柱＝神社の心柱　　たてかふる＝建て替へる。遷宮を行ふ
逢はざらめやは＝逢へないのであらうか。いやきつと逢へるに違ひない

【大御心を推し量る】

三十五歳のときの御製です。「いそのかみ」とは、奈良縣天理市にある石上神宮のことです。伊勢神宮と竝ぶほど歷史の古さを持つてゐる日本最古の神社です。この御製では「古き」に懸かる枕詞として使はれてゐる可能性もあります。「茅萱」とは茅葺きの屋根です。

これは石上神宮のご遷宮實現を願はれ、必ず建てかへなければならぬし、さうせずにはおかぬと云ふ、強い意志を感じます。世の中に平安と安穩が訪れることがなければ御遷宮などは出來ません。一日も早く戰國の世が八百萬神々の力を結集して終焉することを願はれての大御歌です。

石上神宮の御祭神は、石上大神(いそのかみおほかみ)になり、第十代崇神天皇七年に創建されたと傳へられます。武門の棟梁とも言

はれる物部氏の總氏神とも言はれてゐます。別名「石上神」「布留神」とも呼ばれてゐました。この年の一月には、上杉謙信が越後國で誕生してゐます。

御題「神祇」（享祿四（一五三一）年七月二十五日）

今も世を　神にまかせて　石清水（いはしみず）　ふたたび澄まむ　影をこそ待て

今も世を＝今もこの世の中を　石清水＝一點の濁りの無い水。石清水八幡宮も掛けてあるか
澄まむ影をこそ＝澄み切つた姿をこそ

【大御心を推し量る】

「神にまかせて」と云ふ言葉には、自らの力でもどうしやうもなく、世が混亂してゆく世の中を總ての神の御力をお借りして、元の平安で安穩な世にしたいと云ふ悲痛な御心と神に祈る心構へが籠められてゐるやうに思へてなりません。「石清水」とは「濁りのまつたく無い清らかな水」のことです。それは、「平安で安寧で淸らかな世の中」を垂示してあるのでは無いかと思ひます。

しかし、當時は戰亂戰國の時代でした。この享祿四（一五三一）年は、正月早々細川高國と木澤長政等が京都市中で戰ひ、東山周邊が燒かれてしまふと云ふ事件が起きてゐます。この頃、齋藤道三が美濃國の領主となつてゐます。

御題「旅行（たびゆき）」（天文元（一五三二）年八月十二日　大神宮法樂當座）

むぐみある　向後（きやうご）にこえて　神路山　ふかきに迷ふ　こころともなし

むぐみある＝恵み有るか　　向後にこえて＝今から後に越えて
神路山＝伊勢神宮の裏山。伊勢神宮そのものを云ふ場合もある
ふかきに迷ふ＝奥深さに迷ふ　　心ともなし＝心は知れない

【大御心を推し量る】

御題が「旅行」と云ふことですが、室町戰國時代に於ては京都市中以外の行幸（旅行）はありませんでした。ですから後奈良天皇は伊勢神宮に懷ひを馳せてお作りになられたものと思ひます。この時期の伊勢神宮は遷宮行事もできぬ程財政が窮迫してゐました。

さて神路山は伊勢内宮の五十鈴川上流域の總稱の山域であり、標高は二八六米でその昔は遷宮に用ひる檜を調達する神宮林の在る伊勢の御杣山（みそまやま）でもあり神域になります。

但し、南北朝時代の長慶天皇の御世の第三十四回式年遷宮（一三七〇）までは神路山を中心とする神宮林の檜を使用してゐましたが、枯渇した爲、現在では木曾谷の神宮備林からの檜を使用して、遷宮は行はれてゐます。それでも伊勢神宮では大正時代から檜の植林を行つて、第六十三回式年遷宮から神路山の神宮林から使へるやうになると云ふ事です。「神路山」は「天照山（あまてるやま）」とも呼ばれてゐます。中世以降は歌枕になり、多くの和歌が作られてゐます。

御題「名所浦」（天文元（一五三二）年八月十二日　大神宮法樂當座）

誠あらば　手向（たむけ）はうけよ　伊勢の海や　なぎさもきよし　玉藻沖津藻

名所浦＝名所の濱邊　あらば＝あるならば　手向＝獻げ物
なぎさもきよし＝渚も清し　玉藻沖津藻＝沖に漂ふ美しい藻

【大御心を推し量る】

「名所浦」とは、伊勢志摩灣の二見浦のことを詠じられたものです。二見浦は、伊勢神宮を流れる五十鈴川が伊勢灣に注ぎ込む濱邊で、その昔は神宮參拜に於ける禊場（みそぎば）と云ふ役割を擔つてゐました。

そして、この二見浦には遙か奈良時代前に行基によつて創建されたと傳はる「二見興玉神社」と夫婦石があります。二見興玉神社の主祭神は、外宮の豐受大神（とようけのおほかみ）と同一神の宇迦御魂大神（うかのみたまのおほかみ）と猿田彦大神（さるたひこのおほかみ）が祀られてをり伊勢神宮とは深い因縁の神社です。

宇迦御魂大神＝『古事記』に於ては須佐之男命と神大市比賣（かむおほいちひめ）との間に生れたと傳はる。『日本書紀』では本文ではなく一書第六に伊邪那岐神と伊耶那美神の間に生れたとある。「ウカとは穀物・食物を意味する古語で同義の言葉「ウケ」といづれも（稻の靈）と云ふ意味もある。

猿田彦大神＝この神は、天孫降臨時に道案內をした神で、その後天宇受賣命と夫婦となり伊勢の地に暮らし、八咫御鏡の安住の地を準備したと傳はる神。

御題「伊勢」（天文三（一五三四）年後正月二十五日）

五十鈴河　うくるながれは　ひとつにて　たつしら波の　清きこころを

うくるながれは＝受ける流れは　　ひとつにて＝一つにて

たつしら波の＝立つ白波の　　清きこころ＝清廉で汚垢の無い心

【大御心を推し量る】

「五十鈴河」とは伊勢神宮を流れる淨めの清淨なる川です。「うくるながれはひとつ」とは、倭姫命（やまとひめのみこと）によつて天照大御神の分身である「八咫御鏡」が伊勢の地で祀られるやうになつた大御心の事ではないかと思ひます。それ迄、皇室でのみ祀られたものを國民總べてがその天照大御神の慈愛を受けられるやうにと云ふ大御心が垂仁天皇によつてなされたと愚考してをります。つまり、國民の安寧を願ふ大御心のことではないかと思ひます。

この天文三年は戰國時代を終焉させる稀代の英雄織田信長が尾張國に誕生します。後奈良天皇の御世の頃の伊勢神宮は、最も重要な行事である「御遷宮」が、戰亂と財政難から百三年間の中斷を餘儀なくされてゐた時期に當ります。それを再興したのが織田信長です。織田信長公を祀られてをられる京都の建勳神社の宮司のお話の中で、伊勢神宮遷宮行事再興にまつはることを述べてゐます。

戰國時代になりますと、全く途絶え、百年餘りが打ち過ぎました。それを再興したのが織田信長公であります。今回の第六十一回目のご遷宮の費用が三百二十七億圓、八年がかりでありますが、ご遷宮は本當に巨額の費用と長い年月がかかるもので、三百二十七億圓あれば今日では超高層ビルが二つ三つ建つ金額であります。信長公の時代でも錢三千貫目という金額は大變巨費であったに違ひありません。しかし信長公は軍事的に、又、經濟的に日本を統一するだけでなく、すさみにすさんだ戦國の人心を一つにまとめる爲、かういった傳統の再興に惜しげもなく巨費を投じられたのであります。

現代では、戦國時代を單なる權力奪取のための覇道のみに目を向け、このやうなことに目を向ける人は皆無かも知れませんが、私は、信長の功績の第一は、治政を天皇中心主義に戻したことであると考へてゐます。

ただ、この御製をお作りになられた時から三十年から四十年ほどの後まで伊勢神宮の御遷宮は待たなければなりませんでした。

御題「寄社祝」（「年記不知」より　六月十二日）

ことの葉の　つきせぬ道も　さらになほ　ただしく守る　住よしの神

ことの葉＝言の葉。祝詞　つきせぬ＝盡きる事の無い
さらになほ＝更に更に　住よしの神＝住吉大神。御祓（みそぎ）の神樣

【大御心を推し量る】

この御製、「住吉社法樂」御製ではないかと思ひます。さて、現代では住吉大社は勅祭社十六社の中には含まれてをりません。しかし、それ以前の勅祭社二十二社の中には入つてゐます。そんな中でも天皇から特に大切にされてきたことが、「住吉社法樂和歌」を毎年獻上されてをられたことからも分かります。

「さらになほただしく守る」とあることで「ことの葉のつきせぬ道も」が如何なるものであるかを考へなければならないと思ひます。「ことの葉」とは「神へ奏上する言葉」つまり「祝詞」と云ふことです。と云ふことは「誓

願の言葉」と云ふことになります。その誓願の祝詞は、盡きる事なく、且正しくなければならぬと云ふことであらうかと思ひます。

御題「曉神祇」（「年記不知」より　八月七日）

春日山　たつ日にきても　ふかきよに　祈るを神の　うけざらめやは

春日山＝春日大社　たつ日にきても＝春日祭の日　ふかきよに＝並大抵ではない世の中
うけざらめやは＝受けてくれるだらうか。いやきつと受けてくれるに違ひない
を神＝神を強調する「を」がついてゐる

【大御心を推し量る】

御題「曉神祇」とは、「早朝祭祀」のことです。初句「春日山」は春日大社のある「御蓋山（みかさやま）」です。と云ふよりも「春日大社」そのものを表はされてゐると拜察します。春日大社の「春日祭」は、「三大勅祭」のひとつであり、京都の「賀茂祭（葵祭）」、石清水八幡宮の「石清水祭」とこの祭が「三大勅祭」です。

この「勅祭」とは、祭禮の際に、天皇陛下より勅使が發遣される特別な祭禮であり、この勅使が發遣される神社は勅祭社と呼ばれます。日本ではこの三大勅祭の勅祭社の他に現在では十六社あります。

この勅祭社の選定はこの戰國時代からは變遷してきたやうです。現在の十六社が定められたのは、昭和二十（一九四五）年と云ふことです。現代に於ける勅祭社は、春日大社の他、石清水八幡宮、上賀茂神社、下鴨神社、熱田神宮、出雲大社、橿原神宮、鹿島神宮、香取神宮、近江神宮、平安神宮、宇佐神宮、大宮氷川神社、香椎宮、明治神宮、靖國神社。なほ、伊勢神宮は別格ですのでこの勅祭社に含まれません。

御題「葵露」（天文三（一五三四）年四月二十五日）

神まつる　けふ小葵（こあふひ）を　とる手にも　山路おぼゆる　今朝のしらつゆ

神まつる＝神様をお祭りする　小葵をとる手にも＝二葉葵を取る手にも
山路おぼゆる＝神山の山路を感じる

【大御心を推し量る】

「葵祭」の情景を早朝の白露を見て記憶をせられ詠はれたものであらうかと思ひます。葵祭は、後奈良天皇の御世には「路頭の儀（葵行列）」は斷絶してゐた時期です。應仁の亂以降の混亂は、京都に於ける様々な行事が中斷せざるを得なくなりました。特にこの賀茂神社の「葵祭」と八坂神社の「祇園祭」が擧げられます。

「葵祭」は祇園祭とは違ひ、勅祭で天皇より勅使が派遣されて成立する祭りです。明應九（一五〇〇）年には、京都町衆によつて祇園祭の山鉾巡行が復活しますが、勅祭であつた葵祭は、記録によれば文龜二（一五〇二）年には勅使派遣すら中斷してしまつたとあり、その後元祿七（一六九四）年に復興される迄、約二百年もの間斷絶してしまつたとあります。但し、これは行列のことだけであつて私の想像ではありますが、祭祀そのものは齋行されてゐたに違ひないと思ふのです。

明治初期には、東京遷都や神祇制度の改變などから「勅使行列」も縮小されましたが、明治十七（一八八四）年に復活したと云ひます。この御製をお作りになられたのが賀茂祭が行はれなくなつて卅年經つてをり、御回想の中で詠じられたのではないかと思ひます。

御題「名所山」（享祿四（一五三一）年十月二十五日　月次御會）

そのかみを　いかに問はまし　をしほ山　神代ふりぬる　峯の松かぜ

そのかみを＝その神を　　問はまし＝問ひかけたならよいだらうか
をしほ山＝京都市西京區大原野にある山。歌枕　　神代ふりぬる＝神代から年を重ねてきた

【大御心を推し量る】

第三句「をしほ山」は「小鹽山」で歌枕になつてゐます。この「をしほ山」が最初に使はれたのが『古今集』の在原業平の和歌です。

「大原やをしほの山も今日こそは神代のことも思ひいづらめ」（『古今集』八七一）

その後、『源氏物語』でも「行幸」の中で二首あります。この「小鹽山（標高六二〇Ｍ）」には、平安時代初期の第五十三代淳和天皇がその山頂に崩御の遺灰を散骨した神聖な山と云ふことから御尊崇の篤い山になつてゐます。このやうなことから初句「そのかみを」と詠ひ出されたのではないでせうか。

御述懐

御題「往事如今（あふじじよこむ）」（『後奈良院御製集拾遺』より　享祿二（一五二九）年五月二十日　春日社法樂百首）

後（のち）の今を　見るとも　かくやいにしへを　慕ふもおなじ　夢の世の中

往事＝昔のこと　如今＝今の如し　後の今を＝未來を
見るともかくや＝見ようとも　かくやいにしへを＝このやうに昔のことを

【大御心を推し量る】

「春日社法樂」とありますので、奈良の春日大社の爲の御法樂でお作りになられたものと拜察します。この春日大社は奈良時代（七六八）に平城京の守護と國民の繁榮を祈願するために創建された神社で、高天原の神である武甕槌命（たけみかづちのみこと）と共に、中臣氏・藤原氏の氏神である天兒屋根命（あまのこやねのみこと）が祀られてゐます。

結句の「夢の世の中」と云ふ御言葉に深い意味が籠つてゐるのではないでせうか。

さて、春日大社に祀られてゐる「藤原氏・中臣氏」こそ日本の歴史上もつとも重要な氏族です。奈良朝時代に朝廷權力を握り、その後江戸時代末期つまり幕末まで朝廷を支へ續けた氏族です。この日本の國體の歴史に於て、二千年以上に亙つて天皇の輔弼機關として存在したのが公卿制度ですが、そこで常に中心に居たのが藤原中臣氏一族です。私はできるだけ早くこの公卿制度が復活することを願つてゐます。

御題「社頭月」（天文十年九月二十七日　住吉社法樂）

波かぜを　松にをさめて　住吉の　はまのみなみは　月ぞさやけき

波かぜを＝波風を　をさめて＝收めて
住吉のはまのみなみは＝住吉大社の濱の南は　さやけき＝淸らで爽やかだ

【大御心を推し量る】

住吉大社の法樂和歌として詠はれたものです。當時、住吉大社は、戰禍によつて度々燒失するばかりではなく、社殿の式年遷宮も出來なくなる程、式微の極みといへる時代でした。この御製には、吉き言靈の籠りし法樂和歌で一刻も早く平安な社會を取り戻したいと云ふ願ひが籠つてゐます。

住吉大社は、攝津國（現在の大阪府北中部大半と兵庫縣南東部）の一之宮で、御祭神は淨化の神である住吉大神筒男三神（底筒男命、中筒男命、表筒男命）になります。

この住吉大神は、『古事記』神代編の天照大御神ご誕生の時の話に於て伊邪那岐神が、黄泉國（死者の世界）から歸り、穢き國からの穢れをを淨める爲に橘の小門の阿波岐原にて、御祓祓ひ淨めた時に生れた住吉大神であり、神社の由緣には、「住吉大社の夏祭り『住吉祭』が單に『おはらい』と呼ばれ、大阪はもとより攝津國・河内國・和泉國ひいては日本中をお祓ひする意義があるほど、古くより「祓の神」として篤い崇敬を受けてきました」とあります。

『古事記』の一節は次の通りです。

是を以て伊邪那岐大神詔り給はく、
「吾は伊那志許米上志許米岐（此の九字は音を以ゐよ）穢き國に到りて在り祁理。
故吾は御身の禊爲な」とのり給ひて、
竺紫の日向の 橘 小門の阿波岐原に到で坐して、禊祓ひ給ひき。

（中略）

其の底筒之男命・中筒之男命・上筒之男命
三柱の神は、墨江の三前の大神なり。
於是、左の御目を洗ひ給ひし時に、成りませる神の名は、天照大御神、
次に右の御目を洗ひ給ひし時に、成りませる神の名は月讀命、

次に御鼻を洗ひ給ひし時に、成りませる神の名は建速須佐之男命。

御題「釣漁」（享祿四（一五三一）年二月二十五日）

世の中の　波のさわぎは　知らねばや　釣する舟の　しづかなるらむ

釣漁＝釣竿による漁　知らねばや＝知らないのであらうか
しづかなるらむ＝靜かなことだ

【大御心を推し量る】

上句「波のさわぎ」は、當時の戰國時代の爭亂を重ねてゐます。享祿四（一五三一）年二月には、幕府管領細川高國と前將軍足利義稙の養子義維を擁した三好元長軍による享祿の亂が起つた時期です。この戰亂によつて足利將軍義晴と管領細川高國は、戰ひに敗れて京都から近江國に逃れてしまふほど皇居のある京都は混亂を極めてゐました。この御製の「波のさわぎ」には、このやうな背景があつたと思はれます。

下句「釣する舟のしづかなるらむ」は、現實に見てゐる風景ではなく、後奈良天皇の「このやうになつて欲しい」と云ふ強い願望の御心が創り出してゐる風景です。

第三句「知らねばや」と云ふ語は、「知らないのであらうか」と云ふことですが、これは後奈良天皇の苦しみの御心を重ねる事ができます。御題の「釣魚」は平安な世の中を表はし、一刻も早く民の生業がしづかなる世の中で行ふ事ができる願望が叶はぬと云ふ苦しみが拜察できるのではないでせうか。

御題「山家鳥」（天文元（一五三二）年八月十二日　大神宮法樂當座）

世をいとふ　おく山人も　桐にすむ　鳥とともにぞ　出づるをぞ待つ

世をいとふ＝世の中を厭ふ　　おく山人＝山奥に住んでゐる人も
桐にすむ鳥＝鳳凰のこと　　ともにぞ出づるをぞ＝一緒に出ることを

【大御心を推し量る】

天文元（一五三二）年は、七月二十九日に享祿五年から改元されました。改元の理由は「兵革」つまり戰亂が激しい事に因ります。

「桐に住む鳥」とは。「鳳凰」のことであらうかと思ひます。この鳳凰と云ふ鳥は支那の傳説の鳥で、決して殺生をせずに「桐に宿り」竹の實以外は食べないとされてゐます。鳳凰が飛ぶ時は雷が鳴らず風雨も起こらず、河川は溢れず、他の鳥や蟲も鳴くことは無く、翼のはためく音は、瞎（かつ）の音のやうだと言はれてゐます。

そして、鳳凰は雌雄二羽で夫婦和合のシンボルでもあります。鳳が雄で「節節（せつせつ）」と鳴き、凰が雌で「足足（そくそく）」と鳴きます。その姿は黄金に輝き燃えるやうな五色に彩られて、首は蛇のように長く、龍の紋と雞の嘴（くちばし）を持ち、高さ五〜六尺、天下太平の時にしか現れず、東方より太陽の光に乘つて飛んでくると云ひます。

この「鳳凰」を「出づるをぞ待つ」とは、輝きの滿つる世の中となることへの後奈良天皇さまの御願ひが籠められてゐると思ひます。

御題「寄夢懷舊」（『後奈良院御製集拾遺』より　天文十一（一五四二）年二月千首和歌）

諫むるも　ありしながらに　たらちねの　いくたび夢の　昔をか見し

ありしながらに＝あつたことながら　たらちねの＝御母豐樂院さまのことか
いくたび＝幾度。何度も　昔をか＝昔を、「か」は格助詞

【大御心を推し量る】

「たらちね」は、御母上である「豐樂門院様」のことですが、もう一つ父帝である後柏原天皇の事とも考へられます。「たらちね」は、『萬葉集』の頃には、「(母)の枕詞」でしたが、平安中期頃から「親」或は「父母」を直接表はす語となつてゐます。ですから、この時期には、「親」と云ふことで使はれてゐます。

ただ、後柏原天皇が崩御されたのが大永六（一五二六）年と十五年以上も前の事であり、御母豐樂門院さまは、この御製の七年前に當る天文四（一五三五）年に薨去されてをられることから、この御製は豐樂門院さまを思ひ出されて詠じられたものと拜察します。

御母豐樂門院の逸話は、殘念なことに遺つてゐませんので詳しい事は解かりません。

御題「恨」（『後奈良院御製集拾遺』より　天文十一（一五四二）年二月千首和歌）

今更に　身をこそたどれ　なに故と　人にはるけむ　うらみどころを

身をこそたどれ＝自分の行ひを辿つてみよう　なに故と＝何故なのかと

人にはるけむ＝人にはらひのけただらうか？　うらみどころを＝恨みに思ふ心を

【大御心を推し量る】

歴代天皇の中でも殆んど見ることのない御題である「恨」と云ふ語に驚かざるを得ません。確かに和歌と云ふ言靈の世界は、紀貫之が『古今集序』で述べてゐるやうに「人の心を種としてよろづの言の葉とぞなれりけり」とありますので「恨の心」を種として歌を作ることはあり得ることなのですが、歴代天皇に於ては「憂ひ歌」はありますが、「恨歌」の御製は私の調べた限りではありませんでした。強ひていへば「恨戀」と云ふのは何首かは見たやうに記憶しますが、「恨」一字を御題にしてゐる御製はこれが最初で最後のやうに思ひます。

お作りになられた時期は、戰國時代が佳境となり、前年の天文十年には遠江國では今川義元がその勢力を伸張し、甲斐國では二十一歳となつた武田信玄が、父信虎を追放して權力を掌握し、齊藤道三も美濃國で守護であつた土岐賴藝（よりあき）を追放して勢力を強めてゐます。後奈良天皇の平安への祈りが中々屆かぬ狀況でした。

御題「名所述懷」（「年記不知」より　六月十日）

世を渡る　ひとよながらの　橋柱　ながらへ行かむ　すゑもはるけし

ひとよながらの＝一代ながらの　橋柱＝橋を支へる柱
ながらへ行かむ＝生き永らへて行かうとしても

【大御心を推し量る】

御題が「名所述懷」と云ふことですので、日本で有名な名所に對して後奈良天皇の御述懷を御製にされたものであらうかと思ひます。

「名所」とは日本三景の一「天橋立」であらうかと思はれます。當然ですが、後奈良天皇はこの天橋立を御覧になられたことはありません。何故ならば、記録では後奈良天皇の行幸の記録がないからです。つまり、皇居から一度も出られていませんでした。しかし、敍景歌といへる御製も多く遺されてをられます。伊勢を詠はれたり、奈良を詠はれたりすることができたのは何故なのでせうか。

當時に於ては、映像などは勿論寫眞なども存在しません。それでも、まるで見てゐるが如き和歌を作れるのは、想像力が豊かであつたに違ひありません。

第二句「ひとよながら」は、「一代或は一世」と「人の世の中」の掛詞になるのではないかと思ひます。

戀歌

御題「片戀」（「後奈良院御製集拾遺」より　天文十一（一五四二）年二月千首和歌）

人よいかに　みえぬ心の　ほどばかり　慕ふつらさの　くらべ苦しき

人よいかに＝愛しい人よどうして　みえぬ心の＝見えることのない心
心のほど＝心の有様　慕ふつらさの＝片想ひのつらさ
くらべ苦しき＝心を通はせても苦しいことだ

【大御心を推し量る】

天文十一（一五四二）年は、四十七歳になつてをり、果たして現實の片想ひの戀を詠はれたかどうかわかりません。しかし、第七皇女聖秀女王が誕生されたのが十年後の天文二十一（一五五二）年ですので、現實の戀を詠はれたものかも知れません。

ただ、初句「人よいかに」とある御言葉は、「民」のことと思へてなりません。御親らの國民に對する愛ほしむ大御心を理解してくれない事を歎かれての御製と解すのは穿ち過ぎでせうか。「心のほど」と云ふ御表現は、戀の歌であるならばなんともいへぬ美しい戀心を表はす言葉に私は感じます。

哀傷歌

御題「霜夜鶴」（永正十四（一五一七）年十月二十五日）

霜まよふ　空にきこえて　よるの鶴（たづ）の　雲井（くもゐ）をこふる　聲のあはれさ

霜夜鶴＝霜の夜の鶴。この御製では御親らのことか　霜まよふ＝霜が降りてくる　きこえてよるの＝聞えて夜の　雲井をこふる＝遙かに離れた故郷を戀ふる

【大御心を推し量る】

寒夜に鳴ける鶴を詠はれたものと思ひます。結句「聲のあはれさ」を御親らに重ねられてをられるのではないかと思へてなりません。「雲井を戀ふる」とは、「遙かに離れた所に在る理想郷」とも解せるのではないかと思ひます。つまり「平安で安寧な世の中」とも解する事ができます。この理想郷を天皇は願ひ續けていらつしやるのです。

初句「霜まよふ」には、その理想郷からは遙かに遠い現實が垣間見えるのかもしれません。

それにしても、初句の「霜まよふ」には、御親らの「いかにせば良いのか」と云ふ迷ひが籠つてゐるのはないでせうか。それが結句の「聲のあはれさ」に繋がるやうに思へてなりません。

御題「**寄雲戀**」（永正十五（一五一八）年）

はかなしや　行方さだめぬ　浮雲の　いづくの空も　おもひ消えなむ

はかなしや＝虚しいものだなあ　行方さだめぬ＝行方のわからない
いづくの空も＝何處の空も　おもひ消えなむ＝願ひが消えてゆく

【大御心を推し量る】

後奈良天皇が、皇太子であつた二十二歳の時に作られたと傳へられる御製です。御世は後柏原天皇の時代。上句「はかなしや行方さだめぬ浮雲の」に混亂する戰國時代が表はれてをり、それをはかなんでをられる後奈良天皇の深い悲しみが窺へます。「消えてゆくおもひ」とは何でありませう。世の中の平安と苦しむ國民の安穩への願ひではないかと思ひます。

永正十五年には、燒失した延暦寺の根本中堂が竣工しましたが、相變らず各地で群雄割據の戰國の世は益々激しくなつて來てゐます。この頃の關東では北條早雲が大きな力を持つてゐた時代です。

このやうな時期に後奈良天皇の皇子正親町天皇がお生まれになりました。

羇旅歌

御題「杜首夏（もりしゆか）」（大永七（一五二七）年六月二十五日聖廟法樂）

ぬぎかふる　たぐひにはあらぬ　蟬の羽の　薄き名におふ衣手（ころもで）の森

杜首夏＝神社での夏の初め
ぬぎかふる＝脱ぎ變はる　たぐひにはあらぬ＝類ひではない
名におふ＝名前に負ふ　衣手の森＝京都市右京區に在る衣手神社の森か

【大御心を推し量る】

「聖廟法樂」としてお作りになられた御製です。「聖廟」とは一般的には「孔子或は菅原道眞公を祀る建物」ですが、御歴代天皇を祀る祭祀場ではなかつたかと思はれます。

結句「衣手の森」は歌枕です。歌枕とは「和歌に多く詠み込まれる名所・舊蹟」です。この「衣手の森」は、京都三大森の一つで「糺（ただす）の森（下鴨神社）」「藤森の森（藤森神社）」と竝び稱された京都市右京區にある衣手神社の森のことです。

この衣手神社は京都西京區の松尾大社の攝社で、松尾大社は、「東の嚴神（賀茂神社）、西の猛靈」と竝び稱されて西の皇城鎭護社でした。これらが籠つてゐる歌枕「衣手の森」を結句にお持ちになられたことに意味があるのではないかと思ひます。

御題「船月」（年記不知九月二十七日　住吉社法樂）

和田のはら　月に心を　さだめおきて　よるべの浪に　船やとめまし

和田のはら＝和田の原。海原のこと　　さだめおきて＝定め置きて
よるべの浪に＝據り所のない波に

【大御心を推し量る】

住吉大社の法樂和歌です。初句「和田のはら」は、住吉大神が、海の神としても航海關係者や漁民から昔より崇敬されてゐたことから意識的に御使ひになられたのかも知れません。

この住吉大社は、平安時代から和歌の神樣としても尊崇されてをり、『源氏物語』始めとして多くの物語に描かれてゐます。鎌倉時代からは源頼朝が奉幣、神馬を奉納したことから、武家からも崇敬されるやうになつたといひます。そして、南北朝時代には後村上天皇・長慶天皇の行宮が置かれ、後村上天皇はこちらで崩御されてゐます。しかし、戰國時代と云ふ混亂期で度々戰禍にみまはれて燒失し、財政も窮乏して大變な中で維持してゐました。それが好轉したのは豐臣秀吉によつて住吉大社の朱印地として二千石が定められた後の事になります。

雜歌

御題「瀧水」（天文三（一五三四）年四月二十五日）

雲ふかき　みねより落ちて　瀧津波　千尋も知らぬ　みづのみなかみ

雲ふかきみね＝大雲取連山のこと　瀧津波＝激しい瀧の流れ
千尋も知らぬ＝極めて高い事も知らない　みづのみなかみ＝水の水上

【大御心を推し量る】

「瀧水」とは「那智御瀧」の事であらうかと思ひます。

「那智御瀧」は、和歌山縣にある熊野那智大社の主祭神として祀られてゐます。それは那智の奥、大雲取連山から流れて來る流水が大瀧となつていて、高さ百三十三米、銚子口の幅が十三米。瀧壺の深さは十米以上で、流下する水量は毎秒壹屯程度と言はれてゐます。

勿論、後奈良天皇は行幸されてをられませんが、神武東遷に於て道に迷つた神武天皇を八咫烏が先導したと云ふ地がこの那智であることから、皇室との深い關係もあり、詠じられたのではないかと思ひます。

【熊野那智大社】

那智大社は神武天皇御東遷を起源する神社で、紀元前六六二年、神武天皇が那智濱に上陸し、見つけられたのが那智御瀧で、その御瀧を大己貴命（おおあなむちのみこと）の御神體としてお祀りされたことが起源と云ふ事です。その後、天照大神より使はされた八咫烏の先導により大和の橿原の地に入られ建國を成就されました。先導の役目を終へた八咫烏は熊野の地へ戻り、現在は石に姿を變へてお休みになられてゐると傳へられてゐます。（那智大社境内の烏石）。

春歌・夏歌

御題「夏社」（永正八（一五一一）年五月二十五日　月次御會　御年十五歳）

しげりあふ　杜の下露　うち散りて　よそには過ぎし　雨ぞのこれる

しげりあふ＝密に繁つてゐる　杜の下露＝神社の境内の森の露
うち散りて＝ふり散つて　過ぎし雨＝通り雨のこと

【大御心を推し量る】

永正八（一五一一）年、後奈良天皇御年十五歳の「月次歌會」でお作りになられたものです。この「月次歌會」が行はれた永正八年は、足利將軍義尹と管領細川高國が細川政賢に攻められて京都から丹波國に脱出するなど相變らず激しい爭亂の年でした。

このやうな時期に於ても和歌文化を絶やさぬやうに歌會を開かれてをられたことに深甚の懷ひを持ちます。そして、この年は後奈良天皇が親王宣下される前年に當ります。

そんな中で「月次歌會」が五月に開かれたことから、「夏越の大祓」を控へた下鴨神社をお詠ひになられたのかも知れません。御題が「夏社」と云ふことですので、「しげりあふ杜」とは下鴨神社の「糺の森」のことであらうかと思ひます。

御題「霞添山色」（永正十（一五一三）年正月二十一日　御會始　御年十七歳）

わきて見む　かすめる色も　のどかなる　都のやまの　春のひかりを

わきて見む＝しみじみと見てみよう　　かすめる色も＝霞んでゐる風景も

都のやまの＝比叡山のことか。東山とも考へられる

【大御心を推し量る】

永正十（一五一三）年の正月御會始で詠じられた御年十七歳の時の御製です。この永正の元號は十六年間も續きます。ただ、前期には、室町幕府管領でその權力を恣（ほしいまま）にしてゐた細川政元が暗殺されるなど、戰國時代の混亂が更に深まる狀況でした。前年に親王宣下を終へられて皇太子として初めての御會始です。

第二句と第三句の「かすめる色ものどかなる」と云ふ御言葉には、後奈良天皇の柔らかい御人柄がしのばれます。初句に於ける「わきて見む」と云ふ言葉を十七歳でお使ひになられると云ふことに驚きます。

このやうにいかなる混亂の世の中であつても、皇室では傳統文化を護つて來て下さつたことで、ある意味世界中の傳統文化が日本に存在すると言つても良いと思ひます。

御題「殘雪」（大永二年十一月二十五日）

淺みどり　かすみしく野の　むらむらに　山本かけて　のこる雲かな

淺みどり＝（野）に係る枕詞　　かすみしく＝霞が一面に敷かれてゐるやう

野のむらむらに＝野原の所々に　　山本かけて＝山の麓にかけて

【大御心を推し量る】

二十六歳の時の御製です。御父帝後柏原天皇六十歳の時に當り、前年である大永元年には後柏原天皇の踐祚後廿二年經つて漸く「卽位の大禮」が齋行され、朝廷にとつての愁眉の一つが開かれた翌年に當ります。初句「淺みどり」は和歌の世界では一般的には枕詞ですが、「平安なる世界」が重ねてあるやうにも思へます。全體の大御心としては「かすみしく野の」つまり、「霞が掛かり未だに霧中の世界ではあるが山の麓の當りに雲が殘つて、ぼんやりと光明が差し始めたかも知れない」と「卽位の禮」を施行できた時代背景を考へた時に解する事ができるかも知れません。

御題「浦霞」（大永六年二月二十五日）

誰が春に　おもはぬかたも　霞むらむ　藻鹽のけぶり　なびく浦かぜ

誰が春に＝誰の春に　　おもはぬかたも＝考へもしない所まで
藻鹽のけぶり＝鹽作りの烟。この御製では實際の情景ではないと思ふ

【大御心を推し量る】

先帝崩御の一か月前にお作りになられた事を重ねたならば、後奈良天皇の切なる願ひが垣間見えて來るのではないでせうか。

「鹽」は祭祀で淨化に使はれます。崩御一か月前と云ふ事から考へ併せたならば、後柏原天皇の御病氣を御軫念遊ばされての後奈良天皇が、先帝のご快癒を祈られる御心も重ねられてあるのかも知れません。「祈り」とは畢竟、

心も身體も淨めに清められた心身を以て齋行されるものと考へます。その淨めの儀式に於て最も重要な役割を果たすモノは「鹽」になります。

「藻鹽のけぶり」は「鹽」と同義語と考へたならば、祭祀が重ねられるやうに思ひます。そして、後奈良天皇の祈りは「何としても祈りによつて先帝のご快癒を實現したい」と云ふ御願ひを籠められて行はれてゐたと思ひます。一見、春の敍景歌に見ゆる御製ですが、背景を重ねたならば深い意味が籠められてゐるのではないでせうか。

御題「江上霞」（大永六年二月二十二日水無瀬法樂當座）

浪のうへの　霞をみれば　漕ぎいづる　舟もありけり　春のいり江に

水無瀬法樂＝水無瀬宮に和歌を奉納すること　當座＝歌會の御題
漕ぎいづる＝漕ぎ出してゆく

【大御心を推し量る】

この年の四月七日には先帝後柏原天皇が崩御し、後奈良天皇が第百六代天皇に踐祚されなければなりません。しかし、記錄上では、四月二十九日に踐祚されたとなつてゐます。これは先帝崩御後二十二日後です。踐祚二か月前にお作りになられたもので「水無瀬宮」の奉納和歌になります。

この水無瀬宮は鎌倉時代初期の「承久の變」の中心となられた後鳥羽天皇を初めとして土御門天皇、順德天皇の御靈が鎭座されてをられる神社です。

後鳥羽天皇の「承久の變」に向かはれる時に詠じられた御製は次のものです。

思ふべし　下りはてたる　世なれども　神の誓ひぞ　なほも朽ちせぬ

※下りはてたる世＝どうしやうもない世の中

そして、更に、

奥山の　おどろが下も　踏み分けて　道ある世ぞと　人にしらせむ

人もをし　人も恨めし　あぢきなく　世を思ふゆゑに　物思ふ身は

昔には　神も佛も　かはらぬを　下れる世とは　人のこころぞ

このやうに詠じられて世の中を變革されようとしたのでした。承久の變は、この後鳥羽天皇の大御心によつて起されたのですが成遂することはなりませんでした。

歴代天皇にとつては、後鳥羽天皇のこれらの御製は大きな指針であり、御親らの教訓であらうと思ひます。それらの偲ばれるために「水無瀬宮奉納歌」を毎年お作りなられてをられると拜察します。

※水無瀬宮とは

後鳥羽天皇・土御門天皇・順徳天皇が祀られてゐる大阪府三島郡島本町に在る舊官幣大社。

明應三（一四九四）年、後土御門天皇が隱岐より後鳥羽上皇の神靈を御迎へして、水無神宮の神號を奉じた。

江戸時代まで佛式で祀られてゐましたが、明治時代に神式に改められました。

秋歌・冬歌

御題「籬菊新綻」（大永七年九月九日　重陽御會）

咲きいでて　かき根の露は　こと草も　まじらぬ花に　にほふ菊かな

籬菊＝垣根の菊　新綻＝新たな綻び。蕾がひらくこと
咲きいでて＝咲き始めて　こと草も＝異なる草の匂ひ
まじらぬ花に＝混ざることのない花　にほふ＝薫ふ

【大御心を推し量る】

九月九日の「重陽の節句」を詠はれたものです。いかに戰亂の世に於ても、そして朝廷財政が窮乏してゐても、いやそんな時期だからこそ宮中行事を少しでも行はれると云ふ事がこの御製からは窺へるのではないでせうか。

菊は、支那に於ては氣高く高潔な花と言はれてゐました。「四君子」の花の一つでもあります。この「四君子」とは「梅・竹・菊・蘭」のことです。そして、この御製は「重陽の節句」の歌會で詠じられた御製ですので、「被せ綿（かぶせわた）」も重ねてあるやうに思はれます。

「被せ綿」は「重陽の節句」前日に、菊の花の薫りを移す爲、綿に夜露を含ませる事を云ひます。この菊の露を含ませると長壽が得られると云ふ慣習でした。

この御製では「混じりけのない純粋で高潔な菊の花」の眞の姿に只管思ひを馳せてをられることが拜察できるのではないでせうか。

御題「三條實香（さむでうさねか）へのお返し」（天文三年『後奈良院御製集拾遺』より）

雪にけさ　花をおもへば　初春の　くははるいろぞ　えだにこもれる

くははるいろぞ＝加はる色ぞ　　えだにこもれる＝枝に籠もれる

【大御心を推し量る】

詞書に「天文三年閏正月雪のふりける日三條實香『初春のくははる名のみ世にふりて花もちどほの木木の雪かな』とよみたてまつれるお返し」とあります。三條實香と云ふ人は、従一位太政大臣として後奈良天皇をお支へした中心的人物です。幕末の三條實美はその裔（えい）です。

この御製が作られた天文三（一五三四）年は、二年後に行はれる「卽位禮」齋行の爲の準備に慌ただしく朝廷は奔走してゐたと想像できます。その奔走の中心に居たのが右大臣であつた三條實香でした。三條實香は天皇を支へる朝廷組織に於ける公卿です。

この時期の公卿は、如何なる存在であつたのか。この日本の歴史上に於て公卿の役割とは、朝廷卽ち天皇の權威を支へる重要な組織でした。そして、更に重要な事は公家の家々では日本の傳統文化を繼承して守つて行くと云ふ役割も擔つて來てゐるのです。例へば、近衞家、九條家等の五攝家は「有職故實」を家業としてゐます。清華家の三條家は笛と裝束を家業、花山院家は笙と筆道、西園寺家は琵琶を家業とするなど、日本文化の繼承も行つて來た存在でもあるのです。

御題「霰（あられ）」（天文八（一五三九）年六月二十五日）

朝なあさな　降るは霰（あられ）の　塵（ちり）もなく　ひろきみぎりの　玉やしくらむ

朝なあさな＝毎朝　ひろきみぎりの＝廣い庭のこと
玉やしくらむ＝玉石（寶玉）を敷き詰めたやうだ

【大御心を推し量る】

毎朝毎朝、降つてくれる霰は、不浄なものが一切附着してゐない。この御所の廣い庭に、まるで寶玉を敷き詰めてくれてゐるやうだ。

このやうに詠はれたのではないかと思ひます。上句「霰のちりもなく」と云ふ語に「清淨」と云ふ言葉が重なります。この「清淨」は宮中祭祀に於ける一切を成してゐると言つても過言ではありません。

その一生を宮中に獻げた内掌典の高谷朝子さまは『宮中賢所物語』の中で次のやうに述べてをられます。

賢所は最高に尊く、お清い神様でおいであそばします。お護り申し上げますために、内掌典は常に身を清め、衣服を清く正しくして居住まいを正し、手を清くして御用を申し上げます。

宮中祭祀は、このやうに「清淨」が求められると云ふ事です。

御題「**禁中月**」（天文十（一五四一）年二月二十五日）

名に高く　すめる雲井（くもゐ）の　秋を經て　月のかつらも　手にとりつべし

名に高く＝有名な　　すめる雲井の＝澄み切つた大空の
月のかつらも＝月に生えてゐると傳はる五百丈の桂の木
手にとりつべし＝手に取つて見たいものだ

【大御心を推し量る】

下句冒頭の「月のかつら」は、古代支那の傳説から來てゐて、「月の表面の影を桂の木が生えてゐる」と考へられたものが日本にも定着したものです。その意味は、「手の屆かないもの」をそのやうに表現するやうになつたものと考へられます。

この天文十年二月は、前々年八月の洪水にみまはれる程の大雨が諸國に降り、大凶作となりました。その爲、京都では毎日六十人もの餓死者が出て路傍に死骸を晒してゐたと云ふほどの年から幾ばくも經つてをらず、後奈良天皇の祈りも叶はぬと云ふ辛い大御心が垣間見る事ができると拜察するのは穿ち過ぎでせうか。ここで云ふ「月のかつら」とは後奈良天皇の御願ひである「國民が安寧なる」ことでないかと思ひます。

御題「**田家**」（『後奈良院御製集拾遺』より　天文十一（一五四〇）年二月千首和歌）

もりすてし　跡とも見えず　かりいほに　遠山がつの　殘すかよひ路

もりすてし＝盛り捨てし
かりいほに＝假廬に。假に造られた庵

遠山がつの＝遠くの山に住む庶民たちの　かよひ路＝通ひ路

【大御心を推し量る】

收穫の終つた刈田の風景を詠ひ込んだものです。初句「もりすてし」とは刈り採つた稲藁を盛り捨ててある風景を詠はれたものではないかと思ひます。

「遠山がつ」とは「遠山賤」で里山に住む農民のことではないかと思ひます。「かりいほ」は、「稲穂の見張りをする爲の假の小屋」のことです。農民の苦勞を思ひやられる大御心が表はれてゐるやうに感じます。

御題「外山櫻」（『後奈良院御百首』より）

あはれをも　憂きをも知らじ　牡鹿（をじか）なく　外山（とやま）の里の　秋をとはずば

あはれをも＝何と哀なことことであらう
憂きをも知らじ＝憂ひでさへ知らずに　牡鹿なく＝雄鹿が啼いてゐる
外山の里の＝遙かに離れた山里の　とはずば＝問ふ事がないのだらうか

【大御心を推し量る】

下句「牡鹿なく外山の里の秋」と詠はれ「秋」と云ふ語を使はれた御題から考へたならばどのやうに解するか非常に迷ふ御製です。殘念乍ら、詞書も製作年月日もありません。

第三句「牡鹿啼く」と云ふ語は、晩秋に使はれる歌語です。そして、下句「里の秋」と云ふ語を合せて考へても、秋の御製と解するのが自然です。さうであるならば御題の「外山櫻」は如何なることでありませう。「櫻」は「春」を表はす語。しかし、櫻が咲くのは決して春に限られてゐる譯ではありません。實は僅かではありますが、秋から初冬に掛けて開花する櫻も存在するのです。「十月櫻」「冬櫻」などは秋に咲く代表的な品種であり、江戸時代以前から存在してゐました。ですから、この御製はそれを詠はれたのかも知れません。

御題「初冬」（「年記不知」より　四月二十八日）

いつしかと　四方（よも）のあらしの　聲たてて　空に烈しき　冬やきぬらむ

いつしかと＝いつの間にか　四方のあらしの＝あちらこちらの嵐

聲たてて＝うなりを上げて

【大御心を推し量る】

「初冬」の御製ですが、お作りになられたのが四月と云ふことから「歌御會」にて作られたやうに思ひます。

上句「あらしの聲」と云ふ語には大きな意味が籠められてゐるのではないかと思ひます。それは日本の民族精神に於ける「一切の現象をも擬人化する」と云ふことです。この考へ方は、一切の人、物、事には神が宿ると云ふ八百萬神思想に繋がるのです。

更に、下句「烈しき冬や」と云ふ御言葉には「嚴冬」と云ふ義を籠められてゐると共に、當時に於ける荒んだ嚴しい世の中をも掛けてお詠ひになられたものと思ひます。

釋教歌

御題「釋教」（享祿二（一五二九）年五月二十日　春日社法樂百首和歌御會）

さまざまな　色も匂ひは　しづかなる　こころひとつを　何にそめまし

色も匂ひは＝「色即是空」の色。「匂ひ」は五官の感覺の事か
しづかなるこころ＝隱やかで靜かなる心　　何にそめまし＝何に染めるのだらうか

【大御心を推し量る】

この御製は三十四歳の時のものです。御題が「釋教」と云ふことですので佛教の心を詠はれたものです。佛教語に於て「色」は「色即是空」の「色」と云ふことで、廣義に於ては「一切の物象」を表はす言葉です。佛教語の「匂ひ」とは「五官の感覺」になり、後奈良天皇は、「樣々な現象界の事象や物によつて隱やかであつた心が影響を受けて染められてゆく」と、詠はれたのではないでせうか。

上句「さまざまな色も匂ひは」は、「一切の現象や現物は」と云ふことであり、「それらの事共は鎭かな心をどのやうに變へようとするのであらうか」と詠はれました。「さまざまな」には、この時期に於ける戰亂と混亂の事が籠められてゐると思はれます。これらの憂ひをどのやうにしなければならないのか、佛よ教へて欲しいと云ふお迷ひになられてをられる姿が浮かびます。

御題「佛手」（享祿四（一五三一）年十二月二十五日　月次御會）

身をわけし　かがみの影や　初瀬山　いづる日毎に　世をてらすらむ

身をわけし＝自分の分身である　　かがみの影や＝八咫御鏡の姿や
初瀬山＝この（初瀬山）は、奈良縣の初瀬山ではなく京都にある低山のことか
いづる日毎に＝毎日出て來る朝日によつて　　てらすらむ＝照らしてゐる

【大御心を推し量る】

初瀬山は、奈良縣櫻井市に在る「初瀬山」ではなく、京都にある低山の初瀬山です。

御題が「佛手」ですので「佛樣の手の形」つまり「印相」の事を詠はれたものではないかと思ひます。この「印相」は、佛教に於ける兩手の手指を結んで組み合せた形の事で、手の指で樣々な形を作り、佛・菩薩・諸尊の内證を標示するものと言はれてゐます。平安時代の歴代天皇の殆んどが佛教に歸依されます。この室町戰國時代に於ても總べての天皇が佛教に歸依されたのです。

「身をわけしかがみの影」とは「天照大御神」、つまり太陽のことを言つてゐます。「身を分けし鏡」とは「八咫御鏡」のことです。下句は、毎朝天照大御神の御惠み（みめぐ）が日の出とともに世の中に降り注いでゐると云ふ意になります。八百萬神思想における總べてのものを神と觀て感謝をすると云ふことをこの御製には籠められてゐるのではないでせうか。

これは日本獨特の神佛習合と云ふ思想によるものと言へます。

【室町・戰國時代歴史年表】

【吉野朝時代】

元弘 三 年（一三三三）鎌倉幕府滅亡
元弘 四 年（一三三四）後醍醐天皇　建武の新政
延元 三 年（一三三八）足利高氏　足利幕府開府
延元 四 年（一三三九）後醍醐天皇崩御（八月一六日）
　北畠親房により『神皇正統記』完成
正平二三年（一三六八）足利義滿（一五歳）、
　室町幕府第三代將軍に就任
　支那では明國が建國
正平二四年（一三六九）倭寇の活動が活潑化。明の洪武帝、倭寇
　禁止を要請
天授 三 年（一三七七）後小松天皇御生誕

【後小松天皇・上皇時代】

永徳 二 年（一三八二）北朝第六代天皇に後小松天皇（五歳）御
　即位
明德 二 年（一三九一）明德の亂（足利幕府對山名氏）
明德 三 年（一三九二）南北朝統一
　後小松天皇。第百代天皇に御卽位。（御年一五歳）
　※この年、朝鮮半島で高麗が滅亡して李氏朝鮮建國
明德 四 年（一三九三）
　月不明　朝鮮軍壹岐島侵略。二百餘人を拉致
應永 元 年（一三九四）後小松天皇（一七歳）
　七月　疱瘡（疫病）流行の爲改元
　一二月　足利義持（八歳）第四代將軍に、足利義滿は太政大
　臣に
應永 四 年（一三九七）後小松天皇（二〇歳）、幕府將軍　義持（一二歳）
　此の年、倭寇の活動活潑化
　足利義滿、鹿苑寺金閣寺を造營
應永 六 年（一三九九）後小松天皇（二二歳）、足利義滿（四二歳）
　應永の亂（足利幕府と大内義弘の戰亂）
應永 八 年（一四〇一）後小松天皇（二四歳）、足利義滿（四三歳）
　二月　皇居として使はれてゐた土御門院東洞院焼失
應永 九 年（一四〇二）後小松天皇（二五歳）、足利義滿（四五歳）
　足利義滿、明からの國書で日本國王と册封
應永一一年（一四〇四）後小松天皇（二七歳）、足利義滿（四七歳）
　勘合貿易開始（足利幕府と大内氏と明國による貿易）
應永一二年（一四〇五）後小松天皇（二八歳）、足利義滿（四八歳）
　自然災害多發。若狹國に颱風。京都の洪水など
應永一五年（一四〇八）後小松天皇（三一歳）、足利將軍　義持（二二歳）
　五月　足利義滿死去（享年五一歳）
　花山院長親、歌論書『耕運口傳』を完成
應永一九年（一四一二）後小松天皇（三三歳）、稱光天皇（一二歳）
　八月　後小松天皇　躬仁親王に御讓位（稱光天皇）。
　稱光天皇御病弱の爲、後小松上皇院政開始
應永二二年（一四一五）後小松上皇（三八歳）、稱光天皇（一五歳）
　稱光天皇卽位禮・大嘗祭齋行

各地で冷害及び飢饉に因つて死者多數
應永二三年（一四一六）謀反叛亂が各地で頻發
全國各地で農民一揆頻發
應永二四年（一四一七）各地の武將達の叛亂頻發
六月　東洞院仙洞完成。後小松上皇、皇居として使ふ。
應永二五年（一四一八）後小松上皇（四一歲）、稱光天皇（一八歲）
足利幕府内權力抗爭激化。農民一揆頻發
應永二六年（一四一九）後小松上皇（四二歲）
六月一八日　伏見宮貞成親王猶子
彦仁親王（後花園天皇）御生誕
六月　「應永の外冠」。李氏朝鮮軍、軍船二二七隻、約二萬人で對馬に攻め込むも擊退
七月　明國と國交を斷絶（足利幕府による朝貢貿易の廢絶）
後半、關東地方で颱風や地震被害で飢饉に
應永二七年（一四二〇）後小松上皇（四三歲）、稱光天皇（二〇歲）
六月　淀川が旱魃により涸渇し、朝廷が雨乞ひ齋行
應永二八年（一四二一）後小松上皇（四四歲）、稱光天皇（二一歲）
京都にて疫病が流行。死者多數。
更に飢饉による死者多數
二月　鎌倉圓覺寺燒失
應永二九年（一四二二）後小松上皇（四五歲）、稱光天皇（二二歲）
一月　五攝家の公卿一條兼良、宮中行事由來解説書『公事根源抄』を著述
四月　京都御所にて世阿彌が猿樂実施
九月　飢饉・疫病死者追善供養（京都五條河原）
應永三〇年（一四二三）後小松上皇（四六歲）、稱光天皇（二三歲）
（足利幕府第四代將軍義持が義量（よしかず）（一六歲）に將軍を譲る）

七月　各地で颱風や洪水の被害が頻發
應永三一年（一四二四）後小松上皇（四七歲）、稱光天皇（二四歲）
四月　南朝第九十九代後亀山天皇崩御
能樂書『花鏡』（世阿彌）完成
應永三二年（一四二五）後小松上皇（四八歲）、稱光天皇（二五歲）
二月　五代將軍足利義量急死、將軍不在
應永三三年（一四二六）後小松上皇（四九歲）、稱光天皇（二六歲）
一月　京都大火。一九〇町燒失
六月　近江坂本の馬借一揆（德政令要求）
興福寺五重塔が完成する
應永三四年（一四二七）後小松上皇（五〇歲）、稱光天皇（二七歲）
四月　信濃國善光寺燒失
五月　京都洪水。四條橋、五條橋落下
永享五年（一四三三）後小松天皇崩御

【後花園天皇時代】

正長 元 年（一四二八）後小松上皇（五一歲）、稱光天皇（二八歲）、彦仁親王（九歲）
八月　稱光天皇崩御。後花園天皇御卽位（御年九歲）
疫病の流行と稱光天皇御病氣のために改元
二月　元將軍　足利義持死沒
二月　石清水八幡宮の神前で行はれたくじ引きで足利義教が後繼將軍に決定
四月　疫病（三日病）流行、多數の死者
七月　彦仁親王（九歲）、後小松上皇猶子に
八月～九月　正長の土一揆（德政令要求）
永享 元 年（一四二九）後小松上皇（五二歲）、後花園天皇（一〇歲）

四月　足利義満の第三子義教（三四歳）、第六代將軍宣下
九月　正長から永享に改元（後花園天皇御即位による改元）
　各地に土一揆擴大（播磨國・丹波國など）
三月　京都市街の一條北・室町東西など焼失

永享二年（一四三〇）後小松上皇（五三歳）、後花園天皇（一一歳）
二月　後花園天皇の大嘗會齋行
四月　伏見宮貞成親王、『大嘗會記録』『神膳御記』を
　後小松上皇に獻上
　世阿彌の能樂書『申樂談義』完成

永享三年（一四三一）後小松上皇（五四歳）、後花園天皇（一二歳）
五月　京都洪水
七月　京都で飢饉。死者多數。幕府、米商人に對して
　賣惜しみ禁止
（歐羅巴）ジャンヌ・ダルク、牢内で衣服を奪はれ輪姦。
　その後處刑

永享四年（一四三二）後小松上皇（五四歳）、後花園天皇（一三歳）
　各地で叛亂。九州地方では民衆反亂
一〇月　京都桂川原で女猿樂の勸進

永享五年（一四三三）後小松上皇（五五歳）、後花園天皇（一四歳）
三月　**後小松上皇崩御**
　骨肉相食む弱肉強食、下克上の時代に突入
五月　關東旱魃被害。九月に大地震
二月　比叡山延暦寺僧兵擧兵

永享六年（一四三四）後花園天皇（一五歳）
二月　京都大火事。人家被害一萬餘。京都御所焼失
六月　硫黄の支那輸出禁止
一〇月　延暦寺僧徒強訴

永享七年（一四三五）後花園天皇（一六歳）、將軍義教（四〇歳）
　九州地方での叛亂頻發
　伏見宮貞成親王、『古今著聞集』獻上

永享八年（一四三六）後花園天皇（一七歳）、將軍義教（四一歳）
一月　足利義政誕生（義教五男）
五月　足利義教、相國寺に法華經新刻命令。
　大般若經の缺巻を補刻

永享九年（一四三七）後花園天皇（一八歳、）將軍義教（四二歳）
七月　京都市中の洪水。四條、五條、桂の橋流出
　全國各地で弱肉強食、下克上の與兆
五月　後花園天皇、日本三大説話集の『古今著聞集』購入

永享一〇年（一四三八）後花園天皇（一九歳）、將軍義教（四三歳）
九月　永享の亂（鎌倉公方・足利持氏の追討を命じた爭亂）

永享一一年（一四三九）後花園天皇（二〇歳）、將軍義教（四四歳）
　勅撰和歌集最後の『新續古今和歌集』完成

永享一二年（一四四〇）後花園天皇（二一歳）、將軍義教（四五歳）
五月　飢饉、疫病流行。多數の死者
　全國で戰亂（中國地方、關東地方、東海地方など）

嘉吉元年（一四四一）後花園天皇（二二歳）
二月に嘉吉に改元（辛酉革命に當るため改元）
六月二九日（嘉吉の亂）足利將軍義教、赤松教康邸にて暗
　殺される（享年四七歳）
　※嘉吉の徳政一揆が起る。

嘉吉二年（一四四二）後花園天皇（御年二三歳）
五月　成仁親王（後土御門天皇）御生誕（御母伊與局の身分が低
　く、伏見宮家にて養育）
一一月　室町幕府第六代將軍に足利義勝（九歳）

　　　徳政一揆頻發

嘉吉 三 年（一四四三）後花園天皇（二四歳）、將軍義勝（一〇歳）

　　　禁闕の變（皇居が襲はれ三種神器が奪はれる）

七月　第六代將軍義勝急死（享年一〇歳）在職八ヶ月

八月　世阿彌死去

文安 元 年（一四四四）後花園天皇（二四歳）二月に改元（甲子革命に當るため改元）

　　　南朝殘兵との戰ひ續行

四月　京都の地下人が一揆

　　　北野宮をはじめ西京が盡く焼亡

六月　下學集（國語辞書）完成

文安 二 年（一四四五）後花園天皇（御年二六歳）、成仁親王（四歳）

　　　京都へ颱風の直撃。京都の神社佛閣倒壊

　　　九州で菊池兼朝・小貳滿貞ら擧兵

　　　室町幕府内の權力争ひにより將軍不在繼續

文安 三 年（一四四六）後花園天皇（御年二七歳）、成仁親王（五歳）

一月　京都市内の大火で百九十町が焼失する

　　　奈良興福寺僧徒、東大寺尊勝院を襲撃、焼失

六月　近江國馬借一揆。京都に亂入

　　　興福寺五重塔が完成する

文安 四 年（一四四七）後花園天皇（御年二八歳）、成仁親王（六歳）

　　　山城國で徳政土一揆（室町時代中期から後期にかけて發生した民衆の政治的要求反亂）

「徳政一揆」…土一揆の一種。徳政令の要求目的反亂

「徳 政 令」…日本の中世、鎌倉時代から室町時代にかけて、朝廷・幕府などが土倉などの債權者・金融業者に對して、債權放棄（債務免除）を命じた法令

文安 五 年（一四四八）後花園天皇（御年二九歳）、成仁親王（七歳）

　　　疫病流行、飢饉

寶德 元 年（一四四九）後花園天皇（御年三〇歳）、成仁親王（八歳）

　　　文安から寶德に改元（國内争亂多發のため）

四月　足利義政（一三歳）が足利幕府第八代將軍の將軍職に就任

寶德 二 年（一四五〇）後花園天皇（御年三一歳）、成仁親王（九歳）

　　　この年から各地で土一揆

　　　京都・長門國・周防國で大風被害

　　　越中國で大風・大雨被害

　　　疫病により京都で死者多數

寶德 三 年（一四五一）後花園天皇（御年三二歳）、成仁親王（一〇歳）

一〇月　大和國徳政一揆、元興寺金堂と興福寺大乘院が焼失

享德 元 年（一四五二）後花園天皇（御年三三歳）、成仁親王（一一歳）

　　　七月寶德から享德に改元（三合の厄を避けるため改元）

「三合の厄」…「陰陽道の厄年の一。一年に大歳・太陰・客氣の三神が合する。この年は天災、兵亂などが多いとされる」

　　　幕府管領に細川勝元就任。明との交易再開

享德 二 年（一四五三）後花園天皇（御年三四歳）、成仁親王（一二歳）

一〇月　遣明使北京派遣

享德 三 年（一四五四）後花園天皇（御年三五歳）

　　　京都で徳政一揆。盗賊多數出没

一一月　享德大地震（東北地方に大津波）

一二月　享德の亂

一二月　京都の土一揆、東寺金堂破壊

康正 元 年（一四五五）後花園天皇（御年三六歳）、足利義政（二〇歳）

七月　享徳から康正に改元（一揆や戰亂に激しさのため改元）
攝關家の一條兼良が、『日本書紀』の神代の『日本書紀纂疏』を著述

康正三年（一四五七）後花園天皇（御年三八歳）、成仁親王（一六歳）
一二月一九日　長祿に改元（戰亂の混亂が收まらず）
成仁親王（後土御門天皇）親王宣下

長祿二年（一四五八）後花園天皇（御年三九歳）
三月　長祿の亂　赤松家遺臣が南朝より神璽奪還
四月　太田道灌、武藏國荏原郡櫻田鄕に江戸城を築城

長祿二年（一四五八）後花園天皇（御年三九歳）
二月　山城國鞍馬寺が焼失
八月　赤松氏、「三種の神器」を取り戻した功の褒賞してお家再興が許さる
秋から異常氣象によつて飢饉

長祿三年（一四五九）後花園天皇（御年四〇歳）
三月　日本全國飢饉、多くの死者
九月　颱風が京都を襲い加茂川が氾濫。京都市中の家屋が流出し、死者多數。飢饉が深刻化
一一月　京都で德政一揆。鎮壓され、首謀者は斬首
この年將軍義政は思ふに任せぬ政治にやる氣喪失

長祿四年（一四六〇）後花園天皇（御年四一歳）
一二月　寛正に改元（飢饉に因つて改元）
前年の颱風直撃や異常氣象などによる凶作と疫病に加へて國內の戰亂も加はつて寛正の大飢饉の端緒となる。京都だけでも八萬二〇〇〇人もの餓死者が出て、賀茂川が死骸で埋るといふ慘狀

寛正二年（一四六一）後花園天皇（御年四二歳）、成仁親王（二〇歳）
大飢饉で大量の流民が京都市中に流入。乞食が數萬人。二月迄だけで一〇萬人近くの餓死者

寛正三年（一四六二）後花園天皇（御年四三歳）、足利義政（二五歳）
皇太子成仁親王（後土御門天皇）に「天皇心得」の『後花園院御消息』を與ふ
一〇月　京都市中で德政一揆。各所で放火、混亂

寛正四年（一四六三）後花園天皇（御年四四歳）
新嘗祭の齋行がこの年を最後に斷絶
四月　心敬の中世の連歌書『ささめごと』完成
六月　鎌倉大風雨
三日病と稱された疫病が流行。多數の死者

【後土御門天皇時代】

寛正五年（一四六四）後土御門天皇（御年二三歳）、後花園上皇（四五歳）
七月　後花園天皇御讓位で後土御門天皇御即位　御年二三歳（その後文明二年（一四七〇）までの六年間は後花園上皇の院政が敷かれる）
四月　足利義政、鞍馬寺再興の勧進能を糺河原で開催
正室日野富子との間に嫡子が生れず、實弟の足利義尋（義視）を養子として次期將軍を約束する。これが後に應仁の亂の遠因となる。
一一月　後柏原天皇御生誕

寛正六年（一四六五）後土御門天皇（御年二四歳）、後花園上皇（四六歳）
正室日野富子に男兒誕生（後の足利義尚、應仁の亂の大きな原因）

文正元年（一四六六）後土御門天皇（御年二五歳）、後花園上皇（四七歳）
二月　寛正から文正に改元（後土御門天皇御即位により改元）
九月　文正の政變（細川勝元・山名宗全が伊勢貞親を追放）

應仁 元 年（一四六七）後土御門天皇（御年二六歳）、後花園天皇（四八歳）
一月二三日　後土御門天皇大嘗祭齋行。その後江戸期まで
斷絶
一月　斯波義兼、管領に就任
二月　文正は僅か一年で應仁に改元（戰亂のため）
五月　應仁の亂
八月　西軍の大内政弘、大軍を率ゐて京都に攻め上り市中
にて激しい戰亂
後花園上皇、後土御門天皇、戰亂を避けて足利義政
の室町第に避難
（この後十年間の避難生活により宮中祭祀中斷）
九月　後花園上皇出家

應仁 二 年（一四六八）後土御門天皇（御年二七歳）、後花園上皇（四九歳）
宮中祭祀の殆ど中止
八月　公卿達が兵亂を避け京都から避難
戰亂が激しく多くの神社佛閣焼失
※竹田昌慶が『延壽類要』を著述。金春禪竹が『申
樂縁起』を著述
雪舟、『四季山水圖』

文明 元 年（一四六九）後土御門天皇（御年二八歳）、後花園上皇（五〇歳）
四月　應仁から文明に改元。戰亂を收束させようと改元
二月　東寺僧徒、伽藍の堂舍を破壞し賣却の暴擧
七月　東軍、京都で清水寺・珍皇寺・建仁寺を焼失
八月　幕府遣明船、歸國

文明 二 年（一四七〇）後土御門天皇（御年二九歳）
三月　南朝遺臣、小倉宮の皇子を奉じて紀伊國で擧兵
五月　應仁の亂により下鴨神社焼失。寶物略奪
一二月　後花園上皇崩御（五一歳）

文明 三 年（一四七一）後土御門天皇（御年三〇歳）
應仁の亂が泥沼化。寢返り、裏切りが恆常化
五月　淨土眞宗門主の蓮如、越前國に吉崎御坊建立
八月　山名宗全、南朝後亀山上皇御孫小倉宮を奉じて上洛
八月　麻疹（はしか）流行。多くの死者
九月　大隅國の櫻島大噴火

文明 四 年（一四七二）後土御門天皇（御年三一歳）
一月　應仁の亂の和睦を求めるが決裂
五月　旱魃で農作物に大被害
九月　近江國輸送業者馬借一揆

文明 五 年（一四七三）後土御門天皇（御年三二歳）
西軍山名宗全、東軍細川勝元死去
一二月　足利義尚（よしひさ）（八歳）、足利幕府第九代征夷大將軍

文明 六 年（一四七四）後土御門天皇（御年三三歳）、
勝仁親王（後柏原天皇一〇歳）
後土御門天皇が出家を願ふも諦められる（七月）
二月　一休宗純、大德寺管長に
八月　應仁の亂混迷深まる
一一月　加賀國で一向一揆。加賀國守護富樫政親自裁

文明 七 年（一四七五）後土御門天皇（御年三四歳）
一月　應仁の亂以降初めて「四方拜」齋行
三月　颱風の襲來諸國に被害
八月　京都に地震。攝津國と和泉國に津波襲來

文明 八 年（一四七六）後土御門天皇（御年三五歳）
四月　出雲國土一揆
八月　上賀茂神社（賀茂別雷神社）焼失。神職と氏人の爭ひ

二月　京都大火。假皇居と室町第燒失
文明 九 年（一四七七）後土御門天皇（御年三六歳）
一〇月　西軍主將大内政弘、降伏
七月　日野富子が金貸業
文明一〇年（一四七八）後土御門天皇（三七歳）、將軍義尚（よしひさ）（一三歳）・足利義政（四二歳）
二月　**應仁亂が終息。**京都市中は燒野原
五月　長雨により洪水になる
九月　長門國と周防國の守護大内政弘、九州に勢力伸張
文明一一年（一四七九）後土御門天皇（三八歳）、勝仁親王（一五歳）
一月　足利義尚（よしひさ）御判始・評定始・御前沙汰始を實行
七月　假皇居が建てられるも又も燒失
文明一二年（一四八〇）後土御門天皇（三九歳）、將軍義尚（一五歳）
九月　一條兼良、政治上教訓書「文明一統記」著して義尚（よしひさ）に贈呈（八幡大菩薩に祈念すべきこと、孝行、正直、慈悲、藝能を嗜むべきこと、政道を心にかけるべきことの六項目から成る）
※土一揆によつて各地で略奪、奈良では興福寺十三重塔などを燒失
文明一三年（一四八一）後土御門天皇（四〇歳）
四月　前關白一條兼良逝去
六月　伊地知重貞（島津氏家臣）が『大學章句』を刊行
一一月　一休宗純死去
文明一四年（一四八二）後土御門天皇（四一歳）
二月　足利義政、銀閣寺を創建
七月　颱風襲來で諸國の多くに大きな被害を齎らす
伊勢神宮御遷宮中止、その後百二〇年間中斷

文明一五年（一四八三）後土御門天皇（四二歳）、將軍義尚（よしひさ）（一八歳）
一〇月　足利義尚（よしひさ）（將軍）、『新百人一首』を撰集
文明一六年（一四八四）後土御門天皇（四三歳）、勝仁親王（二〇歳）
※京都洛中に盜賊が横行、放火なども多發
一一月　京都で土一揆
一二月　京都諸寺院で佛道伽藍などの賣買禁止
吉田兼倶（吉田神道創始者）が吉田神社創建
※吉田神道とは、吉田兼倶が大成した神道。神道・儒道・佛道・道教及び陰陽道の關係を説き、神道をこれら萬法の根本とし、神主佛從の立場から反本地垂迹説を説いた。別名「唯一神道」ともいふ
文明一七年（一四八五）後土御門天皇（四四歳）、將軍義尚（よしひさ）（二〇歳）
三月　足利義政出家
五月　御所修復の費用捻出の關所設けるも直ぐに破綻
文明一八年（一四八六）後土御門天皇（四五歳）
京都市中で盜賊が横行
七月　相模國守護上杉定正に太田道灌が暗殺される。
九月　德政一揆衆東寺の金堂や出雲大社燒失
一二月　伊勢外宮が爭亂にて燒失
雪舟「四季山水圖」完成
長享 元 年（一四八七）後土御門天皇（四六歳）
七月二〇日　文明から長享に改元（戰亂疫病の流行により）
一二月　長享の亂。關東管領上杉顯定と相模國守護上杉定正との戰ひ
長享 二 年（一四八八）後土御門天皇（四七歳）、足利義政（五二歳）
九月　山城國京都で土一揆が起り下京が燒かれる
一二月　五攝家の鷹司家が盜賊に襲撃される。

延德 元 年（一四八九）後土御門天皇（四八歳）、勝仁親王（二五歳）
八月二一日　長享から延德に改元（戰亂の混亂の爲）
三月　第十代將軍足利義尚（よしひさ）（享年二四歳）死去
六月　加賀國で本願寺衆による一向一揆
八月　足利義政が惱卒中

延德 二 年（一四九〇）後土御門天皇（四九歳）
一月　足利義政死去（享年五三歳）
二月　京都で土一揆。北野天滿宮の社殿が燒失
七月　足利足利義稙（よしたね）（三四歳）、第一一代將軍に就任
　狩野派畫家狩野正信（三七歳）死去
閏八月　山城國、大和國で德政一揆

延德 三 年（一四九一）後土御門天皇（五〇歳）
八月　長享延德の亂。足利義稙（よしたね）が第二次六角征伐に出陣

明應 元 年（一四九二）後土御門天皇（五一歳）
　疫病が發生。多くの死者
七月一九日　延德から明應に改元（疫病の發生）
　コロンブスアメリカ大陸發見。
　歐洲諸國による植民地獲得の競争
九月　薩摩國にて島津忠良（日新齋）誕生

明應 二 年（一四九三）後土御門天皇（五二歳）
三月　宮中行事費用を美濃國守護代齊藤妙純が獻上
四月　明應の政變。將軍義稙（よしたね）が廢籍
八月　京都市中で土一揆
一二月　近江國で日吉社に立籠る德政一揆。

明應 三 年（一四九四）後土御門天皇（五三歳）、勝仁親王（三〇歳）
　北條早雲を始め關東地方で戰亂が活潑化
　後鳥羽天皇に對し奉り水無瀨神の神號を
　後土御門天皇が奉ずる
九月　細川政元、管領に就任
一二月に足利義澄（一三歳）が第一一代足利幕府將軍に就任
月日不明　美濃國にて齊藤道三誕生

明應 四 年（一四九五）後土御門天皇（五四歳）
六月　歌人宗祇が連歌集「新撰菟玖波集」を編纂
八月　鎌倉で相模トラフを震源の明應巨大地震
　津波が押寄せ、高德院の大佛殿破壊され、
　溺死者二〇〇人餘
九月　北條早雲、小田原城を略奪
一〇月　京都で德政一揆

明應 五 年（一四九六）後土御門天皇（五五歳）
一月　知仁親王（後奈良天皇）御誕生。（勝仁親王第二皇子）
五月　日野富子（五七歳）死去
一二月　山城國菟道で土一揆

明應 六 年（一四九七）後土御門天皇（五六歳）、勝仁親王（三三歳）
　日頃から皇居に盜賊が入るやうになる程治安が惡化
三月　毛利元就、安藝國にて誕生
一二月　大和國で德政一揆

明應 七 年（一四九八）後土御門天皇（五七歳）、勝仁親王（三四歳）
五月　伊勢國丹後國で一揆丹後國守護一色義秀自決
八月　南海トラフ沿いの巨大地震（南海トラフ巨大地震）
九月　足利義稙（よしたね）、越前國朝倉貞景に保護要請
　奈良の德政一揆、筒井氏が平定

明應 八 年（一四九九）後土御門天皇（五八歳）、勝仁親王（三五歳）
　比叡山延暦寺、細川政元ら幕府軍に攻撃され根本中
　堂燒失

一揆による略奪や盗賊などが激しく、朝廷が宮中の
御物を丹波國に避難
天候不順のために、この年は全國的に飢饉
明應 九 年（一五〇〇）後柏原天皇（三六歳）、將軍足利義澄（一九歳）
九月二八日 後土御門天皇崩御（御年五九歳）
朝廷財政窮乏で玉體が四九日間皇居内に放置

【後柏原天皇時代】

明應 九 年（一五〇〇）後柏原天皇（三六歳）、知仁親王（五歳）
五月 疫病流行
七月 京都大火（二萬戸以上が焼失）
九月二八日 後土御門天皇崩御（御年五九歳）
朝廷財政窮乏によつて、玉體が四十三日間皇居内に放置
一〇月二五日 後柏原天皇踐祚
後柏原天皇御卽位は、「踐祚の儀」のみ行はれて、「卽位禮」「大嘗祭」については朝廷財政窮迫のため行はれず（その後卽位禮も二十二年間も行はれなかつた）
大嘗祭は結局行はれず。足利義澄（一九歳）
文龜 元 年（一五〇一）後柏原天皇（三七歳）、將軍足利義澄（二〇歳）
二月二九日 明應から文龜に改元。（踐祚と辛酉（かのととり）革命説による改元）
四月 京都市中で疫病流行
七月 旱魃となる
文龜 二 年（一五〇二）後柏原天皇（三八歳）、將軍足利義澄（二一歳）
五月 奈良西大寺が兵亂で堂塔を焼失
六月 麻疹（はしか）が京都で大流行
六月 若狭國一揆。武田元信らを處刑
七月 連歌師宗祇死去
文龜 三 年（一五〇三）後柏原天皇（三九歳）、將軍足利義澄（二二歳）
二月 土佐光信「北野天神縁起繪巻」完成
二月 和泉國日根莊で人形劇『傀儡』が上演文樂の始め
六月 干魃のため、和泉國で雨乞ひ
一〇月 朝廷、幕府に後柏原天皇卽位式料を催促。幕府拒否
永正 元 年（一五〇四）後柏原天皇（四〇歳）
二月三〇日 文龜から永正に改元。（甲子革令に當るため改元）
下克上、戰亂の世は益々激化
八月 幕府内でも管領細川政元に對して反亂が起る
足利幕府が、この年の全國的な飢饉に對應して徳政令を發布
永正 二 年（一五〇五）後柏原天皇（四一歳）、知仁親王（一〇歳）
五月 疫病流行
七月 京都で踊り念佛流行
三河地方でも爭亂
永正 三 年（一五〇六）後柏原天皇（四二歳）、將軍足利義澄（二四歳）
四月 伊勢神宮遷宮費用を守護に課するも實現せず
五月 美濃國で土一揆
八月 越前國の守護朝倉貞景が一向一揆軍を鎮壓
畫僧雪舟（八七歳）死去
九月 越後國で一向一揆。守護代長尾能景敗死（盤若野の戰い）
永正 四 年（一五〇七）後柏原天皇（四三歳）、將軍足利義澄（二五歳）
六月 管領細川政元（四二歳）暗殺（後繼者爭ひ）
八月 越後國守護上杉房能自決。重臣長尾爲景權力掌握
三月 周防國大内義興、前將軍足利義植を擁して上洛

永正 五 年（一五〇八）後柏原天皇（四四歳）、將軍足利義澄（二六歳）
二月　石清水八幡宮焼失
四月　大内義興・細川高國連合軍の攻撃で將軍義澄・細川澄元近江國に敗走
六月　足利義稙・大内義興入洛
七月　第十代將軍足利義稙が復職
　この年、東大寺講堂焼失

永正 六 年（一五〇九）後柏原天皇（四五歳）、將軍足利義稙（五三歳）
二月　山城國・大和國で德政令求めた土一揆
一〇月　足利義澄、將軍職復職を狙つて足利義稙の暗殺を謀るも失敗
　朝廷財政窮迫のため後柏原天皇の卽位義禮が齋行する事できず

永正 七 年（一五一〇）後柏原天皇（四六歳）、知仁親王（一五歳）
一月　前將軍足利義澄、幕府に戰ひを挑むも敗退
六月　東海地方大地震。浜名湖が今の形に
　関東地域でも關東管領をめぐり戰亂勃發

永正 八 年（一五一一）後柏原天皇（四七歳）
二月　吉田神道の吉田兼倶死去（七七歳）
七月　細川澄元、阿波國で擧兵
八月　細川澄元・赤松義村連合軍、入洛
八月　足利義稙と細川高國、大内義興は京都奪還

永正 九 年（一五一二）後柏原天皇（四八歳）、足利將軍義稙（五四歳）
三月　大内義興は、從三位に上階され公家に
六月　雅楽師豊原統秋が雅樂の傳承書『體現抄』完稿
一二月　美濃國、征服料廣絹を足利幕府に獻上
　細川高國管領。大内義興管領代に就任にして幕府内の權力を掌握

永正一〇年（一五一三）後柏原天皇（四九歳）
　地方に下剋上の風潮
三月　足利義稙、細川高國・大内義興と不和で幕府機構機能せず

永正一一年（一五一四）後柏原天皇（五〇歳）
二月　播磨國一向一揆鎭壓。一向宗の布教を禁止
四月　足利幕府、私闘禁止命令出すも効力なし
八月　古河公方足利政氏、長子足利高基を攻撃するも敗北。關東でも權力争ひ激化
　連歌師山崎宗鑑、連歌集『犬筑波集』編纂

永正一二年（一五一五）後柏原天皇（五一歳）、知仁親王（二〇歳）
二月　後柏原天皇、「卽位の大禮」費用を幕府に勅命
三月　熊野本宮と新宮の争闘和解
月不明　狩野元信が「清涼寺縁起」六巻完成

永正一三年（一五一六）後柏原天皇（御年五二歳）
三月　三条西實隆、連歌師宗長らと千句連歌に取組
四月　東大寺、女性の大佛殿參詣許可
七月　北條早雲、相模國三浦氏を滅ぼす

永正一四年（一五一七）後柏原天皇（五三歳）
七月　全國で暴風雨、洪水で大きな被害
一二月　尾張國熱田神宮で遷宮が行われる
　※繪師土佐光信によつて『清水寺縁起繪巻』完成

永正一五年（一五一八）後柏原天皇（五四歳）
四月　延暦寺の根本中堂落慶供養式
月日不明　明智光秀、美濃國にて誕生

永正一六年（一五一九）後柏原天皇（五五歳）

三河國で今川義元誕生

永正一七年（一五二〇）後柏原天皇（五六歳）、知仁親王（二五歳）

二月　足利幕府、德政令を發布。

三月　熊野大地震。那智・熊野の堂舍破損、民家津波で流失

大永 元 年（一五二一）後柏原天皇（五七歳）

二月　高野山大火。全山潰滅狀態

三月　後柏原天皇「御即位の儀」踐祚後廿二年で漸く齋行

三月　足利將軍義稙、將軍職務を放棄

八月　大永に改元（戰亂、天變のため改元）

二月　甲斐國にて武田信玄誕生

二月　足利義晴、第一二代將軍職に

大永 二 年（一五二二）後柏原天皇（五八歳）

三月　中國地方で大内氏、尼子氏兩軍對決勝負つかず

八月　伊勢神宮で連歌會

大永 三 年（一五二三）後柏原天皇（五九歳）、知仁親王（二八歳）

三月　近江國で守護京極高清が追放され淺井亮政が實權掌握

四月　足利義稙阿波國にて死去

四月　寧波の亂。明國での幕府と大内氏の爭鬪

八月　安藝國で毛利元就が擡頭

大永 四 年（一五二四）後柏原天皇（六〇歳）、知仁親王（二九歳）

二月　甲斐國猿橋で武田信虎が關東管領上杉憲房と戰鬪

大永 五 年（一五二五）後柏原天皇（六一歳）、知仁親王（三〇歳）

一月　四方拜行はれるも小朝拜、元日節會中止

二月　後柏原天皇『般若心經』を寫經し仁和寺に納巻

大永 六 年（一五二六）後柏原天皇（六二歳）、知仁親王（三一歳）

正月　四方拜、小朝拜、元日節會出御

一月　後柏原天皇、元旦に體調を崩さる

三月　伊勢神宮に御病氣平癒を禱らせられる下知

四月五日　後柏原天皇、重篤に

四月七日　卯の刻、記錄所にて後柏原天皇崩御

二月　鎌倉鶴岡八幡宮、戰亂で炎上

【後奈良天皇年表】

（ご誕生）明應五年（一四九六）一二月二三日

（崩御）弘治三年（一五五七）九月五日六二歳

（御在位）第百五代天皇　大永六年（一五二六）四月二九日踐祚

永正 九 年（一五一二）四月八日「親王宣下」

四月二六日　元服の義（御年一六歳）

永正一三年（一五一五）なぞなぞ集『後奈良院御撰何曾』著述

永正一五年（一五一七）五月二九日　方仁（みちひと）親王（正親町天皇）ご誕生

大永 六 年（一五二六）**四月七日　後柏原天皇崩御（御年六三歳）**

四月二六日　先帝に追號「後柏原院」

四月二九日　後奈良天皇踐祚（御年三〇歳）

この後奈良天皇の御世は御皇室を始めとする朝廷財政の急迫し踐祚されたが即位禮は施行されず

方仁（みちひと）親王（九歳）、齋藤道三（三二歳・美濃國）・織田信秀（一五歳・尾張國）・今川義元（七歳・三河國）・武田晴信（信玄）（五歳・甲斐國）・足利將軍（一二代）義晴（一六歳）

五月　先帝（後柏原天皇）を泉涌寺に葬る

二月　鎌倉鶴岡八幡宮、戰亂により炎上

里見實堯が鎌倉の寶物を略奪

※國語辞書『新增色葉節用集』完成

大永 七 年（一五二七）後奈良天皇（三一歳）、方仁（みちひと）親王（一〇歳）
足利幕府内の將軍職權力爭ひ激化
足利將軍義晴、管領細川高國と一族の晴元との爭亂に巻き込まれ京都を脱出
七月 皇居塀崩壞。出入りが自由となり内裏の西南側に掘を造成
一〇月 將軍義晴、京都歸還
三月 將軍義晴と三好元長等との戰ひ
※石見銀山が發見

享祿 元 年（一五二八）後奈良天皇（三二歳）、方仁（みちひと）親王（一一歳）
七月 日本初の明の醫學書『醫書大全』を堺の醫師が復刻
八月二〇日 大永から享祿に改元。（後奈良天皇御卽位）
二月 後奈良天皇、三条西實隆より『古今傳授』を授受
三月 嚴寒で琵琶湖凍結
足利幕府内の權力爭ひ激化。將軍義晴と足利義維の内紛
管領細川高國、三好元長、細川晴元の幕府内權力爭ひ
※武家儀禮書『宗五大草紙（おほさうし）』完成

享祿 二 年（一五二九）後奈良天皇（三三歳）、方仁（みちひと）親王（一二歳）
八月 公家の三條西實隆、肥後國豪族・鹿子木（かのこぎ）親員（ちかかず）に『源氏物語』贈呈
八月 「御成敗式目」完成

嘉祿 三 年（一五三〇）後奈良天皇（三四歳）、方仁親王（一三歳）
一月 上杉謙信誕生
一月 齊藤道三、美濃國の權力掌握
二月 享祿・天文の亂。淨土眞宗本願寺宗門の内紛

嘉祿 四 年（一五三一）後奈良天皇（三五歳）、方仁親王（一四歳）
一月 執權細川高國、木澤長政が京都市中で戰ひ東山周邊火災
五月 享祿の錯亂（一向一揆が分裂抗爭）
六月 前管領細川高國自刃

天文 元 年（一五三二）後奈良天皇（三六歳）、方仁親王（一五歳）
細川晴元、本願寺法主證如が共に、畠山義堯、三好元長を討伐（河内國守護畠山義堯自害。堺の顯本寺で、三好元長自害）
五月 嘉祿より天文に改元。戰亂災異の爲
五月 松平清康三河國を統一
八月 法華一揆が起り山科本願寺が燒打ちされて全燒
武田信虎が甲斐國統一
尾張國で織田信秀が當主に

天文 二 年（一五三三）後奈良天皇（三七歳）、方仁親王（一六歳）
二月 薩摩國にて島津義久誕生
六月 管領・細川晴元と本願寺宗主・證如が和解
七月 公卿が尾張國で和歌と蹴鞠を指導
九月 越前國にて朝倉義景誕生

天文 三 年（一五三四）後奈良天皇（三八歳）、方仁親王（一七歳）
四月 周防國守護代大内義隆、後奈良天皇の卽位料を獻上
四月 京都市東山にて細川幽齋誕生
五月 尾張國にて織田信長誕生
二月 關白九條稙通が貧窮の爲、關白を辭任

天文 四 年（一五三五）後奈良天皇（三九歳）、方仁親王（一八歳）
六月 干魃
七月 美濃國の大洪水で大被害
七月 薩摩國にて島津義弘誕生

九月　尾張國にて丹羽長秀誕生
二月　松平清康尾張國陣中にて暗殺。（徳川家康の祖父）

天文 五 年（一五三六）後奈良天皇（四〇歳）、方仁親王（一九歳）

一月一日　尾張國にて豊臣秀吉誕生
二月二六日　皇居紫宸殿にて後奈良天皇の即位禮を施行
三月　足利義輝誕生
七月　天文法華の亂。足利幕府と延暦寺との争亂
細川晴元、法華衆（比叡山延暦寺）を六角定頼と連合して壊滅さす
大内義隆、朝廷から太宰大弐に任命
武田晴信（一五歳）初陣。佐久郡海ノ口城主平賀源心を攻撃
越後國守護上杉爲景、上杉景虎（謙信）の兄晴景に家督を譲る。

天文 六 年（一五三七）後奈良天皇（四一歳）、方仁親王（二〇歳）

※後奈良天皇は、御宸筆を賣つて御皇室財政窮乏の補助を行つてゐた
細川晴元、管領として幕府權力を掌握
今川義元と武田信虎が甲駿同盟締結
河東の亂（北條氏綱が、駿河國河東地域に侵攻し占領）
八月　出雲國守護代尼子經久が石見銀山を奪取
一〇月　三條西實隆逝去
一二月　足利義昭誕生

天文 七 年（一五三八）後奈良天皇（四二歳）、方仁親王（二一歳）

尾張國にて前田利家誕生
織田信秀、古渡城に移城
美濃國守護代齊藤利良死去。齊藤宗家斷絶。齊藤道三、齊藤家を乘取る。
一〇月　第一次國府臺合戰。（足利公方・北条氏綱と里見）

天文 八 年（一五三九）後奈良天皇（四三歳）、方仁親王（二二歳）

一月　攝津國守護代三好長慶上洛
六月　干魃續き、鶴岡八幡宮で雨乞ひ
七月　足利幕府德政令發布
八月　近畿地方に大洪水が起きて甚大な被害
三好長慶が、父・三好元長の遺領を求め上洛し、攝津國守護代として腰水城に

天文 九 年（一五四〇）後奈良天皇（四四歳）、方仁親王（二三歳）

六月　後奈良天皇『天下大疫御祈禱』を齋行
九月　越前國朝倉孝景、皇居修理費用を朝廷に獻上
一〇月　周防國大内義隆、不動院金堂建立
一一月　鶴岡八幡宮にて正遷宮が擧行

天文一〇年（一五四一）後奈良天皇（四五歳）、方仁親王（二四歳）

尾張國織田信秀、伊勢神宮遷宮のため、材木や銭七百貫文（八四〇〇萬圓）を獻上
五月　關東管領北條氏綱、「遺訓五ヶ條」制定
六月　甲斐國武田晴信（信玄・二〇歳）、父信虎を追放。家督相續
七月　安藝國嚴島神社の祭禮復活
七月　關東管領北條氏綱死去。北條氏康が繼承
七月　ポルトガル船、豊後國神宮司浦に漂着
九月　尾張國織田信秀、朝廷より伊勢神宮御遷宮への貢獻によつて三河守拜命
九月　颱風。内裏倒壊
一一月　出雲國尼子經久死去。尼子晴久が繼承

天文一一年（一五四二）後奈良天皇（四五歳）、方仁親王（二四歳）

※尾張國織田信長（七歳）、豐臣秀吉（五歳）

一月　美濃國で齊藤道三が國主となる。織田信長（八歳）
二月　周防國守護大内義隆、出雲國尼子氏攻撃
六月　但馬國守護山名祐豐、生野銀山の採掘に着手
六月　甲斐國武田晴信（信玄）が諏訪國を制壓
八月　陸奥國伊達家の内亂「天文の内亂」
一二月　織田信秀と、今川義元・松平廣忠連合軍による西三河での合戰、織田軍の勝利
　　徳川家康誕生
　※尾張國織田信秀、朝廷に内裏修理料として四千貫文を獻上

天文一二年（一五四三）後奈良天皇（四六歳）、方仁親王（二五歳）、織田信長（九歳）、豐臣秀吉（七歳）、上杉謙信（一三歳）、武田信玄（二二歳）

八月　長尾景虎（上杉謙信）、一三歳で元服。栃尾城主に
八月　ポルトガルから種子島で鐵砲傳來
　※淨土宗本願寺第十一世顯如誕生
　※狩野派繪師狩野永徳誕生

天文一三年（一五四四）後奈良天皇（四七歳）、方仁親王（二六歳）、織田信長（一〇歳）、豐臣秀吉（八歳）、上杉謙信（一四歳）、武田信玄（二三歳）

五月　栃尾城の戰。長尾景虎が初陣で謀反を起した越後の豪族を制壓（一四歳）
七月　近畿地方大雨被害
九月　織田・朝倉軍、美濃國に攻込み敗北
　※美濃國で竹中半兵衞誕生

　※毛利元就、實子三男徳壽丸（小早川隆景）を小早川家に養子に

天文一四年（一五四五）後奈良天皇（四八歳）、方仁親王（二七歳）織田信長（一一歳）、豐臣秀吉（九歳）、上杉謙信（一五歳）、武田信玄（二三歳）

　宮中祭祀で正月四方拜齋行。元日節會齋行
　後奈良天皇、吉田兼祐によつて神道御傳授あり
四月　武田晴信、伊那高遠城を攻めて勝利
六月　干魃となり宮中に於て葉室賴房に命じて祈雨を齋行す
八月　狐橋の戰。今川義元が北條氏康を擊破
一〇月　上杉景虎、彌彦の黑田英忠が謀反を討伐
一〇月　今川家と北條家との和睦成立
　※近江國で浅井長政誕生

天文一五年（一五四六）後奈良天皇（四九歳）、方仁親王（二八歳）、織田信長（一二歳）、豐臣秀吉（一〇歳）、上杉謙信（一六歳）、武田信玄（二四歳）

二月　周防國守護大内義隆、朝廷に四〇〇〇斤を獻上
四月　武藏國河越城の戰。北條氏綱が八萬の敵を奇襲により勝利
一二月　足利義輝（一〇歳）、足利幕府第十三代將軍に就任
　※織田信長（一二歳）元服。
　※薩摩國の日新齋（島津忠良）、『日新公いろは歌』創作

天文一六年（一五四七）後奈良天皇（五〇歳）、方仁親王（二九歳）、織田信長（一三歳）、上杉謙信（一七歳）、武田信玄（二四歳）、徳川家康（五歳）

五月　最後の遣明船出航

七月　足利將軍義輝、執權細川晴元が敵對。後和解
八月　織田信秀、三河國松平廣忠を破り松平竹千代（徳川家康）を人質に
九月　尾張國織田信秀と美濃國齊藤道三の戰ひ。齊藤道三勝利
※甲斐國武田晴信、領國秩序の『甲州法度之次第』制定
※薩摩國島津家久誕生

天文一七年（一五四八）後奈良天皇（五一歳）、方仁親王（三〇歳）、織田信長（一四歳）、豊臣秀吉（一二歳）、上杉謙信（一八歳）、武田信玄（二五歳）

二月　甲斐國武田信玄と北信濃國村上義清の戰ひ（信玄大敗）
三月　越前國朝倉義景（一五歳）、父孝景の死去により家督相續
六月　足利將軍義輝參内。劍、馬を獻上
一二月　越後國守護代に上杉景虎（一八歳・謙信）就任
一二月　左大臣二條晴良が關白に
※豊前國にポルトガル船來航

天文一八年（一五四九）後奈良天皇（五二歳）、方仁親王（三一歳）、織田信長（一五歳）、徳川家康（七歳）、上杉謙信（一九歳）、武田信玄（二六歳）

正月　四方拜、元日節會齋行
四月　三河國松平廣忠（家康の父）、家臣に暗殺さる
六月　薩摩國島津家家臣伊集院氏により鐵砲が初めて實戰で使用
六月　三好長慶と同族の三好政長が衝突。三好長慶勝利
六月　管領細川晴元、三好長慶の反亂によつて失脚
八月　ザビエル、薩摩國鹿兒島に來日。島津貴久、基督教布教認可
一一月　駿河國今川義元配下太原雪齋、松平竹千代奪還
一一月　三河國、今川義元の駿河國の領國に
※織田信長と齊藤道三の娘濃姫結婚

天文一九年（一五五〇）後奈良天皇（五二歳）、方仁親王（三二歳）、織田信長（一六歳）、豊臣秀吉（一四歳）、上杉謙信（二〇歳）、武田信玄（二七歳）

四方拜・元日節會齋行
二月　豊後國守護大友義鑑暗殺。大友宗麟が領主に
七月　甲斐國武田信玄、松本盆地に侵攻し、支配下に
九月　武田信玄が村上義清と砥石城攻めで大敗
一〇月　ザビエル、薩摩國から平戸に追放
一一月　攝津國守護三好長慶足利將軍義輝を近江國に追放
一二月　越後國上杉謙信、守護代行
※安藝國毛利元就の子小早川隆景（一七歳）が、安藝國小早川家の領主に
※安藝國毛利元就の子吉川元春（二〇歳）が安藝國吉川家の領主に
※足尾銅山發見

天文二〇年（一五五一）後奈良天皇（五三歳）、方仁親王（三三歳）、織田信長（一七歳）、豊臣秀吉（一四歳）、上杉謙信（二二歳）、武田信玄（二八歳）

四方拜・元日節會齋行
一月　ザビエル、京都での布教を諦め平戸に
二月　越後國上杉謙信、越後國を統一
三月　尾張國織田信長、領主となる。
四月　武田信玄の家臣眞田幸隆の調略で村上義清の砥石城

陥落
七月　足利將軍義輝が京都奪回を圖るも三好長慶との戰に大敗（相國寺の戰）
九月　中國地方から九州まで勢力を誇つた大内義隆が陶晴賢の謀反により自裁
一〇月　**ザビエル、日本を諦め印度に**
天文二一年（一五五二）後奈良天皇（五四歳）、方仁親王（三三歳）、織田信長（一八歳）、豊臣秀吉（一五歳）、上杉謙信（二二歳）、武田信玄（二八歳）
四方拜・元日節會齋行
一月　足利將軍義輝、三好長慶と和解。京都歸還
一月　三好長慶、足利幕府相伴衆に
一月　関東管領上野國上杉憲政、北條氏綱に攻められ越後國に逃亡
二月　細川氏綱、足利幕府の管領に就任
四月　武田信玄、北信濃國村上義清を破る。村上義清は越後國上杉謙信を頼る
六月　朝倉義景が足利幕府の相伴衆に列し、足利義輝の信頼を獲得
六月　尼子晴久、出雲・隱岐・備前・備中・備後・美作・因幡・伯耆の守護に
八月　上杉謙信、北條氏綱から上野國を奪還
八月　織田信長、尾張國を略ゝ平定
一二月　足利義輝、東山靈山城を築城（細川晴元との戰ひに備へる）
天文二二年（一五五三）後奈良天皇（五五歳）、方仁親王（三四歳）、織田信長（一九歳）、豊臣秀吉（一六歳）、上杉謙信（二三歳）、武田信玄（二九歳）
四方拜のみ齋行
一月　織田信長の家老平手政秀が信長の奇行を憂い、自身の死で諫言
二月　武田信玄、北信地方を除き信濃國を平定
四月　織田信長、美濃國齊藤道三と尾張國富田村で會見。同盟締結
四月　第一次川中島の戰ひ（上杉謙信 vs 武田信玄）
六月　宮中祭祀にて諸社寺に祈雨を祈禱
六月　三好長慶（三二歳）、阿波國守護細川持隆を暗殺
七月　足利義輝（一七歳）、三好長慶との戰ひで敗れ、近江國に逃亡
九月　上杉謙信、上洛。後奈良天皇に拜謁
一〇月二三日　皇孫誠仁親王御誕生（正親町天皇）
※中國地方に於ける毛利元就（五六歳）と陶晴賢の對立顯著
天文二三年（一五五四）後奈良天皇（五六歳）、方仁親王（三五歳）、織田信長（二〇歳）、豊臣秀吉（一七歳）、上杉謙信（二四歳）、武田信玄（三〇歳）
※木下藤吉郎（豊臣秀吉）一七歳で織田信長に仕官
四方拜のみ齋行
一月　織田・齊藤軍と今川義元との戰ひ
四月　第二次川中島の戰
※織田信長、尾張國を略ゝ平定するも安定せず
※甲斐國（武田信玄）・駿河國（今川義元）・相模國（北條氏康）の三國同盟
※中國地方にて毛利元就と陶晴賢との激しい戰ひ
※九州にて大友宗麟が勢力伸張

弘治元年（一五五五）後奈良天皇（五七歳）、方仁親王（三六歳）、織田信長（二二歳）、徳川家康（一三歳）、上杉謙信（二五歳）、武田信玄（三一歳）、今川義元（三六歳）

※天文から弘治に改元。（戰亂、災異の爲に改元）

四方拜のみ齋行

月不明　美濃國で斎藤義龍が父齊藤道三に謀反

三月　駿河國にて松平竹千代元服して、松平元信に

七月　倭寇、支那大陸に侵略し南京を攻略

一〇月　中國地方にて毛利元就と陶晴賢が大規模な戰（嚴島の戰）

※この年倭寇が朝鮮半島に猛威

弘治二年（一五五六）後奈良天皇（五八歳）、方仁親王（三七歳）、織田信長（二三歳）、徳川家康（一四歳）、上杉謙信（二六歳）、武田信玄（三二歳）、今川義元（三七歳）

四方拜のみ齋行

四月　美濃國で齊藤義龍が父齊藤道三と戰ひ、道三が戰死（長良川の戰）

五月　中國地方にて毛利元就が尼子晴久を破り、石見銀山を奪取

六月　後奈良天皇、天下泰平・五穀安隱御祈禱を齋行

一〇月　山城國三好長慶、京都御所改修費用を洛中の人人から徴收

一二月　豐後國大友宗麟、足利將軍義輝に鐵砲を獻上

※ポルトガル人メンデス・ピント、豐後國に來日

弘治三年（一五五七）後奈良天皇（五九歳）、方仁親王（三八歳）、織田信長（二三歳）、上杉謙信（二七歳）、武田信玄（三三歳）、今川義元（三八歳）

四方拜のみ齋行

四月　第三次川中島の戰

四月　毛利元就周防國製壓

四月　京都市中火災、関白近衛家焼失する

六月　大友宗麟が豐前國を攻略

六月　後奈良天皇不豫（御病氣）に

七月　大友宗麟が筑前國を攻略

九月二七日　後奈良天皇崩御。（五九歳）

一一月　正親町天皇踐祚。（三八歳）

参考文献

『皇室文學体系　第二輯・第三輯』（名著普及會）

『歴代詔勅全集　巻一～巻七』（河出書房　昭和十五年）

「日本古典文學体系」『古事記・祝詞』（岩波書店　昭和四十三年）

「日本古典文學体系」『日本書紀』上下巻（岩波書店　昭和四十三年）

「日本古典文學体系」『萬葉集』巻一～巻四（岩波書店　昭和三十七年）

「天皇皇族實錄」『後龜山天皇』（宮内庁書陵部　昭和二十二年）

「天皇皇族實錄」『後小松天皇』（宮内庁書陵部　昭和二十二年）

「天皇皇族實錄」『後花園天皇』（宮内庁書陵部　昭和二十二年）

「天皇皇族實錄」『稱光天皇』（宮内庁書陵部　昭和二十二年）

「天皇皇族實錄」『後土御門天皇』（宮内庁書陵部　昭和二十二年）

「天皇皇族實錄」『後柏原天皇』（宮内庁書陵部　昭和二十二年）

「天皇皇族實錄」『後奈良天皇』（宮内庁書陵部　昭和二十二年）

宮内庁神祇官著『新嘗祭』（宮内庁書陵部　明治二年）

宮内庁神祇官著『新嘗祭』（宮内庁書陵部　明治九年）

宮内庁式部寮『皇居祭事記』（宮内庁書陵部　明治六年）

『新葉集』（有明堂　大正十二年）

北畠親房著『神皇正統記』（日本文學叢書刊行會　大正十四年）

本居宣長著『古事記傳』

本居宣長著『玉勝間』（本居宣長記念館）

本居宣長著『宇比山踏』（本居宣長記念館）

賀茂眞淵著「日本古典全集」『賀茂真淵』（日本古典全集刊行會　昭和二年）

山鹿素行著『中朝事實』（國民精神文化研究所　昭和十九年）

吉田松陰著『講孟剳記』（講談社学術文庫　平成七年）

今泉定助著『皇道の本義』（櫻門出版部　昭和十六年）

大川周明著『日本二千六百年史』（第一書房　昭和十四年）

加藤虎之亮著『弘道館記述義小解』（文明社　昭和十九年）

白柳秀湖著『民族日本歴史　戦国編』（千倉書房　昭和十九年）

清原貞雄著『國史と日本精神の顕現』（藤井書店　昭和九年）

白川静著『字源』（平凡社　平成二十四年）

平泉渉著『物語日本史』（雄山閣　昭和十二年）

江馬務著『有職放實』（日本文學社　昭和十年）

小林隆さんの恩澤

文藝評論家　小川榮太郎

歴代天皇の御製を丁寧に解釋した著作を是非とも殘しておいてください。これは多年、私が小林さんに慫慂（しやうやう）してきたことだ。

それがやうやく陽の目を見ると聞いて、私が嬉しくなからう筈はない。

本書は、隅々にまで配慮の行き届き、歴代の天皇方への敬愛に滿ちた美しい書物となつたが、長年の苦吟と丹念を極めた推敲の勞は、ただならぬもののあつたことであらう。

歴代天皇の御製の歴史的な重みについては、すでに幾人かの重要な著作がある。

近代日本を代表する文藝評論家保田與重郎が『後鳥羽院』において、院の次の御製に光を當て、武家に政權を簒奪された後に祈りと志の道を深められてゆく御姿を描き出したのは、大東亞戰爭のただなかであつた。

奥山のおどろが下も踏み分けて道ある世ぞと人に知らせむ

私がこの本を手に取つたのは大學院生の時だつたが、この歌はその後も深く胸中に響き續け、以後の私に深い影響を與へ續けることとなる。

御歴代の中でもとりわけ大歌人であらせられた昭和天皇については、平成七年に出版された不二歌道會鈴木正男による『昭和天皇のおほみうた』（展転社）があつて、同じ頃に出逢つたのではないかと思ふ。これもまた私の長年の座右の書となつた。

最近讀み返した折、昭和天皇の終戰時の有名な御製四首のうち、最後の歌が、まさに後鳥羽院を本歌取りとした、激しい覺悟の歌であることに氣が付いた。

國がらをただ守らんといばら道すすみゆくともいくさとめけり

昭和天皇の終戰の聖斷は勿論國民の生命を守る爲のものであつたが、天皇はそれによつて平和と安寧の日々が來るとはお考へでなかつた。

終戰にともなふ占領は、日本の國がらを守るうへでは過酷ないばら道となるだらう。生命と引き換へに、我々は日本の國がら——日本人である意味そのもの、歴史、私たちの生きる道、言葉などなど——を奪はれる危機に瀕するのだ。それでも私は國がらをひたすら守らう——これはさういふ覺悟の御製である。

他の御歴代におかれても、御製は國への想ひ、民への無私、捨身の慈しみ、自らの使命の御自覺が語られてをり、それは太古より今上にまで揺るぎなく連なつてゐる。

もしさうした御製の意義を通史として知らうとするならば、今のところ小堀桂一郎氏の『和歌で辿る日本の心』にまさる良書はない。

大部の著書だが、天皇から史上の著名歌人、武將、國學者、近代の偉大な詩人たち、大東亞戰爭で散華した英靈の遺詠までをも網羅した國民歌謡の一大繪巻である。

では小林さんによる本書の意義はどこにあるか。

室町戰國時代――最も世が亂れ、皇室の衰微甚だしく、歴代天皇が生活にさへ困苦され、通常の歴史記述では全く日陰の存在になつてしまはれた時代の、天皇の實像を初めて詳細に明らかにしてくれた點であるに違ひない。天皇といふ御存在にあつて本当の心底は歌にしか現はされないのであり、その歴史に埋もれた聲を小林さんはここに懇切丁寧に復刻されてゐる。

皇室が衰微した時代にあつて、御歴代がどれほど痛切な國への思ひ、民を思ふ至情を披歴されてゐることか。かうした天皇の述懐は、日本の史學が健全であれば、通史の記述に影響するほど重要な歴史の證言であらう。皇室にとつて最も困難な時代、そして皇室研究史の上でも最も光の當てられてゐない時代の御製を、他の年代に先驅けて詳細に解説くださつたことは、小林さんによる日本人への大きな恩澤である。

小林さんとの交誼も十年を越えた。

私の主宰する月例会で創作和歌講座を擔當いただいてからでも久しい歳月となる。

小林さんの講座は、毎回テーマを定め、受講生の作つた和歌の添削をされるのだが、毎月準備くださる資料が實に珠玉である。例へば櫻なら櫻といふテーマについて、小林さんの制作になるテクストは、櫻を日本精神史として概説されつつ、歴代天皇の御製に始まり、萬葉、古今、新古今から江戸時代の國學者、幕末維新の志士、一部は近代の大歌人に至る櫻の名歌を次々に擧げて解説くださつて倦むところがない。その講座が十年近くも續いてゐるのだから、一連の講義資料はさながら主題別の歴史的名歌のアンソロジーと言へよう。

心血を注ぐといふ言葉があるが、小林さんのさうした一つ一つの準備にせよ、本書のやうな著述にせよ、まさに今に珍しい心血の滴りがあり、心を捧げきつた丹念さに滿ちてゐる。

この情熱と誠はどこから來るのか。

答へは簡單だ、小林さんを貫く道はたつた一つであつて、それは尊皇に蓋きると言へるであらう。尊皇の道と和歌の道が、小林さんの中では一つに溶け合つてをり、それは二つの事ではない。

小林さんの生は、この二つにして全く一つに溶け合ふ我が國の國がらを守らんとするいばら道を眞つすぐ歩んで、まことに健やかだ。

これは端的に言へば江戸時代の國學の道である。

國學を通じて、我が國は精神的營爲における近代國家となつたのだが、小林さんの「道」は、この、國學の發見した日本の國がらだつた。

古臭い昔の流儀とは言ふまい。

國學がなければ日本の自畫像は存在しない。

日本人が自ら發見した最初の自畫像が國學の描いたそれであつて、それは近代西洋流のナショナリズムや帝國主義とは全く無縁に、ごく穩やかな文藝と知性の自覺として現れた。

この穩やかな國がらの自覺を抜きに、「日本」が近代以後「日本」であり續けることはできなかつたと私は思つてゐる。私たちは、縄文人の末裔であり、記紀萬葉、藤原時代、源平時代、戰國時代の末裔であるが、同時に國學の末裔でもあつて、そこから自由な日本人など一人もゐない。

これは日本の文藝を理解し、日本の精神史を理解する上で、實は最も肝要な點なのだが、戰後は國文學も史學もそこから逃げて、日本をとらへようとしてきた。

それを彼らは皇國史觀から自由になつた客觀的な日本像と言ひたい。

もちろん、さうはゆかない。

深い水脈を通じて、日本人の心には言靈の幸ひと、天皇の高貴さを頂く國魂の幸ひが、こもごも分かち難く靜かに響いてきた。萬葉集の巻頭は雄略天皇御製であり、古今和歌集から後の和歌集は勅撰である。勅撰の文集、勅撰の物語集、勅撰の俳諧など存在しない。和歌と天皇は分かち難く日本の國がらをなしてゐる。

小林さんの和歌の道と一つになった尊皇は、現代日本にはもはや稀有な純粋さと激しさと一途な探求心をもつてゐるが、彼が異端なのではない。

そこから遠く離れてしまつた我々の方が日本の歴史における異端なのだ。

その意味で本書は、日本の正統な國がらが令和日本にも存續し得てゐることの歴史への證言でもあり、小林さんによる歴史への心を込めた返禮でもあらうか。

ねがはくば、本書が小林さんの道を己が道としようとする志ある若者たちと巡りあはんことを。

小林　隆（こばやし　たかし）

昭和24年新潟県生まれ。傳承文化研究所主宰。
財団法人日本教育再生機構代表委員、カルピス株式会社「ひな祭川柳」特別選定委員等歴任。
百人一首や和歌を中心に記紀萬葉古典研究を通して日本語と傳統文化を拡げる活動と同時に歴代天皇御製研究を行っている。

天皇御製に學ぶ日本の心
——室町・戰國編——

令和５年７月30日　初版第１刷

著　者　　小　林　　隆
発行者　　梶　原　純　司
発行所　　ぱるす出版 株式会社
東京都文京区本郷2-25-14　第１ライトビル508　〒113-0033
電話（03）5577-6201　FAX（03）5577-6202
http://www.pulse-p.co.jp
E-mail　info@pulse-p.co.jp
本文デザイン　オフィスキュー／表紙カバーデザイン　㈱WADE

印刷・製本　株式会社 平河工業社

ISBN 978-4-8276-0273-9　C1092